氷の
襲来!?
っ!?
ミーちゃん、手伝ってー。
「み〜!」
ドラゴンがブレスを吐く瞬間
ミーちゃんバッグから、
大量の水を出す。
水スキルで半ドーム状に変え、
俺たちを包み込む。
半ドーム状の水と
ドラゴンのブレスが衝突して、
周りが真っ白に覆われる。
神猫ミーちゃんと
猫用品召喚師の
異世界奮闘記
7

お魚の競り、スタートです！

商品を載せるテーブルの上に
小さい木箱を置いて
ミーちゃんを乗せる。
ハンマーの代わりに
可愛いお手てで壇をテシテシ。
出てきたのは大きな海老。
最初の商品だというのに、
競り値が飛び交う。
「み～！」
切りの良いところで
ミーちゃんの可愛いお手て
ハンマーがテシっと鳴る。

最下層にはすぐにでも行きたいけど、
精神的にダダ疲れモード。
ゆっくり休みたい。
一度、手前の安全地帯に戻ろう。
「グラムさんって人族の姿になれます？」
「これでいいか？」
目の前の白い竜を見上げて言うと
一瞬光ったかと思うと、
白髪イケメンが目の前にいた。
やっぱりイケメンかよ……。
新たな仲間!?

Otherworldy Struggle of God Cat Miicyan and Cat Tool
神猫ミー《ちゃん》と
猫用品召喚師の
異世界奮闘記 7
にゃんたろう
Illust. 岩崎美奈子

口絵・本文イラスト：岩崎美奈子《いわさきみなこ》
デザイン：ＡＦＴＥＲＧＬＯＷ
江本昂紀《えもとこうき》

CONTENTS

Otherworldy Struggle of God Cat Miicyan
and Cat Tool Summoner

ミーちゃん、最凶モンスターに遭遇する。……007
ミーちゃん、あっま〜い！……022
ミーちゃん、光り物大好きです！……034
ミーちゃん、それでも宝石好きなの。
だって女の子だもん！……051
ミーちゃん、神雷パ〜ンチ！……062
ミーちゃん、疲れたので助っ人呼びます。……076
ミーちゃん、格の違いを見せつける。……085
ミーちゃん、不愉快です！……097
ミーちゃん、甘茶を飲む。……110
ミーちゃん、管理者の話を聞く。……120
ミーちゃん、帰り道は厳しい道のりです。……130

ミーちゃん、ご褒美貰います。……143
ミーちゃん、迷宮探索から帰還する。……152
ミーちゃん、やれやれだぜ……。……163
ミーちゃん、心の拠り所になる。……178
ミーちゃん、その本命とは？……189
ミーちゃん、涙のご対面を期待していました。……202
ミーちゃん、世界中の人々を
メロメロにしちゃう？……212
ミーちゃん、意外と情報通なのです。……222
ミーちゃん、ツンデレを知る。……232
ミーちゃん、山田くんの出番ですよ！……242
ミーちゃん、修行します。……251

ミーちゃん、浮く!?……263
ミーちゃん、レベルUPしました。……274
ミーちゃん、ブロッケン山の主だけに
よくわかってらっしゃいます。……285
ミーちゃん、ハンマープライスです。……295
ミーちゃん、神猫商会本店の
改修工事に顔を出す。……303
ミーちゃん、神猫集会と命名する。……313
ミーちゃん、ぽかぽか陽気に誘われて、
モフモフに埋もれて眠る。……323
ミーちゃん、あまりの寒さに体を震わします。……331
ミーちゃん、グラムさんに雷スキルを授ける。……344
ミーちゃん、王妃様はやっぱり侮れません。……355

登場人物紹介

神猫一行

ネロ

ミーちゃんを助けて異世界転移した青年。
モフモフを養うためあれこれ楽しく奮闘中。

ミーちゃん

神猫。ネロを気に入り、一緒に異世界に来たけど帰れなくなる。今はこの世界を満喫中。

ペロ

猫妖精のケットシー。ミーちゃんを姫と仰ぐニャイト。ネロの親友兼腹ペコ魔人一号。

スミレ

病気のところを助けられたバトルホース。
足が速く、頼りになる姉御肌なお馬さん。

セラ

ネロ&ミーちゃんに助けられ、友好の証についてきた黒豹族の女の子。腹ペコ魔人二号。

ルディ（ルーくん）

セラと同じく仲間となった白狼族の男の子。
モフモフな子狼。相手を魅了する瞳を持つ。

シュトラール（ラルくん）

南の竜王「烈王」さんの子ども。とっても強いが、見た目は羽のある子犬。

ユーリティア（ユーリ）

エルフの元冒険者。
ネロと一緒に王都へ移り、ギルドの職員になった後、ネロのお嫁さんに。

レティーツィア（レティ）

義賊ギルド所属の暗殺者だったが、明るい世界を知るためにネロの元に。隠れモフラーで、ネロのもう一人のお嫁さん。

神崎彩音

ネロと同じく日本から偶然転移してしまった女性。義賊ギルドの女帝として君臨するも、心優しくネロを導いた。

レイン

ネロと同年代の冒険者。ネロと気が合い親友に。

ポロ

ペロのパパにゃん&レインのパートナー。酒と女が大好きな自由な剣士。

宗方香

隣国ロタリンギアにて召喚された偽物勇者の一人。
腐女神を信仰し、薄い本を奉納する残念勇者一号。

宗方蔵三

姉と同じく召喚され、真の勇者となるべくレインと一緒に修行中の身。姉に劣らぬ残念勇者二号。

アンネリーゼ

ルミエール王国の王妃様。

レーネ

ルミエール王国のお姫様。ペロ大好き。

エレナ

隣国・ヒルデンブルグ大公国の大公の姪。

ルカ&レア&ノア

王妃様たちにプレゼントした子猫たち。茶トラがルカ、白がレア、黒がノア。

ヤン

詐欺からネロたちに助けられた駆け出し冒険者。

ジクムント（ジンさん）

王国最高峰のハンター・五闘招雷の一人。

ローザリンデ

五闘招雷の一人で、長命なハイエルフの弓手。お酒大好き。

グレンハルト

五闘招雷の一人で、絶剣と呼ばれる剣の名手。

シュバルツ

ネロがお世話になったウイラー道具店の主。

カイ&テラ

ペロが預かってきた王都の子猫たち。三毛がテラ。白黒がカイ。

アレックス

烈王の配下のドラゴン。社会勉強のため、神猫屋で働いている。

クラウディア

烈王の配下。同じく神猫屋の店員で、フローズン担当。

クリスティーナ（クリス）

烈王の娘でラルくんのお姉さん。酒癖がとっても悪い。

烈王

公国の南に位置する島に住む竜たちの王。ネロの持ってくるお酒が大好き。

ブロッケン山

牙王

白狼族の長。ルーくんの父親。

ロデム

黒豹族の長。牙王の右腕。セラの祖父。

パトラッシュ

通称パトさん、コボルト族。

ベルーナ
N
W
E
S
古戦場
テルツォ
セスト
流れ迷宮
クアルト
セッティモ
クイント
白亜の迷宮
フォルテ
ブロッケン山
ゴブリンキングダム
ニクセ
ウーリ
ヴィルヘルム
竜の島

ミーちゃん、最凶モンスターに遭遇する。

オーク戦での絶体絶命の危機を謎《なぞ》のメイドに助けられ、迷宮《めいきゅう》内の狐獣人《きつねじゅうじん》の村に辿《たど》り着いたミーちゃん御《ご》一行。話を聞けば長い間、地上との交流がなくミーちゃん一行は久しぶりのお客さま。本来なら獣人族総出で歓待《かんたい》するところだけど、如何《いかん》せん獣人族同士での内紛《ないふん》中でそれどころではない。

下の階層に行くにも下層に続く道がある防壁《ぼうへき》に囲まれた街は、覇権《はけん》を狙《ねら》う猿《さる》獣人が押《お》さえている。そこで、ミーちゃん御一行は勧善懲悪《かんぜんちょうあく》とばかりに、困っている獣人さんたちのために立ち上がる。不足していた食糧《しょくりょう》や武器防具を、神猫《かみねこ》商会の真骨頂を発揮し取り揃《そろ》える。

そして、軍師ネロが弄《ろう》した策は三英傑《えいけつ》が一人、猿が作った一夜城のリスペクト版。一夜のうちに出来上がった砦《とりで》で猿獣人が使役《しえき》するモンスターを迎《むか》え撃《う》つ。知り合った猿獣人の穏健《おんけん》派も呼応し中央街を取り返し、悪を成敗したミーちゃん御一行。これにて一件落着。

本来の目的である迷宮最下層を目指す探索《たんさく》を再開するミーちゃん御一行。探索を開始すると、いるはずのない普人《ふじん》族と遭遇《そうぐう》。ネロとミーちゃん以外が催眠術《さいみんじゅつ》のようなものをかけられご乱心。ネロの機転で正常を取り戻《もど》したペロたちが怪《あや》しい男に挑《いど》みかかるが、不思議な力で地面にへばり付く。

それを見ていたネロは考察を重ね、謎の男の正体に気づき交渉《こうしょう》開始。迷宮最下層に辿り着いたら話を聞かせてくれると言質《げんち》をもらったが、これで迷宮走破するまで戻れなくなった。やる気は満々になったけど……。あぁ、なんでこうなった。スローライフはどこいった……。

さて、ミーティングを始めるとはいえ、ここは安全地帯ではないので手短に説明しよう。

「それでは説明始めま〜す」

「み〜」

「実は、かくかくしかじかで……」

「角煮《かくに》は鹿肉《しかにく》が美味《おい》しいにゃ？　ってにゃんにゃ？」

「ほう……一度、天界って所を見に行ってくるか？　ネロ」

「み、みぃ……」

い、いやだなぁ、ジンさん。じょ、冗談《じょうだん》ですよ？　お、お約束ですよね？　レティさんもその美しい顔で、凍《こご》えるような冷たい目線やめてくれません？　なんかゾクゾクしてきちゃいます。俺《おれ》はMじゃないよ……ね？

冗談はさておき、現状わかっていることをみんなに説明する。ドライフルーツを食べているペロ親子、ちゃんと聞いていますか？　宗方《むなかた》姉も羨《うらや》ましそうにペロを見ていないで話を聞け！

「じゃあ、俺たち以外に人がいるってことかよ？」

「人かどうかは知りませんがね」

「ダンジョンマスターは人外って相場が決まってます。姉さんの得意分野だよ」

「フムフム。では、説明しよう。ダンジョンマスターには二種類ある。一つは魔王《まおう》。もう一つはダンジョンそのものである」

はいはい、説明ありがとうね。ご褒美《ほうび》にドライフルーツをあげよう。

「「わーい」」

　ペロとセラ、羨ましそうに見ない。食べきれないほど持っているでしょう。レインも羨ましそうに俺を見るな。

「魔王……」

「おいちゃん、帰ろうかな……」

「ダンジョンそのもの……」

　ルーさん、顔色が悪くなっていますよ。ジンさんとレティさんは宗方姉の言ったことを考えているようだ。それから、ポロは帰っちゃ駄目《だめ》。

　確かに、宗方姉のようなラノベ好きならそう考えると思う。だけど、今回の件はそれらとは違《ちが》うと俺は思っている。管理者の話の中にいろいろとその答えが隠《かく》されていたと思う。

「取りあえず、最下層に行きましょう。答えはそこにあります。それに、辿り着いたら、ご褒美に宝物をくれるって言ってたじゃないですか」

「宝物にゃ！」

「にゃ！」

「「宝物！　宝物！」」

「これでまた一歩、貴族に近づくな……英雄《えいゆう》か」

「おいちゃん、やる気出てきた～！」

　現金すぎるだろ。君たち。

「み、み～」

「はぁ、行くしかねぇんだろうな……」

そう、こうなった以上は行かないという道はないのです。

ペロたちとは裏腹にジンさんとルーさんは諦《あきら》め顔。レティさんはどうでもいいって感じだ。

ということで、最下層目指して再出発。探索すること五時間ほどで安全地帯を見つけた。今日はここまでで休息をとることにしよう。

埋《う》まったマップはこの階層の五分の一ほど。安全地帯を見つけられたのはラッキーだ。明日は下の階層に続く道は見つけられるだろうか？　ほんと、広くて嫌《いや》になってくる。


翌日も朝から探索を始め、運よく昼頃《ごろ》に下の階層に続く道を見つけた。階層が変わったことで心機一転。さて次はどんなモンスターがいるのかな？

「み～？」

この七階層でルーさんが見つけてきたモンスターはスライム。ルーさんの顔が引きつっている。

「スライムか……難敵だぜ。こりゃあ」

五闘招雷《ごとうしょうらい》で竜爪《りゅうづめ》の二つ名持ちのジンさんが唸《うな》る。

そうなのだ。この世界のスライムは最弱どころか、最強、いや最凶《さいきょう》のモンスターの一角なのだ。

まず、物理攻撃《こうげき》がまったく効かない、ドラゴンに踏《ふ》まれてもピンピンしている完全物理無効。次に、何でも捕食《ほしょく》して溶《と》かして食べる。色とりどりのスライムがいて、その色に合った属性を持っていて厄介極《やっかいきわ》まりない。一番厄介なのが倒《たお》したところで何の見返りもないこと。倒すとドロドロ溶けてエナジーコアどころか何も残さず消滅《しょうめつ》。唯一《ゆいいつ》の救いが基本的に温厚《おんこう》な性格で、こちらからちょっかいを出さない限り襲《おそ》って来ないということくらい。

……のはずだった。

「トシ！　後ろからも来たぞ！」

「助けてくれ～。おいちゃん、食っても美味しくないぞ～」

「み～！」

「ひー、誰《だれ》か代わって～。疲《つか》れました……」

目の前では壮絶《そうぜつ》な鬼《おに》ごっこが繰《く》り広げられている。なぜか、ここのスライムは超《ちょう》好戦的。

そんななか、宗方弟が赤々と燃える松明《たいまつ》を使い、炎《ほのお》スキルで迫《せま》りくるスライムを無双《むそう》中。やや、お疲れモードではあるが……。その手に持つ松明は、まったく消える気配がない迷宮産。以前、オーク戦で手に入れたもので、一度は狐獣人さんの村に置いていったものだけど、ペロが大変気にいっているらしく今回も持ってきていたのだ。

「しょうがにゃいにゃ。トシとネロしかスライム倒せないにゃからにゃ～」

「にゃ」

スライムの一番の弱点は火、属性を持つスライムの場合はそれに加えて反対属性も弱点。炎スキル持ちの宗方弟は火属性を持つスライム以外には無双状態。火属性を持つスライムは俺が水スキルで倒している。一応、大気スキルと土スキルでも倒せるスライムもいるが、面倒《めんどう》……もとい、たま

には活躍《かつやく》させて、宗方弟に花を持たせてあげさせているのだ。

ちなみに、誰も見てない間に雷《かみなり》スキルでも試《ため》してみたら、すべての属性のスライムに効いたね。なんか、炎スキルより効果的のような気がする。さすが雷スキルだ。だが、俺は、何もしていないし、何も見てないよ～。宗方弟、頑張《がんば》れ～。

「み、み～」

ミーちゃん、余計なことは言わんでよろしい。

「みっ⁉　みぃ……」

しかし、性格が温厚と聞いていたスライムだけど、奴《やつ》ら俺たちを見つけるとズルズル這《は》い寄り捕食してこようとする。どこが温厚だよ。話が違うぞ！

「レインもちょっとは助けてよ～」

「無理。俺、属性スキル持ってないからな。頑張れ」

「所詮《しょせん》は他人か！　薄情者《はくじょうもの》めぇ～。姉さん！　助けて～」

「痴《し》れ者めぇ！　姉弟《きょうだい》は他人の始まりという。絶縁状《ぜつえんじょう》を遣《つか》わす！」

「姉さん、あなたは鬼ですか……」

「みぃ……」

そんな憐《あわ》れな宗方弟にこの場を任せ、ルーさんとレティさんがこの先を索敵《さくてき》して来たところ、どうやらスライムは同族同士で共食いしているらしい。ここは迷宮の中なので捕食する物がないので共食いをしているのだろうか？　そもそも、迷宮のモンスターに食事って必要なのか？　外の世界のスライムと性格も違うようだし、迷宮って不思議空間だ。

そう、本当に不思議空間なのだ。本来、スライムはさっきも言ったように、倒したところで労多くして功少なしどころか何も残さない。はずなのにだ、宗方弟が倒したスライムは稀《まれ》に液体の入った小瓶《こびん》を残して消えることがある。

色違いの液体があり鑑定《かんてい》すると、初級ポーション、初級解毒剤《げどくざい》、初級気力回復薬、熱冷ましに下剤までいろいろ見つかっている。なかには中級ポーションも一つあった。中級クラスの薬品になると十万レト以上する物もあるという。要するに金貨一枚以上の価値があるということだ。スライムを倒す術《すべ》がある人には、この場所は最高の狩場《かりば》、いや宝の山に見えるはずだ。

ちなみに、中級ポーションを残したスライムは俺が倒した奴だ。何気に幸運スキルが良い仕事をしたのかもしれない。正直、もっと働いてください、幸運スキルさん。

「み、み～」

宗方弟がヒーヒーとスライムを倒しながら探索を続けた結果、この階層の広さは上の階層の三分の一くらいだとマップから見えてくる。この階層、狭《せま》いのは楽でいい反面、安全地帯を見つけない限り永遠とスライムに襲われ休むことができず詰《つ》む。寝《ね》ている間にどこからともなく忍《しの》び這い寄られ捕食され、朝には骨も残っていないなんてぞっとする。

もし、休もうとしたらこのメンバーだと宗方弟と俺しかスライムを倒せないので、寝ずの番になるのが目に見えている。早急に安全地帯を見つけねばならぬ。

ミーちゃん、どっちにあると思う？

「み〜？」

ミーちゃんが左にこてんと首を傾《かし》げたので、左に行ってみよう。

それにしてもスライムがわんさかと出てくる。さすがにトシが可哀《かわい》そうになってきたけど、これも試練だ。これを乗り越《こ》えた先にこそ、本物の勇者への道がある。なんてね。

さて、左方向に進むことしばらく、見つけてしまった……隠し部屋。しかし、安全地帯ではなく隠し部屋を見つけるとは、ミーちゃんらしいね。ミーちゃんの物欲センサー、恐《おそ》るべし。

「隠し部屋、見つけました」

「マジかぁ……」

「ここでか……」

ジンさんとルーさんは微《び》妙《みょう》な顔をしている。気持ちはわかる。俺もどちらかというと、隠し部屋より安全地帯が見つかってほしかった。

「お宝に挑戦《ちょうせん》にゃ！」

「おいちゃん、お金持ちまっしぐら！」

「俺の常識がどんどん崩《くず》れていく。いいのか？　これで……」

「いいのだよ、レインくん。お宝に罪はなし！」

「み〜！」

ペロたちはやる気十分。レティさんはどうでもいいって感じで、猫化しているセラをモフモフ。若《じゃっ》干《かん》一名、疲れ切って理解が追い付かず座り込《こ》んでいる者がいる。

「どうしますか？」

「やるんだろう……？」

「もちろんにゃ！」

「み～！」

諦め顔のジンさんが問えば、やる気満々のペロとミーちゃんが即肯定《そくこうてい》。逆らえません。

渋々《しぶしぶ》とルーさんが隠し部屋の扉《とびら》を探している間に、宗方弟にミーちゃんのミネラルウォーターを飲ませておく。隠し部屋で何が出てくるかわからない以上、戦力は万全《ばんぜん》にしないとね。

「プハァ～。生き返る～」

よし、復活したな。スライムのお化けが出たら宗方弟に頑張ってもらわないといけないからな。

「開けるぞ」

仕掛《しか》けを見つけたルーさんが声を掛け、隠されたスイッチを押《お》すと、ごぉーっと音をさせて扉が開く。どういう原理なのだろうか？　本当に不思議空間だ。

みんなが勢いよく中に突入《とつにゅう》していく。

「美女と酒樽《さかだる》がいっぱいだぜ！」

「カワイ子ちゃんたち、おいちゃんと酒のプールでにゃんにゃんしようぜ！」

「裸《はだか》の女性がいっぱいっす！」

おいおい、こいつら何を言っているんだ？　それ以上は言わせねぇよ！

「で、でっかいお肉にゃ～！　た、食べきれるかにゃ～？」

「にゃ！」

ペロとセラは何もない空間を見つめて涎《よだれ》がだらだらと……。

「姫様《ひめさま》。我《わ》が剣《けん》に誓《ちか》いお守りいたします！」

「「温泉だ。わーい！」」

宗方姉弟とレインもおかしくなっている。

な、何が起きているんだ⁉　隣《となり》のレティさんを見ればだらしないニヤケ顔。

「モフモフ……天国！」

「み～？」

あー、こりゃ駄目なパターンだ。隠し部屋の中をよく見れば数匹《ひき》の蛾《が》が飛んでいて、そこらじゅうに鱗粉《りんぷん》が舞《ま》い地面には数体のスライムがいる。飛んでいる蛾を鑑定すると幻惑《げんわく》蛾と出ている。まんまじゃん。っていうか君たち、少し前に催眠術にかかったばかりですよね？　もしかして、精神攻撃はこのパーティーの弱点なのか⁉

隠し部屋の中の幻惑蛾目掛けて雷スキルを放つ。ミーちゃんも部屋の中の幻惑蛾に気づき、神雷猫パンチを連打。ものの数分で真っ黒焦《こ》げになった幻惑蛾が地面に散乱した。異常状態に注意すればたいしたことなく楽勝のようだ。スライムもミーちゃん神雷猫パンチの前には瞬殺《しゅんさつ》。

そして、幻惑状態のメンバーはといえば、ジンさんは座り込んで架空《かくう》の美女に話しかけながらお酒を飲む仕草をしている。ポロはなぜか地面を泳いでいて、ルーさんにいたっては踊《おど》っている……。

ペロとセラはうみゃうみゃと何かを食べているようだ。レティさんもお嬢様《じょうさま》座りになってだらしない顔のまま、えへへぇって感じ。レインは跪《ひざまず》いて動かない。

一番問題だったのが宗方姉弟で服を脱《ぬ》ぎ始める始末。急いで宗方姉を羽交《はが》い締《じ》めにしてミネラルウォーターを飲ませる。宗方弟は……ごめん。

「きゃー！　ネロさんのエッチ！」

きゃー、エッチ、じゃねぇよ！　ミーちゃん、なんとか言ってやってください！

「み、み〜」

前回同様、みんなにミネラルウォーターを飲ませていく。

「俺の美女と酒はどこいった……」

「酒のプール！　酒が飲み放題だぜ……にゃ？」

「可愛《かわい》い子ちゃんたちが……」

虚《むな》しい夢だったね……。

「お肉、うまいにゃ〜。にゃ？」

「にゃ！　にゃ？」

君たちは幸せそうだね。

「俺は騎士《きし》になった！　……よな？」

なってねぇよ。レインくん。

「な、なんで僕《ぼく》、裸なんですかー！」

男の裸なんか見たくないから、早く服を着ろ。

みんなのなかで一番重症《じゅうしょう》そうなのがレティさん。絶望という崖《がけ》から突《つ》き落とされたような表情で打ちひしがれている。そこまでかい！

再度、ミーティングです。ありのまま話し、ありのままこのパーティーの弱点を伝える。

「マジかぁ……」

「「……」」

「おいちゃん、自信なくしそう……」

現実を突きつけられて考える者もいれば、

「姫さま……」

「もふもふ……」

現実を受け止められない者。

「僕の靴下《くつした》返して！」

「よく燃えそうにゃ」

「にゃんこ先生……やっちゃえ！」

「にゃ！」

まったく気にしていない者。って、お前ら、少しは気にしろよ！

そんな連中をほっといて、俺は部屋の中の安全を確認《かくにん》する。動くものはもういないな。

「み～！」

ミーちゃんが俺から飛び降りて部屋の端《はし》のほうに駆《か》けて行き、振《ふ》り返って俺を見て地面をテシテシ叩《たた》いてアピール。こ、これは、もしかして見つけちゃいました？

ミーちゃんが指示した場所には何もない。それでも、ミーちゃんがテシテシしているので、地面を掘《ほ》り返してみれば小箱が出てきた。箱を取り出して開けてみると小さな水晶《すいしょう》が五個入っている。

これ前にも見たことがあるな。どこだっけ？

「み～」

遺跡発掘《いせきはっくつ》の時に見たの？

鑑定すると増幅《ぞうふく》装置となっている。あー、あったなこんなの。

こういうのは、ゼルガドさんに渡《わた》せば何か作ってくれそうな気がする。隠し部屋で見つかったのだから、何かしら貴重なものなのは間違いないだろう。

呆然《ぼうぜん》としていたジンさんたちと、隠し部屋に挑戦中だったことを思い出したペロたちも部屋に入ってきて、地面に転がっている武器防具や硬貨《こうか》を拾い集め始める。掘り出し物はあるかな？

「大漁にゃ！」

「「大漁！　大漁！」」

「にゃ！」

「これで、酒のプールで泳げるぜ！」

暢気《のんき》だねぇ。確かにこれを全部売れば、酒のプールに入れるかも？　させないけど。

「この部屋のお宝を見ると、普通《ふつう》にハンター稼業《かぎょう》してるのが馬鹿《ばか》らしくなってくるっす……」

「そうっすね……」

「ルー、レイン、勘違《かんちが》いすんじゃねぇぞ。ネロがいるから見つけられ、攻略《こうりゃく》できたんだぜ。普通のハンターがこの部屋を探すとなったら、どんだけ苦労するか考えろ。下手すりゃ、命落とすぜ」

「「うっす……」」

ペロたちが集めた物は取りあえず、ミーちゃんバッグに収納しておく。帰ったらちゃんと山分けにする。相当な稼《かせ》ぎになるはずだ。そういえば、収納している時にさっきの小箱とは別の小箱を見つけた。気になったので確認すると、ミーちゃんが見つけた箱より一回り小さい箱。重さはたいしたことはないけど、凄《すご》く気になる。もう一度言う。気になる。

ミーちゃん、スンスンと箱の匂《にお》いを嗅《か》いだけど興味なさそう。でも、俺は気になる。

「それ、にゃんにゃ？」

「なんだろうね？　気になるから開けて調べようと思う」

「きっと、凄い宝飾品《ほうしょくひん》ですよ。ネロさん」

「チッチッ。トシは甘《あま》〜い。ＡＦ《アーティファクト》に決まってるのだよ！」

「ＡＦ……騎士に一歩近づくな」

「おいちゃん、酒がいいな」

宗方姉には悪いが持った感じ、違うと思う。軽いし、サラサラと砂のような音がする。砂金かな？　まあ、酒じゃないのは間違いない。

じゃあ、開けてみるよ。

「み〜」

ミーちゃん、あっま〜い！

箱の留め金を外して開けてみる。

さらさらとした黒い砂？　いや、違《ちが》うな。何かの種のようだ。鑑定《かんてい》してみると砂糖カブの種とある。砂糖カブ？　砂糖大根、甜菜《てんさい》のことかな？　確か北海道で栽培《さいばい》されていたはず。寒冷地の植物かな？　まあ、違ったとしても名前からして砂糖の原材料だろう。これも、ベン爺《じい》さんに丸投げ案件だな。専門家に任せるのが一番。

「それ、なんですか？　ネロさん」

「砂糖カブの種らしい」

「砂糖大根じゃなくてカブ〜？」

「同じようなものだと思う。でもこれで、砂糖が作れるようになるかもね」

「「あっま〜い！」」

「み〜！」

ミーちゃん、そんなにキョロキョロと周りを探しても、餡子《あんこ》はありませんよ？

「みぃ……」

前から思っていたけど、ミーちゃん脳内は『甘《あま》い＝餡子』という公式があるようだ。

それはさておき、ルミエール王国やヒルデンブルグ大公国でさえ、砂糖は南の大陸からの輸入に頼《たよ》っている。サトウキビはあるらしいけど、種や苗《なえ》は香辛料《こうしんりょう》と同じで国外への持ち出しが禁止されている。輸入に頼らざるを得ないので必然的に砂糖は貴重で高額になってしまう。

この世界で甘味料《かんみりょう》といえば蜂蜜《はちみつ》。養蜂《ようほう》も行われているし、蜂型のモンスターの巣には大量の貴重な蜂蜜があり高額で引き取られる。その蜂蜜を専門に狙《ねら》うハンターを蜂蜜ハンターと呼ぶ。なので、蜂蜜は豊富に市場に出回っている。庶民《しょみん》でも安価に買える物もあるので、比較的《ひかくてき》手に入れやすい。

けれど、蜂蜜は毎日食べるには味が濃《こ》くてくどい。料理などに使うにも、ほかの食材との兼《か》ね合いを考える必要がある。やはり、素材の味を損《そこ》なわない砂糖が使いやすいのは否《いな》めない。まあ、それでも黒砂糖が主で、白砂糖なんてまだ見たことがない。確か白砂糖を作るのに遠心分離《ぶんりき》機が必要だったはず。蜂蜜を集めるのに遠心分離機を使っていたような？　なら、できるのかも？

そんな黒砂糖とはいえ輸入に頼る以上、貴重品には違いない。この砂糖カブの栽培に成功すれば、将来的に砂糖が精製できるようになり、少しは砂糖の値段も下がるかもしれない。

もちろん、それを一手に担《にな》うのは神猫商会。間違いなく主力商品の一つとなる。

そして、ミーちゃん、ウハウハだよ！

「み〜！」

宗方姉弟《むなかたきょうだい》とそんな話をしている間に、ペロたちは残りの貴重品を集め終えたようだ。ご苦労さん。

本当ならここでゆっくりと休みたいところだけど、少しだけ休憩《きゅうけい》して安全地帯を見つけるべく探《たん》索《さく》を再開する。そしてまた、スライムに追い回される。本当に厄介極《やっかいきわ》まりない。

朝から探索を始めて既に十八時間が経過しようとしている。正直、もう疲《つか》れて歩きたくない。なんて愚痴《ぐち》を零《こぼ》しそうになった矢先、安全地帯を見つけた。た、助かった〜。

「み〜」

みんな、疲れて床《ゆか》に座り込《こ》みぐったり。明日は少しゆっくりめで出発しよう。

疲れた体に鞭《むち》を打って、夕食を作り風呂《ふろ》の用意もする。

ん？　なんか俺《おれ》だけ休まず働いてない？

「み〜？」

みんなはさすがに疲れているせいか言葉少なげに夕食を食べ、風呂に入り寝《ね》てしまった。食事の後片付けは明日にして、俺も風呂に入って寝よう。さすがにもう無理……。

風呂に入ってテントに入ると、セラを抱《だ》き枕《まくら》にレティさんは幸せそうな顔をして寝ている。黒豹《くろひょう》姿のセラだと温かいし、ちょうどいい抱き心地《ごこち》だろうな。俺もミーちゃんを抱っこして寝よう。

「み〜」


朝、うるさくて目を覚ます。一晩ゆっくり寝て、腹ペコ魔人《まじん》どもがお腹《なか》を空《す》かせたらしい。なんて燃費の悪い奴《やつ》ら。しょうがない、起きるか……。

朝食を食べた後、お茶を飲みながらジンさんたちと話をする。この安全地帯に転移門を設置するかだ。正直、六階層の蟲《むし》モンスターは外骨格の硬《かた》さが厄介なうえ、素材的にあまり魅力《みりょく》がない。それに対してこの七階層のスライムは準備さえしっかりとやれば倒《たお》しやすいし、なんといっても稀《まれ》に落とすポーション類は非常に魅力的。

今現在、安全地帯の出入り口には、わんさかスライムが蠢《うごめ》いている。安全なこの場所からでもスライムを攻撃《こうげき》して倒すことができるし、転移門があればこの安全地帯を中心に活動している限りピンチになっても逃《に》げ帰れる。ノーリスクハイリターンな狩場《かりば》になるぞ。それこそ、駆《か》け出しのハンターでも無理せず稼《かせ》ぐことが可能だろう。

「そんな簡単に転移門なんて作れるのか？」

「転移師さんに五組分作ってもらいましたので、問題ありませんよ」

「み～」

「ここなら対策さえしっかりとすれば、駆け出しのハンターでも稼げるっす。俺は賛成っす」

「ルーの言うとおりではあるんだが……」

「取りあえず、設置して、運用はセリオンギルド長にお任せでいいんじゃないですか？」

「はぁ……また面倒《めんどう》なことにならなきゃいいがな」

「み～？」

そこは、ギルドにお任せってことで。

安全地帯の端《はし》で転移門の紙を燃やすと、毎度の如《ごと》く何かが俺の体から抜《ぬ》けていく感じがする。あとはギルドに行って燃やした紙と対《つい》になる紙を燃やせば転移門の完成。すぐには戻《もど》らないけどね。

ゆっくり休んだおかげでみんな十分に気力体力が回復したようだ。

さあ、出発だと思ったけど、安全地帯の出入り口には蠢くスライムで出るに出られない……。

「積年の恨《うら》みにゃ～」

ペロが安全地帯の中から迷宮《めいきゅう》産松明《たいまつ》でスライムを攻撃。

「「にゃんこ先生……弱い者いじめに見えるよ」」

「楽しいからいいのにゃ」

完全なハメ技《わざ》。完全攻略法《こうりゃくほう》だな。

さあ、君たち。遊んでないでさっさと行くよ。

探索中のスライム退治はトシにお任せ。最初はペロが松明でスライムを燃やしていたけど、もう飽《あ》きたようだ。猫は気分屋で飽きやすいからなぁ。特にペロ。なので、仕方がない。

「にゃんこ先生〜。手伝ってくださいよ〜」

「松明で燃やすの面倒にゃ。トシに任せるにゃ」

「みぃ……」

「そんなぁ……」

頑張《がんば》れ宗方弟よ。運が良ければ下の階層に降りる道はすぐに見つかるかもしれないぞ。これまでの経験上、たいてい安全地帯の近くに下の階層に続く道があったからね。

予想どおり、探索を始めて一時間もせず下の階層に続く道を見つけられた。

そして、八階層は遠くまで続く一本道。

「なあ、おいちゃん、これに見覚えがある。もしかしてってやつか?」

「ああ、もしかしてだな」

マップスキルでも脇道《わきみち》はまったくなくまっすぐだ。

「もしかして、ってなんだよ？　ポロ」

「オークの時と同じなのだよ。レインくん」

宗方姉の言うとおりのような気がする。奥《おく》へ進むには強敵を倒して行くしかない、試練の道への入り口なのかもしれない。今度はどんな高級食材かな～？

「み、み～？」

素敵《さくてき》に出てくれていた、ルーさんとレティさんが戻ってきた。

「ありゃ、無理っす」

「ゴーレムだ。少年」

「スライムの次はゴーレムかよ……」

「み～？」

ジンさんが珍《めずら》しく嫌《いや》な顔をしている。それほど強敵なのか？　ゴーレムって人形のことだよね。砂とか泥《どろ》とか金属のＲＰＧの定番モンスター。この世界にもいたんだ。

「ゴーレムってにゃんにゃ？」

「にゃ？」

ペロとセラは知らないようだ。レインも首を傾《かし》げている。珍しいモンスターなのか？

「にゃんこ先生たち知らないんですか？」

「物質系モンスターで、パワータイプのモンスターでもあるのだよ」

「「にゃ？」」

宗方姉よ、解説ありがとう。ペロたちは知らず、ジンさんたちは知っている。自然界には存在せず、迷宮特有のモンスターなのかもしれないな。

「ゴーレムってのは厄介だぜ。どんなゴーレムだ？」

「砂だと思うっす。正直、割に合わないっす」

「サンドゴーレムか……サンドゴーレムならなんとかなるな」

「おいちゃんは苦手だな。まあ、直接斬《き》らなきゃいいだけなんだけどな」

「み～？」

うーん。直接斬らなきゃいいってどういうこと？

ペロたちも意味が分からずハテナ顔。そこで、ジンさんが対ゴーレムの戦い方を、みんなにレクチャーしてくれることになった。

サンドゴーレムは名前のとおり砂で出来たゴーレム。斬ったところですぐに元どおりに戻るらしい。倒すにはどこかにあるエナジーコアを破壊《はかい》するしか方法がないそうだ。問題なのは、砂で出来ているので普通《ふつう》の武器で直接攻撃すると武器がすぐに駄目《だめ》になること。まあ、うちのメンバーが持つ武器はそんじょそこらの武器とは違い、逸品《いっぴん》ものだから問題ないかもしれない。でもやはり、心情的に何度も砂を斬りたいとは思わないよね。なので、直接攻撃ではなく飛ぶ斬撃《ざんげき》のような攻撃で倒すのがセオリーらしいね。って飛ぶ斬撃なんて普通使えねぇよ！

「ちょうどいいからな、ここで全員に覚えさせるぜ。なあ、ルー」

「お、俺もっすか⁉」

対象は宗方姉弟、レイン、セラ、ルーさん、そして俺。俺っ⁉

「ゴーレムは物理攻撃しかしてこねぇ。スライムに比べたら楽勝だ。当たらなければどうということはねぇ。練習相手にはうってつけだ」

ゴーレムはエナジーコアを破壊して倒すので何も得る物がない。ルーさんの言うとおり割に合わないモンスター。今の俺たちにちょうどいいレベルの相手で、なんの気兼《きが》ねもなく倒せる。だからこそ、練習相手にもってこいということらしい。

ジンさんの説明によると、サンドゴーレムやウッドゴーレムなどは比較的物理攻撃が効くので倒しやすく、石や金属系ゴーレムになると、中堅《ちゆうけん》ハンタークラスの攻撃では歯が立たず諦《あきら》めて逃げるしかない。ただし、大ハンマーなどの打撃攻撃は有効なので、何人かでけん制している間に打撃武器で大ダメージを与《あた》える戦法は確立されているという。

大ハンマーなんて俺のコレクションの中にはないね。はい、残念。

そして、そんなモンスター二体が俺たちの目の前にいる。

体長は二メルくらいで、意外とひょろっとしている。イメージ的に重厚《じゆうこう》で威圧《いあつ》感の塊《かたまり》って思っていたのに、目の前のゴーレムはどちらかといえばふっくらとした棒人形のように見える。

「まずはお前らで普通に戦ってみろ。体のどこかにあるコアを破壊するまで攻撃を休めるなよ。いいか、気を抜くんじゃねぇぞ！」

「み〜！」

ジンさんの指示の後、ジンさんとポロ、レティさん以外のメンバーが一斉《いつせい》に動き出す。いつも煩《うるさ》いくらい騒《さわ》いでいるペロたちも一言も発さず、緊張《きんちょう》した面持《おもも》ちでゴーレムに向かって行く。

速い！　メンバーが動き出した途端《とたん》、糸の切れた人形のようだったゴーレムが思った以上の速さで動き出す。鈍足《どんそく》じゃないいんかい⁉

その動きに驚《おどろ》いたうちのメンバーは、ゴーレムより一歩遅《おく》れた感じになった。特に戦いの経験が浅い宗方姉弟。俺と同じでゴーレムは鈍足って、ゲームの固定概念《がいねん》に捉《とら》われていたのかもしれない。

そんな動きの悪い宗方弟を、プログラムされたマシーンのように標的にするゴーレム。構えきれていない宗方弟に、容赦《ようしゃ》なくゴーレムは腕《うで》を振《ふ》り上げる。

「ヒッ⁉」

「馬鹿野郎《ばかやろう》！　ぼさっとすんな！　トシ！」

「みぃ……」

レインとルーさんが宗方弟とゴーレムの間に割って入り、なんとかゴーレムの攻撃を捌《さば》ききる。

「た、助かった……」

宗方姉も必死に矢を放とうとするけど、焦《あせ》っているせいか矢をつがえるどころか落とす始末。

「はおっ⁉　おふぅ……」

駄目だこりゃ……。

「みぃ……」

そんな矢を拾うことに気を取られ、無防備になった宗方姉に襲《おそ》いかかるゴーレム。ザスッ、という音とともに宗方姉に襲い掛《か》かっていたゴーレムの腕が、ジンさんの大剣《たいけん》により斬り落とされる。

「気を抜くなって言っただろうが！」

「あ、ありがとうです〜。師匠《ししょう》〜」

ジンさん、師匠なんだ。ペロは先生だし、じゃあ俺は？　なんてことを思いつつ、銃《じゅう》でゴーレムを狙い撃ちまくる。運が良ければエナジーコアを破壊できるかなって思ったけど、どうやら俺の幸運スキルは仕事をさぼっているようだな。ただ、ゴーレムは俺の攻撃を嫌がり一旦距離《いったんきょり》を取った。

「わかっただろう！　こいつらに攻撃させる隙《すき》をつくるな！」

ジンさんがゴーレム一体を引き付けている間に、ペロとセラがゴーレムに攻撃を仕掛け、その次にレインとポロ、そして、ルーさんと宗方弟が入れ替《か》わり立ち替わり攻撃を加える。波状攻撃でゴーレムに攻撃させる隙を与えない作戦。俺と宗方姉は後方からみんなが入れ替わる時に、けん制として攻撃している。たまにショートソードを振るが飛ぶ斬撃は出ないね……。

ゴーレムはすぐに攻撃された場所を修復させてしまう。表情がないだけにダメージを負っているのかさえ判断できない。こりゃあ、難敵だなぁ。

「み〜！」

ミーちゃんが何かに気づき声を出す。確かに今ゴーレムの右肩《みぎかた》の所で何か光ったのが見えた。

「右肩にエナジーコアらしきものが見えました！」

「おいちゃんに任せろ！」

ポロが五体の分身を出してゴーレムを囲み、一斉に剣を振るう。飛ぶ斬撃だ。斬撃はゴーレムの右肩に集中して右肩を抉《えぐ》り取る。瞬《またた》く間にゴーレムが崩《くず》れ去り砂山になった。エナジーコアが破壊されたからだろう。意外と呆気《あっけ》ないな。

「お前らちゃんと見てたか？　俺もやるからちゃんと見てろよ」

もう一体のゴーレムにジンさんが大剣を振れば、斬撃がゴーレムを左右に真っ二つにする。

左右に分かれたゴーレムの右側が崩れ砂山になるが、左側の体は残ったままで砂山に這《は》いずっていき、砂を吸収して体を元に戻し始める。

そんなゴーレムにペロが追い打ちをかけ、飛ぶ斬撃で左右に分かれた体を今度は上下に分断。その崩れなかった上半身を蹴《け》り飛ばす。そんな状態でも砂山に戻ろうとズルズルと這いずるゴーレム。

「気味が悪いにゃ。トシ、そっちに持って行くにゃ！」

「了解《りょうかい》です。にゃんこ先生！」

宗方弟が槍《やり》でゴーレムの左腕《ひだりうで》を刺《さ》して、俺のほうに放《ほう》り投げてくる。おいおい、なんで俺のほうに投げてきた？　いらないぞ、こんなもの。

「ネロさん。任せました！」

任せましたって、任されたくないのですけど？　俺に何を期待しているんだ？

ミーちゃん、俺の肩《かた》から飛び降りてズルズルと砂山のほうに動いているゴーレムに乗っかり、テシテシと頭部分を興味深げに叩《たた》いている。

ミーちゃん、ばっちいから触《さわ》っちゃ駄目だよ。

「み～」

仕方ないので足で踏《ふ》みつけ動けなくして、神猫剣ニャンダーソードを抜き、さらに腕、頭と細かく解体していく。最後に崩れず残ったのは左胴体《どうたい》部分。慎重《しんちょう》に砂をニャンダーソードで削《けず》っていき、エナジーコアが見えたところで引き抜くと残りの部分もさらさらと崩れていった。

「終わったにゃ……」

「にゃ……」

「強敵でしたね、にゃんこ先生」

「私の矢は役立たずぅ。ガックシ……」

ゴーレム、強敵だった。パワーもさることながら、その動きの速さには驚かされた。ゴーレムは動きが遅《おそ》いという固定概念を持っていた俺と宗方姉弟は特にそう。切っても突《つ》いてもどんな攻撃をしても、エナジーコアを破壊するまでは元に戻ってキリがない。正に強敵。それにハイリスクローリターンどころか何の見返りもないから、一層疲れた感じだけが残ってしまう。

「無傷のゴーレムのエナジーコアか。初めて見たぜ」

「俺もっす」

ジンさんやルーさんほどのハンターでも、無傷のゴーレムのエナジーコアは初めてらしい。

「高く売れますかね？」

「どうだろうな？　コア自体の価値はオークリーダーと同じくらいだと思うが、ゴーレムのという付加価値がどう付くかだろうぜ。まあ、好事家《こうずか》には高く売れるんじゃねぇか？」

そんな好事家なんているのかな？　ウイラー道具店のシュバルツさんの所に持ち込んでみるのもありかな。シュバルツさんならそんな好事家を知っていそうだしね。

ミーちゃん、光り物大好きです！

さて、気を取り直して次に行こう。って、言おうとした時、ミーちゃんがゴーレムが崩《くず》れて出来た砂山にダイブ。

「み〜！」

あぁ、やっちゃったよ。砂まみれになっちゃったね。砂遊びは別の所でやってほしかったなぁ。

「み〜？　みっ、み〜！」

ミーちゃん、なぜか一生懸命《いっしょうけんめい》砂を掻《か》いている。でも、掻いても掻いてもミーちゃんの何倍も大きい砂山なので、全然減らない。逆に、砂山が崩れてミーちゃんが埋《う》もれそうになる。それでも、ミーちゃんは砂を掻き続ける。そんなに楽しい？

「姫《ひめ》。ペロが代わるにゃ」

「み〜」

俺《おれ》はミーちゃんが楽しそうにやっていたので見ていただけだけど、ペロは黙《だま》って見ていることができなかったようだ。というより。何かに気づいた？

ミーちゃんが砂山から脇《わき》に移動して、ペロが砂山を崩し始める。

「この辺でいいのかにゃ？」

「み〜」

「にゃんこ先生。何してるんです？」

「ミーちゃんと棒倒《ぼうたお》しー？」

まあ、棒が立っていれば棒倒しにも見えなくはない。

ペロがわしゃわしゃと砂山を崩していくと、キラリと光るものが砂山から見えた。

「みっ！」

「にゃんにゃこれ？」

「水晶《すいしょう》っぽいですね」

「おぉー、大きいね」

砂山から出てきたのは、ミーちゃんの頭よりちょっと大きい水晶の原石。

ミーちゃん、その水晶の原石を見てうっとり顔。ミーちゃんも光り物好きの女の子ってことだね。だから、あれだけ頑張《がんば》っていたんだ。

しかし、この水晶はなかなかの大きさ。加工すれば占《うらな》い師が持つ水晶球くらいにはなると思う。ミーちゃん、占い師でも始める気か⁉　紫色《むらさきいろ》のベールで着飾《きかざ》ったミーちゃん……に、似合いそう。

「み〜？」

さして、ほかのメンバーは興味がなさそうなので、水晶がゴーレムの体の中にあるのはデフォルトなのかも。なので、ポロが倒したゴーレムのなれの果ての砂山を探すと、大きな紫水晶が見つかった。ミーちゃんはそれを見てまたうっとり顔。まあ、紫水晶も正直たいした価値はないけどね。

「売れるか売れないかでいえば売れるが、ゴーレムから取れる宝石は質が悪いから大した値は付かないぞ。記念品程度だな。少年」

そうなんだ、残念。まあ、ミーちゃんにとっては宝物だからいいけどね。

次の部屋に注意しながら進むと、さっきと違《ちが》ったゴーレム二体がいる。

「あれはウッドゴーレムだな。トシの出番だぜ」

レインが言うように木で出来たゴーレムなら、燃やしてしまえばいい。

「任せ……」

「ちょっとまった〜！」

しかし、そこで宗方《むなかた》姉が待ったをかける。

「ここは私にお任せなのだよ。諸君」

なんか凄《すご》い自信だ。どっから湧《わ》いてくる自信なのかは知らない。牛丼《ぎゅうどん》でも食べたのか？

「姉さん。本当に大丈夫《だいじょうぶ》？」

「カオリンに任せるにゃんて心配にゃ……」

「にゃ……」

「むむ。己《おのれ》らぁ〜。聞いて驚《おどろ》け、見て笑え！」

なんて言って一人でずんずんゴーレムに向かって行く。

「止めなくていいんっすか？」

「まあ、大丈夫じゃねぇの？　嬢《じょう》ちゃん、自信あり気だしな。ちょうどいい。もう一体はレインとトシで倒せ。訓練相手にはもってこいだぜ」

「『うい～っす』」

それにしても、ウッドゴーレムはとても愛くるしい顔をしている。木の節が目口のような配置にあり微笑《ほほえ》んでいるように見える。宗方姉が近づいて行っても、きょとんとしている。まだ、敵と認識《にんしき》していないって感じ？　あるいは温厚《おんこう》な性格なのかな？

宗方姉はそんなウッドゴーレムに十メルほど近づいたところで、ビッシっと腕《うで》を伸《の》ばし指を突《つ》きつける。何をやらかすつもりだ？　あいつは。

「み～？」

「チャララー。あんたにゃ、なんの恨《うら》みはございませんが、これも仕事人稼業《かぎょう》の掟《おきて》でござんす。己がウッドゴーレムだったことを恨むんですなぁ。チャララー」

「み～？」

チャララーって、どこの仕事人だよ！　いつから仕事人になった！　そもそも頼《たの》み人は誰《だれ》よ！

「大地の息吹《いぶき》、我《わ》が命に従い咲《さ》き誇《ほこ》れ草木。百花繚乱《ひゃっかりょうらん》。舞《ま》い散れ、ウッドゴーレム！」

おいおい、なんか目がいっちゃっていませんか？　宗方姉の黒歴史が炸裂《さくれつ》中？　見てないフリをしよう。うん、そうしよう。よく見ればほかのメンバーも目を逸《そ》らしている。ペロ以外ね。

「おぉー。にゃんか格好《かっこう》いいにゃ！　ニャララ～」

「み～！」

って、ミーちゃんもですか⁉　そういえば、ミーちゃんは時代劇スキーでしたね……。

そんななか、ぽけーとしていたウッドゴーレムに異変が起きる。体中から枝が伸び始め、芽が出て花が咲き始める。花が枯《か》れる頃《ころ》にはウッドゴーレムの体は枝に絡《から》まれ、身動きが取れない状態に。

おぉー凄い、の一言しか出てこないぞ。

百花繚乱、宗方姉のレアスキル。植物の成長を早めるっていうスキル。桜の苗木《なえぎ》ではお世話になった。なるほど、ウッドゴーレムには天敵になるスキルのようだ。

「チャララー。またつまらぬ物を斬《き》ってしまった。チャララー」

「みみみ～、み～！」

いやいや、あなた斬ってないからね！　ウッドゴーレム動けないけどピンピンしていますから！

それに、そのセリフ、仕事人じゃねぇし！　どこぞの怪盗《かいとう》さんのお仲間ですから！　ミーちゃんも気に入ったのかもしれませんが、真似《まね》しなくていいですから！

「すげぇには違いねぇけどよぅ。どうすんだ、これ？」

「み～？」

どう、しますかねぇ？　動けないのだから、そのままでいいのでは？

「一刀両断にゃ！」

ペロは高くジャンプしたかと思うと、愛刀虎徹《こてつ》で一気にウッドゴーレムを両断。両断したけど虎徹の能力でウッドゴーレムは三枚おろしになってしまった。

「おっ、何か埋まってんぞ。息子《むすこ》よ」

「にゃ？　どれどれにゃ？」

「み～」

ペロとミーちゃんが、ポロが剣先《けんさき》で突っついてほじくり返したものを持ってくる。ペロのは割れたエナジーコアのようだ。ミーちゃんが咥《くわ》えているのは鑑定《かんてい》すると琥珀《こはく》と出ている。

ミーちゃん、光り物好きねぇ。

「み〜！」

しかし、宗方姉やるなぁ。ちょっと見直してしまう。スキルを上手《うま》く使った宗方姉固有の技《わざ》あり勝利だ。ああいう戦いを見ると自分の戦い方を考えさせられるな。もっとスキルを研鑽《けんさん》しなければならない。負けられないな。

そんな決意をよそに、ミーちゃんは琥珀を見つめうっとり。完全に戦いを忘れ魅入《みい》られている。

そういえば向こうはどうなった？

「ちっ、こいつもすぐに元どおりになるぞ！」

「エナジーコア〜。どこにある〜」

一進一退だな。突いても斬ってもすぐに元どおりになり、レインと宗方弟に反撃《はんげき》。パワーはサンドゴーレムに比べれば軽そう。だけど、その分素早《すばや》くワンツー攻撃《こうげき》。訓練ということで宗方弟の炎《ほのお》スキルは封印《ふういん》。なんとか二人での攻守で均衡《きんこう》を保っている感じだ。こうなると、エナジーコアを見つけて壊《こわ》すのが早いか、レインと宗方弟の体力が尽《つ》きるのが早いかで勝負が決まりそう。

「とにかく斬り刻むしかねぇ！　トシ！」

「レインくん、ここは名誉《めいよ》ある撤退《てったい》では？」

このどこに名誉がある？　不名誉以外の何ものでもないと思うのは俺だけか？

「お前らこいつを倒さなければ、今夜の飯抜《ぬ》きな」

「やるぞ！　レイン！」

「お、おぉう……」

ジンさん、だんだん宗方姉弟《きょうだい》の扱《あつか》いに慣れてきているな。こいつらを動かすには目の前にエサをぶら下げるのが一番。娯楽《ごらく》の少ないこの世界だから食べ物関係には顕著《けんちょ》に反応を示す。

「うりゃー！　斬って斬って斬りまくるぜ！」

「あっ、何か見えた！　うりゃ〜！」

宗方弟の槍《やり》の鋭《するど》い一撃がウッドゴーレムの腰《こし》の辺りに吸い込《こ》まれると、ウッドゴーレムの動きが止まる。倒したのか？

「何かに当たった手応《てごた》えがありました！」

「じゃあ、斬ってみるか」

ポロが剣を抜き飛び上がって一刀両断。ウッドゴーレムが左右に分かれ倒れる。みんなで腰の辺りを覗《のぞ》き込むと、ありました。壊れたエナジーコアが。

「み〜！」

「姫がそう言うにゃら探してみるにゃ」

どうやら、ミーちゃん、ペロに光り物がないか探すように頼んだみたい。しばらくペロが虎徹でウッドゴーレムを斬り刻んでいると、

「姫、あったにゃ！」

さっきミーちゃんが咥えてきた琥珀より少し大きい琥珀だ。今度、その琥珀でネックレスでも作ってもらうか？　ミーちゃん、喜ぶかな？

「お前ら人の話を聞いていたか？　誰が普通《ふつう》に倒せと言った？　飛ぶ斬撃《ざんげき》の訓練って言ったよな？」

「ジクムントさん。さすがになんの手がかりもなしじゃ無理です。なあ、トシ？」

「師匠《ししょう》！　ヒントプリ～ズ！」

「はあ～、ペロは見てただけで覚えたぜ？　ペロ、教えてやれ」

「にゃ？　飛ぶ斬撃かにゃ？　それはにゃ、ぐ～っとしてだにゃ、があ～っと気合いを入れた後ににゃ、だぁ～んとぶっ飛ばしてやるにゃ！」

「「……」」

わかるぞ二人とも。ペロはある意味天才で感覚派だからな、凡人《ぼんじん》の俺たちには理解が追い付かないからな。ミーちゃんはわかる？

「み～」

わかるんだ……。

「ポロ。お前の息子の言ってることを訳してくれ」

「しょうがねぇなぁ。雌猫《めすねこ》の柔肌《やわはだ》をまんべんなく撫《な》で回す感じで……イデッ!?」

それ以上、言わせねぇよ！　ポロの頭に大気スキルで空気弾《だん》をぶつけてやった。

「聞いた俺が馬鹿《ばか》だった……」

ジンさん、ペロ、ポロが駄目《だめ》だとなるとルーさんはどうだろう？

「ルーさんは飛ぶ斬撃は使えるんですか？」

「あんまし得意じゃねぇけど、なんとなく程度には使えるな」

「『教えてください！』」

「お、おう。飛ぶ斬撃はミュラーの奴《やつ》が得意だったんだぜ」

レインと宗方弟はミュラーさんのことは知らないから誰？　って感じ。ルーさんの元ＰＴ《パーティー》蒼竜《そうりゅう》の咆哮《ほうこう》のリーダーだ。この辺りでは珍《めずら》しい竜人族の方で相当の強さの持ち主だった。みんな元気にしているかなぁ。ミュラーさん、ジルさん、シャイナさんはゴブリンキング討伐《とうばつ》に参加しているはず。ミランダさんはクイントのギルドで回復士として働いているから結構顔を合わせている。そしてユーリさんは……言うまでもないね。

ルーさんの飛ぶ斬撃講座が始まりレインと宗方姉弟は真剣《しんけん》に聴《き》いている。

そんな四人をよそに、一段落がつきみんなが寛《くつろ》いでいるのを見ながら、自分のスキルを思い浮《う》かべて対ゴーレムの仮想戦闘《せんとう》をしてみる。いろいろ考えた末、これいけるんじゃねぇ？　って作戦をいくつか導き出す。

「考えごとか？　少年」

「はい。次のゴーレム戦で試《ため》したいことを思いつきました」

「カオリンのような戦い方か？」

「相手によりますが、効果的なスキルの使い方ですかね」

「何をする気だ？　少年」

「まあ、見てのお楽しみってことで」

うーん、なんか早く試したくてウズウズしてきた。俺の考えが上手くいけばゴーレム無双《むそう》ができる可能性がある。飛ぶ斬撃は無理そうだけど……。

無双できれば、ミーちゃんの大好きな光り物をいっぱい集められるよ！

「み～！」

次の部屋はウッドゴーレムがいない。これはラッキーだ。遭遇《そうぐう》したのは泥《どろ》で出来たマッドゴーレムとサンドゴーレムの二体。

俺のスキルを試すにはおあつらえ向きのゴーレムなのだが、

「チッ、ここも二体かよ。厄介《やっかい》だぜ」

「もう、ゴーレムはいいっす。割に合わないっす」

って感じ。

「おいちゃん、金とか銀で出来たゴーレムならやる気が出るんだがなぁ」

「にゃんにゃ？　そんにゃゴーレムいるのかにゃ？　パパにゃん」

「流言飛語だな」

「なんだ、レインは夢がねぇなぁ」

「現実的と言ってくれ」

そんなゴーレムいたら一攫千金《いっかくせんきん》どころか一攫万金《いっかくばんきん》、いや一攫億金かな。

「み～！」

いやいや、そんな美味《おい》しい話があったら、ハンターすべてが群がっていますから！

「み～？」

だ・か・ら～、都市伝説で、実際にはそんなゴーレムいないから！　知らんけど。

「みぃ……」

ミーちゃんはどうやら、家の玄関《げんかん》前に金と銀のゴーレムを飾《かざ》りたかったようだ。そんなのを置いたらすぐに盗《ぬす》まれると思うけど……。

「で、どうするよ？　ネロ」

「もちろん、ここを抜けないと最下層に行けないのなら、倒して行くまでです。戦え勇者の卵ども！　戦って戦いまくれ！」

「み～」

「「オーガだ。オーガがいる……」」

普通のハンターならルーさんの言うとおり、撤退を視野に入れるかもしれない。このゴーレム二体と戦うなら、普通なら二ＰＴは必要になってくるが、なんといっても割に合わなさすぎる。

だが、俺たちの目的は最下層に行くことで、素材集めや報酬《ほうしゅう》目当てではない。まあ、あるに越《こ》したことはないけど。

それに、俺たちは普通のパーティーじゃない。言うなれば非常識極《きわ》まりないパーティーだ。ちょっと自分で言っていて悲しくなるけどね。

ハンターギルド界で五本の指に入るジンさん。高ランクパーティーで斥候《せっこう》兼剣《けん》士をしていたルーさん。ケットシー族の凄腕《すごうで》剣士でペロのパパにゃんであるポロ。その相棒で英雄《えいゆう》を目指すレイン。

それに加え、うちのメンバーでポロの息子で天才剣士のペロ。黒豹《くろひょう》族の族長の孫のセラ。義賊《ぎぞく》の長《おさ》の懐刀《ふところがたな》だったレティさん。俺と同郷の勇者の卵の宗方姉弟。

なにより、一番の非常識……もとい、みんなのアイドルで神の眷属《けんぞく》、ミーちゃん！　プラス、俺。

「み～？」

このパーティーが普通であるはずがない。

「とは言ったものの。ここは俺に任せてもらいましょう」

「「おぉー。魔王様《まおう》、頑張れ～」」

「おっ、にゃんかネロがやる気にゃ。魔王ネロ降臨にゃ！」

「にゃ！」

「ネ、ネロが燃えてる⁉　魔王化か⁉」

「魔王ネロ……おいちゃん、ちびるかも」

お前ら、いい加減にしとけよ。誰が魔王じゃ！

「み～？」

「本気か？　ネロ」

漢《おとこ》に言葉は要《い》らぬ。行動で示すのみ。

ミーちゃんをレティさんに渡《わた》して、ゴーレムたちの前に進む。

ゴーレムどもよ、お前たちは俺の視界に入った時点で生きているかどうかは横に置いとくとして、既《すで》に死んでいる。フッ……。胸に七つの傷はないけど。

ゴーレムを見据《みす》えて指をパチンと鳴らした瞬間《しゅんかん》、空中にエナジーコアを残しゴーレム二体は崩れ去り、ポトンコロコロっとエナジーコアが落ちる音だけが部屋に響《ひび》く。

決まった……。

ちなみに、指を鳴らした意味はまったくない。格好いいかなって思ったからやってみた。だけど、まったく反応がないのはなぜ？　ちょっと悲しい……。

と思いながら振《ふ》り返れば、みんなポカーンと口を開けて、崩れ去ったゴーレムを見ているね。

ペロさんや、エナジーコアを拾ってついでに宝石も探しておいてね。

「わ、わかったにゃ……。ネロはやっぱり魔王にゃ……」

平常運転のミーちゃんはレティさんの腕の中から飛び降りて、宝探しに行っちゃった。

「ネロ！　何しやがった⁉」

「ネロさん。非常識だと思ってましたけど……」

「ここまでだとはねー」

「あれが魔王の力か……」

「おいちゃん、マジ、ちびっちゃったかも……」

我に返ったかと思えば、酷《ひど》い言われようだ。君たちに非常識だとか、魔王だとか言われたくない！

俺はこのパーティー唯一《ゆいいつ》の常識人だぞ！

しかし、ここまで上手くいくとは。正直、この結果に俺のほうが驚いている。

ペロとミーちゃんが戻《もど》ってきたので説明しよう。ちなみに、ミーちゃんはトパーズとアメジストを見つけたようで、満面の笑みだ。

「では、説明しよう。土スキルを使いました。はい、説明終わり」

「み～？」

「って、説明になってねぇぞ！」

「ネロさん、ちゃんと説明してくださいよ～」

「説明プリーズ！」

いやぁね、宗方姉の戦い方を見ていて思うところがあったのよ。砂や泥って土スキルで操作できるから、サンドゴーレムやマッドゴーレムの素材である砂や泥も操作できるんじゃゃねぇ？　って。どこにあるかわからないエナジーコアを探すより、体その物の砂と泥を操作して地面に落とせば簡単でいいんじゃね？　って。

だから実際にやってみた。土スキルに反応しなかった部分だけを外に押《お》し出したわけよ。そうすると予想どおりエナジーコアだけが切り離《はな》され、ゴーレムが崩れ去った。本体とエナジーコアが切り離されたことで倒したことになったと推測されるのよ。わかった？

「ま、まあ、魔王ネロだしな当然か……」

「おいちゃんの心臓は取らにゃいでにゃん！」

取らねぇよ！　というか魔王じゃねぇし取れねぇよ！

「ネロだしにゃ」

「にゃ」

「少年だしな」

な、なんですか？　その白い目で見るのやめてくれません！

「み～」

だよね～。ミーちゃんだけだよ。俺のことをわかってくれるのは。ってミーちゃん、なんか眼《め》の色が宝石みたいにキラキラとしていません？　なんで、そんなに俺の足を叩《たた》いているのでしょうか？　さっさと次に行こうって？

「み～！」

ちなみに、金属も土スキルで操作できる。できるけど、砂や土などのようには簡単に操作はできない。一度、宴会芸《えんかいげい》用にスプーン曲げの練習をしたことがあるが、めちゃくちゃ疲《つか》れた。なので、金属ゴーレムには対処できないと思う。まあ、ほかの案があるからそちらを試したいと思う。

「マジ無理っす……」

と言ったのがフラグだったのか、

「み～？」

「どう見ても金属ゴーレムだったぞ。少年」

先にある部屋を確認してきたルーさんとレティさんが、首を振りつつ戻ってきた。フラグが立っちゃったようだ。サンドゴーレムと金属ゴーレムの二体が陣取《じんど》っているそうだ。

「さすがに金属ゴーレムじゃ、俺でも対策なしじゃ厳しいぜ」

「ジクムントさんで無理なら、俺たちじゃ太刀打《たちう》ちできねぇぞ。ネロ」

「おいちゃん、いったん戻るのも手だと思うぜ」

「ええ面倒《めんどう》にゃ～」

「にゃ～」

さすがにみんな諦《あきら》め顔になる。

だがしかし、進め！　突貫《とつかん》あるのみだ！　ここで引き返すなんて時間の無駄《むだ》。我にはまだ秘策あり！　なのだ。

「おいおい、さすがにネロでも金属ゴーレムは無理じゃねぇか？」

「でも、ネロさん非常識だし……」

「何気に期待できるのではないかな？」

「魔王ネロだしにゃ」

「にゃ」

「み～！」

本当に君たち失礼だね。ちゃんと秘策ありと言っているでしょう。ただ、無謀《むぼう》に突貫しようとしているわけじゃないぞ。この秘策も上手くいったら、今後はゴーレムハンターを名乗ろうと思っているんだからな。

ゴーレムハンターネロ。格好いい二つ名だと思わない？

「み～」

ミーちゃん、それでも宝石好きなの。だって女の子だもん！


サンドゴーレムと青色の金属ゴーレムが立っている。

金属ゴーレムのほうは酸化した青銅製のようだ。前の世界ならタロスってところかな。だとしても、踵《かかと》を攻撃《こうげき》したくらいで倒《たお》せるようなモンスターじゃなさそうだね。

今回の金属ゴーレム対策はゴーレムの動きを止めること。動きを止めてしまえばあとはどうにでもなる。用意する物は安物の鉄の槍《やり》数本。さすがに今回は単独で相手をするのは厳しいので、ペロたちにけん制してもらう。もう一体のサンドゴーレムはレインと宗方《むなかた》弟の訓練用。

「けん制するだけでいいにゃ？」

「いいよ。ただ、ゴーレムには近づかないでね」

「にゃにする気にゃ？」

「科学の実験かな？」

「み～？」

「博士の私に科学の実験とは、その挑戦《ちょうせん》受けるぞ～」

カオリン博士、勝手にやってくれ。それよりもだ、科学というよりは化学の実験かな？　まあ、上《う》手《ま》くいけば御《おん》の字。取りあえず、やってみよう。

サンドゴーレムのほうはレインと宗方弟が、ジンさんとルーさんがサポートで飛ぶ斬撃《ざんげき》の訓練が始まった。こちらもペロとポロ、セラが青銅ゴーレムの気を引き、宗方姉が弓でさらに気を引く。その間に俺《おれ》は青銅ゴーレムの背後にそろ〜りと回り込《こ》む。青銅ゴーレムは俺にまったく気づいていない様子。ペロたちが上手く青銅ゴーレムの敵愾心《てきがいしん》を稼《かせ》いでくれているおかげだ。

そーっと槍の穂先《ほさき》を青銅ゴーレムの腋《わき》に近づける。大丈夫《だいじょうぶ》、まったくこちらに気づいていない。

じゃあ、一気にいきますか。

青銅ゴーレムの右の腋の下に槍の穂先を当てがい、槍の穂先に雷《かみなり》スキルで放電させる。穂先が直視できないほどの青白い光りを放つ。これは、手応《てごた》えありの感触《かんしょく》。放電をやめて槍を手放し、青銅ゴーレムから距離《きょり》を取る。青銅ゴーレムの腋の下に槍が柄《え》ごと引っ付いて、右腕《みぎうで》が動かせなくなっている。成功かな？

「にゃんにゃ〜！」

「目が〜、目が〜！　おいちゃんの目が〜」

「た、大佐《たいさ》！」

ポロと宗方姉よ、どこぞの大佐ごっこはせんでいい……。

上手くいったようなので、説明しよう。今回の試みは雷スキルを利用した、電気溶融《ようゆう》を用いて青銅ゴーレムの腋の下を固定し、動かせなくしたのだ！　これで青銅ゴーレムはほぼ右腕を動かせなくなったはず。これをほかの部分にも行えば、青銅ゴーレムはまったく身動きできなくなる予定。まあ、予定は未定だけどね。

「み〜？」

あっ、ミーちゃん危ないから近寄っちゃ駄目《だめ》！　って言おうとしたけど、予想に反して青銅ゴーレムはなぜかピクリとも動かない。Ｗｈｙ？

ミーちゃん、青銅ゴーレムの足をテシテシ叩《たた》いた後、青銅ゴーレムの体を駆《か》け上がり頭の上にドヤ顔で鎮座《ちんざ》する。

「み～」

どうやら、青銅ゴーレムは機能停止しているようだ。何故《なぜ》だ？

「これが少年の狙《ねら》いか？」

「にゃんにゃ？　動かにゃくにゃったにゃ？」

「にゃ？」

近寄って青銅ゴーレムの前に立ってみても、青銅ゴーレムは動かない。青銅ゴーレムの弱点は踵じゃなくて腋の下だったのかな？

「ふにゅー。槍が取れないよ～」

いったい、何が起きたのだろう。まあ、結果オーライでいいんじゃねぇ？

「よくねぇよ！　こっちが終わったら説明しろや！」

横から怒号《どごう》が聞こえる。デジャヴュだろうか？　なんか前にもこんなやり取りがあったような？

レインと宗方弟は一生懸命《いっしょうけんめい》槍を振《ふ》っている。傍《はた》から見たらただ素振《すぶ》りしているように見える。

「出ましぇ～ん」

「なにがどうしたら、出るんだよ！」

「戦っていると体に熱いものが滾《たぎ》ってくるだろう。それを槍に集め留《とど》めて置け。十分に溜《た》まったらそれを解き放て！　それが飛ぶ斬撃だ！」

ルーさんから指示が入るが、俺にはよくわからん。レインと宗方弟もよくわかっていない様子。

「レインとトシは鈍《にぶ》ちんだにゃ～」

腹ペコ魔人《まじん》ペロに馬鹿《ばか》にされる二人。哀《あわ》れ。

仕方がない、ここはひとつ助言してあげようじゃないか！

「武術の神はこう言った。考えるな！　感じろ！」

「み～！」

俺の助言で二人の表情が変わる。えっ、通じたの？

「「ハッ！」」

気合いの声とともに槍を振るった二人。レインは上段から、宗方弟は真横に槍を振り切る。そして、サンドゴーレムは十字に斬《き》り裂《さ》かれた。

「「できた！」」

「み～」

できるんかい！　さすがドラゴン先生の格言ということか。

斬り裂いた場所からちらりと見えたエナジーコアをレインが突《つ》き刺《さ》す。勝負ありだ。ミーちゃん、宝石を探しにペロと行ってしまった。好きだねぇ。

いったん休憩《きゅうけい》を取り、俺がやろうとしていたことを説明する。

「そんなことが可能なのかよ？」

「でも、実際ゴーレムに槍の穂先が引っ付いてるっす」

「アーク溶接ってやつですかね。カオリン博士」

「うむ。やるではないか。ネロくん」

そう、想定していた化学の実験は確かに成功した。成功したが、ゴーレムの動きを封《ふう》じることが目的であって、機能停止するとは想定していなかった。いったい、何が起きたのだろう？

「み〜」

ん？　ミーちゃんどうしたの？　えっ、宝石の原石？　と言われましても、青銅ゴーレムじゃあさすがに斬れないから、取り出すのは無理なんじゃないかな？

ミーちゃん、がーんとした表情でトボトボ青銅ゴーレムの足元に行って、力なくテシテシと青銅ゴーレムの足を叩いている……。そ、そこまでですか！

宝石の原石なんて烈王《レオ》さんに貰《もら》ったのが山ほどあるでしょうに……。乙女心《おとめごころ》は複雑だね。仕方ない。ミーちゃんのためだ、ちょっとだけやってみますか。

オブジェと化した青銅ゴーレムに近づいて土スキルを使い、ゴーレムの中にある青銅以外の異物を外に排出《はいしゅつ》するように操作する。

うーん、一気に疲《つか》れが溜まっていく。やはり、金属を土スキルで操作するのは大変だ。五分ほど土スキルで悪戦苦闘《あくせんくとう》すると、青銅ゴーレムの体からカランコロコロとエナジーコアと赤い何かの宝石の原石が落ちてきた。つ、疲れた……。

「み～！」

ミーちゃん、嬉《うれ》しそうに落ちてきた宝石の原石を咥《くわ》えて持ってくる。小さいルビーの原石だ。ミーちゃんの好きな宝石だね。良かったね。でも、もうやりたくないなぁ。

「み～」

エナジーコアは宗方弟が拾ってじーと観察。どうかしたか？

「ネロさん。エナジーコアにヒビが入っています。このせいで止まったんじゃないでしょうか？」

「アーク溶接の余波を受けたせいかな～？」

カオリン博士の仮説だと、電気溶融でゴーレムの動きを止めるつもりがゴーレムの素材である金属を伝わって、内部のエナジーコアを破壊《はかい》したってことか？

エナジーコアってそんなに脆《もろ》いのか？　今まで直接エナジーコアに雷スキルを使ったことはない。まあ、当たり前だけどモンスターの体の中にあるから直接狙えない。でも、今まで雷スキルを使って倒したモンスターのエナジーコアは無事だった。肉の壁《かべ》のおかげ？

ミーちゃんバッグから壊《こわ》れてないエナジーコアを出してもらい床《ゆか》に置く。

「そんなとこにコアを置いて何する気だ？　いらないなら、おいちゃんがもらうぞ？」

違《ちが》うから、捨てたわけじゃありませんから。

「にゃんにゃ？　にゃにするにゃ？」

「にゃ？」

ペロたちも俺が何をしようとしているかわからず怪訝《けげん》な表情。まあまあ、お待ちなさい。

「ちょっと実験をしてみましょう」

さて、どうなるだろうか？　ミーちゃん、どうなると思う？

「み～？」

取りあえず、床に置かれたエナジーコアに微弱《びじゃく》な放電を与《あた》えてみる。パチパチとお互《たが》いを反発し合うかのような反応があった。へぇー、こうなるんだ。

じゃあ次は、モンスターが死なないけど、痺《しび》れて動けなくなるくらいの放電を与えてみる。先ほどと同じように反発したうえで、エナジーコアが放電に抵抗《ていこう》するかのように光り始めた。

「にゃんにゃ？」

「光ってますね。ネロさん」

「なんか、良くない予感……」

さらに、モンスターを倒せるほどの強力な放電を与えると、目を開けていられないほどの強烈《きょうれつ》な閃光《せんこう》を放ち、パシッと何かがひび割れる音がした。とっさにヤバいと思って目を閉じて正解。

「「「目が～、目が～」」」

宗方姉弟とポロ、それにレインが目を押《お》さえてゾンビのようにウロウロしている。それ、もう見たからいいです。ペロはとっさに手で目を覆《おお》い隠《かく》したようで、エナジーコアを拾って見ている。

「割れてるにゃ」

ペロから受け取ったエナジーコアを見ると、青銅ゴーレムの中から出てきたエナジーコアと同じようにヒビが入っていた。

エナジーコアはこの世界の電池ともいえる存在。このエナジーコアで世界が動いていると言っても過言じゃない。そんなエナジーコアが俺たちの世界の電気と反発しているのを見ると、あのポンコツ神様姉妹《しまい》を思い浮《う》かべるのは不敬なことだろうか？

どう思う？　ミーちゃん。

「み、み〜？」

まあ、それはどうでもいいことか。それより、これで限定だがゴーレム無双《むそう》が確定した。考えていたこととちょっと違うけど、この先はガンガン行くぜ！

その前にちょっと休憩。ミーちゃん、ジャーキー食べる？

「み〜！」

「ペロも欲《ほ》しいにゃ！」

「にゃ！」

「僕《ぼく》も欲しいです！」

「私も！」

「おいちゃんも！」

はいはい、ちゃんと配りますから慌《あわ》てない。

「う、旨《うま》いにゃ〜」

「にゃ〜」

「バジル風味のサーモンです！　なんともいかす味です〜」

「薫製《くんせい》チキンだよ。こりゃウマ！」

「み〜」

ジンさんたちも食べながら酒飲みて〜なんて言っているが無視。

ちなみに、このジャーキー、猫《ねこ》用品スキルに新たに加わっていたものだ。

ミーちゃんジャーキー　チーズカツオ味、バジルサーモン味、グリルチキン味があるよ。食べると体力回復、精神力回復効果あり。疲れた時はこれ！　私の晩酌《ばんしゃく》の友。

って、鑑定《かんてい》でふざけたものが出た。私の晩酌の友……ポンコツ神様、お酒飲むんだね。味付けはミーちゃん仕様だけあって少し薄味《うすあじ》だけど、素材の味がよく出ていてとても美味。十分、ご飯のお供にもなるクオリティー。

また新たなおやつが増えてミーちゃんも満足顔。

ミーちゃんジャーキーも食べ、休憩をしたことでやる気を回復。さあ、サクサク進みますよ。

「これ、どうするにゃ？」

おっと、忘れていました。もちろん、青銅ゴーレムは持って帰る。金属の塊《かたまり》だから、ゼルガドさんに渡《わた》せば何かしらの素材になるでしょう。ミーちゃん、収納よろしく。

「み〜」

進んだ次の部屋にはアイアンゴーレムが二体いたけど、もはや敵に非《あら》ず。サクッと倒してアイアンゴーレムのオブジェをゲット。宝石は後で取り出すことにした。

さらに奥《おく》に行くと銀色っぽいゴーレムが一体いる。ま、まさか銀ですか⁉　なわけないか……鑑定するとチタンだった。チタンというと俺が持っている銃《じゅう》の素材もチタンの合金だ。非常に硬《かた》く加工し難《にく》いとゼルガドさんが言っていた。チタンはそれほど珍《めずら》しい金属じゃないけど、その加工し難さから腕の良い職人じゃないと扱《あつか》えないらしい。

チタンゴーレムになると正直、普《ふ》通《つう》の武器では手も足もでないとジンさんが嘆《なげ》いている。

「まったく出番がねぇぜ……」

「しょうがないっす。ネロ以外無理っす」

まあ、ゴーレムハンターネロに任せなさい。とは言ったものの、チタンって確か電気伝導率が低いんだよね。通用しなかったらどうしようかと思いながら放電。すぐにチタンゴーレムの動きが止まった。あれ？　そうでもなかったのかな？

「早く僕も雷スキルを覚えたいです」

「あたしもー」

「さすが勇者の力だな。燃えてきた！」

安心しなさい、この迷宮探索《めいきゅうたんさく》が終わったら、ちゃんと覚えてもらいます。あの苦行を乗り越《こ》えねば覚えられないけどね。頑張《がんば》ってくれたまえ。

「み～」

チタンゴーレムを回収して先に進む。この階層はオークのいた階層と同じで、一本道だったようだ。なぜかって？　それは安全地帯に辿り着いたからだ。この先をルーさんとレティさんが調べてきたけど、すぐに下の階層に降りる道になっているらしい。マップスキルに反応がないし、残念ながら、この階層には隠し部屋は無いみたいだね。まあ、そんなこともあるさ。

「残念にゃ～」

「みぃ……」

ミーちゃん、安全地帯の壁をカリカリと爪《つめ》を立てて悔《くや》しがっている。そんなことをしても隠し部屋は出てきませんよ。それよりご飯にして明日の探索の英気を養おう。

「み、みぃ……」

いつものようにシートを敷《し》いてテーブルを出して料理を並べていく。ジンさんとルーさん、ポロが、ミーちゃんジャーキーとエールと騒《さわ》いでいるので出してあげる。レティさんもワインを所望《しょもう》してきた。みなさん飲み過ぎ注意ですよ。

明日からがこの迷宮探索の山場になってくるはず。おそらく、俺の考えではもうすぐ最下層が近い気がする。実際のところ普通のハンターでは、このゴーレム回廊《かいろう》を抜《ぬ》けることは至難の業《わざ》だ。途《と》中《ちゅう》で会ったこの迷宮の管理者も言っていたように、最下層に行くには大変困難な道のりだ。こうまでして難易度が高いということは、それだけ下の階層には来てほしくないとも取れる。

でも、俺たちは運良くこの困難を乗り切った。最下層まではもう少しのはず。はずだよね……これ以上の困難になるとちょっと無理かなぁ。

もう後は俺の幸運スキルとミーちゃんのリアルラックに頼《たよ》るほかない！

ミーちゃん、頼《たの》むよ！

「み～？」

ミーちゃん、神雷パ～ンチ！

結局、昨夜はいつものどんちゃん騒《さわ》ぎ。ミーちゃんジャーキーのおかげで、迷宮探索《めいきゆうたんさく》して溜《た》まる精神的疲労《ひろう》が回復したからとも思ったけど、いつものことだなと思い直す。疲《つか》れたのは準備と片付けをした俺《おれ》くらいかな……。

みんな風呂《ふろ》に入った後、朝までぐっすり。若干《じやつかん》三名、二日酔《ふつかよ》いがいるけどこれもデフォルト。お約束のミネラルウォーターを飲ませて無理やり回復させる。

「金貨十枚が消えていくっす……」

「迷宮探索して赤字にならねぇよな……」

なら、二日酔いになるまで飲むなって言ってやりたい。俺を上目遣《うわめづか》いで見つめるポロも無視。

「む、息子《むすこ》よ！　金貸してくれ～」

「い・や・にゃ！」

そんな学習しない君たちは、レティさんを見習え。同じくらい飲んだのに二日酔いにならず、朝起きてからミーちゃんをモフモフしたり、クンスカしたりと通常モードだぞ。レティさん、そろそろ、ミーちゃんが嫌《いや》がっていますよ。

「み、みぃ……」

「じゃあ、セラ。おいで」

「にゃ⁉」

セラがビクっとして固まる。まあ、いつものことだ。セラ、頑張《がんば》れ。

「にゃ……」

朝食を食べ終え、探索を開始する。みんなには昨日の夜に俺の考えは話してある。ジンさんも迷宮の最下層が近いと感じていたようだった。そのせいで、みんなの士気も上がっている。

「最下層に着いたら何かもらえるんですよね？」

「何がもらえるかなぁ？　にゃんこ先生は何が欲《ほ》しい？」

「そうだにゃ～。嫁《よめ》が欲しいにゃ！」

「「……」」

「なんだかんだで、息子も大人になったもんだ。よし！　嫁の一匹《ぴき》、二匹、パパにゃんが見繕《みつくろ》ってやるぜ！　どんな雌猫《めすねこ》が好みだ？」

「パパにゃんの紹介《しょうかい》は遠慮《えんりょ》しとくにゃ」

「がーん！」

それがいいと思う。それにさすがにお嫁さんはもらえないと思う。紹介くらいはしてくれるかな？　紹介で思ったけど、お嫁さんが欲しいなら一度里に戻《もど》ってみるのもいいんじゃない？

「み～」

「うーん。それもひとつの案だにゃ。もしかすると、ママにゃんが弟か妹を生んでるかもしれにゃいからにゃ。会っておきたいにゃ」

「にゃ、にゃんですとー！　俺の子どもか⁉」

「にゃに言ってるにゃ。ポル叔父《おじ》さんとの子どもに決まってるにゃ」

「がーん……」

完全に記憶《きおく》から消し去っていたな、こいつ。

「にゃんこ先生の弟か妹なら、絶対にめんこい！」

「姉さん！　双子《ふたご》、三つ子、四つ子だってあり得ますよ！」

「み〜！」

ミーちゃんもケットシーの赤ちゃんに興味津々《きょうみしんしん》のご様子。ミーちゃん、赤ちゃん大好きだからね。狐獣人《きつねじゅうじん》の赤ちゃんにもべったりだったもんねぇ。ケットシーの赤ちゃん、可愛《かわい》いんだろうなぁ。俺もペロに一緒《いっしょ》について行こうかなぁ。

「み〜」

安全地帯を出発して何事もなく下の階層に続く道を歩いていく。壁《かべ》は洞窟《どうくつ》のような荒削《あらけず》りで一本道。ここまで来ると、余計な罠《わな》やザコモンスターは出てこないようだ。

ジンさんが立ち止まり一同を見回す。よく見るとジンさんの額に汗《あせ》が滲《にじ》んでいる。

「ネロ。これはマジでヤバイ」

ジンさんの危険察知スキルが反応したのか？　俺の直感スキルに反応はない。最近、俺の直感スキルも幸運スキルと同じで働いていないような気がするけど……どうなのよ？

「ペラ並みに凄《すご》い重圧を感じる。パパにゃん、ぶるっちまいそう……」

「パパにゃん。それって、まじヤバいにゃ……」

ペロのママにゃんて何者⁉

「にゃ……」

「俺……なんか体の震《ふる》えがとまらない」

「なんか、胸が苦しいです」

「あたしも……」

みんな、何かの重圧に耐《た》えているかのような表情。いつもクールなレティさんでさえ、俺の腕《うで》をぎゅっと掴《つか》んで離《はな》さない。

うーん。俺は何も感じないいんだよね。ミーちゃんなんか、俺の肩《かた》の上で欠伸《あくび》までしている。いつもながらの平常運転だ。

「み～」

ジンさんは悩《なや》んでいる。先に進むか、撤退《てったい》するか。でも、ここまできて撤退する道はない。

「俺は……進みたいです。みんなは？」

「み～」

「い、行くに決まってるにゃ！」

「にゃ！」

「ここまできて帰れませんよ」

「何があっても行くしかないのだ！」

「ここまできてお宝を諦《あきら》められるか！　ってな。なあ、レイン」

「英雄《えいゆう》になるために越《こ》えなければならない壁なら、越えるまでだ！」

まあ、こいつらはこんなものだろう。

「私は少年の妻だからな、ついていくに決まってる」

「はぁ……。行くしかないっしょ」

レティさんはまあ……ね。ルーさんは完全な諦め。

そんなみんなの意見を聞いたジンさんは呆《あき》れ顔。でも、ジンさんも行くのでしょう？

「言っとくが、お前らの面倒《めんどう》をみる余裕《よゆう》はないかもしれないぜ」

「まあ、行ってみて駄目《だめ》だと思ったら、撤退も視野に入れるってことでいいのでは？」

行くだけ行って何があるか見てからでも遅《おそ》くはないと思う。危ないと思ったら全員を転移プレートでクイントまで転移するつもりだ。スライムの階の安全地帯に転移門は設置しているから、再度挑戦《ちょうせん》も可能だしね。行くだけ行ってみようよ。

「み〜」

ルーさんが先行して見てくると言ったが止めた。ここまできてザコモンスターが出てくるとは思えない。どうせ、この先でボスモンスターが待ち受けているのだろう。急ぐ必要はない。

誰《だれ》も喋《しゃべ》ることなく淡々《たんたん》と進んでいくと、道の先に明かりが見えてくる。安全対策として、全員にミーちゃんのミネラルウォーターを渡《わた》しておく。遠慮しないで飲んでください。命大事にです。

ミーちゃんもミーちゃんバッグから転移のネックレスを出し、咥《くわ》えて渡してくる。よくわかってらっしゃる。ミーちゃんはしっかり者だ。転移のネックレスをミーちゃんの首に掛《か》けておく。ミーちゃんはいつも俺の肩の上か、コートのフードの中にいるので、何かあればすぐに転移できる。

俺も戦う準備をしよう。銃《じゅう》は正直、高レベルモンスターには力不足だ。動きやすくするため、ミーちゃんバッグにしまう。代わりに水の入った水袋《みずぶくろ》を担《かつ》ぐ。水を過冷却《かれいきゃく》状態にしてぶつけても良し、そのままぶつけて雷《かみなり》スキルの補助にしてもいい。

今、考えられる最適な状態になる。みんなも準備が整ったようだ。

「準備は整った。いざ、行かん！」

「姉さん、矢筒《やづつ》を忘れてるよ……」

「……テヘペロ♡」

テヘペロで済む宗方《むなかた》姉の精神はタングステン鋼並みだな。

「なあ、レイン。俺、無事に帰れたら東区一美猫のマリリンとにゃんにゃんするんだ！」

「よ、よかったな。って⁉ いつものことだろう！」

フ、フラグなのか⁉ フラグなんですね！ ポロ、生きて帰れよ。

「なあ、こいつら本当に大丈夫《だいじょうぶ》かよ……」

「ジンさん、いつものことっす」

「緊張《きんちょう》感ねぇなぁ……。緊張してる俺が馬鹿《ばか》に思えるぜ」

まあ、それがこのPT《パーティー》の良いところ。ガチガチに緊張して、固まって動けないよりマシ。

さあ、本当に準備が整ったようだ。

じゃあ、行きますかね。

「み〜」

トンネルを抜《ぬ》けるとそこは雪国であった。トンネルじゃなくて迷宮の通路なんだけど。

目の前は雪景色。山の中腹の広い場所って感じかな。とても寒い。

「みぃ……」

あまりの寒さにミーちゃん俺のフードの中に潜《もぐ》り込《こ》んで退避《たいひ》。顔だけ出している。

「雪にゃ！」

「にゃ！」

妙《みょう》にはしゃぐペロとセラは辺り一面の雪に喜んで、雪をぶつけあったり走り回ったり大興奮状態。

猫はこたつで丸くなるんじゃないの？ とも思ったけど、ケットシーと黒豹《くろひょう》は猫科じゃなく、どうやら犬科の間違《まちが》いだったのだなと思い直す。

「雪だね」

「だねー」

「なあ、なんで雪山なんだと思う。ポロ」

「そりゃあ、俺たちの相手が寒さに強く、雪山を生息地にしているモンスターだからじゃね？」

「だよなぁ……」

ですよねー。どう考えても寒さに強いモンスターが出てきそう。俺の戦術の一つが消えたな……。

「Ｇｕｒｕｗｏｏｏ！」

山の上空から空気を震わすほど大きな咆哮《ほうこう》が響《ひび》く。よく見ると上空から、こちらに何か飛んで向かってきている。なんだろう？

「ド、ドラゴンっすか！」

「チッ、俺一人なら願ってもない相手なのによ……こいつら一緒で殺《や》れるか？」

ルーさんのお耳がペタンとなって、尻尾《しっぽ》がブワって大きくなっている。ちょっと震えてない？　寒いのかな？　ジンさんはなんか物騒《ぶっそう》なことを言っていますが、竜爪《りゅうづめ》って二つ名持ちだから竜とは何かしらの因縁《いんねん》があるのかも。

さすがのペロたちもドラゴンの咆哮を聞いて右往左往。しまいには、俺の後ろに隠《かく》れる始末。まったく隠れきれていないと思うけど……。

「ド、ドラゴンは、む、無理にゃ……」

「にゃ……」

「つ、強いんですよね？」

「む、無理ゲー」

あの咆哮を聞いて、あのペロですらカラ元気も出せない状態に。

というより、なぜドラゴン？　ドラゴンはモンスターじゃないよな？　迷宮用に造られた存在なのか？　迷宮、なんでもありだな。

「お前らは通路に戻れ！」

ペロたちが猛《もう》ダッシュで通路に走って戻っていく。

「ネロも行け」

ここに残っているのは俺とジンさんとポロ、レイン、宗方弟、レティさん、そしてルーさん……？

ルーさんはどこいった？　ペロたちが戻った通路を見ればルーさんがいる。じーとルーさんを見ると、自分を指差し、全力で頭を振《ふ》っている。戦線離脱《りだつ》だな。

「戦う気ですか？」

「先に進みてぇんだろう？　殺るしかねぇじゃねぇか？」

これだから脳筋は……。

「ドラゴンなら話し合いでなんとかなるんじゃないですかね？」

「み～？」

「あの声を聞いたろ。あれは俺たちを敵と認めた……いや、エサと認識《にんしき》した時の咆哮だぜ。話し合いになんてならねぇよ。殺るか殺られるかだぜ」

マジ？　俺たち、まだ何もしていませんよ？　それでも、駄目なの？

真っ白なドラゴンが近づいて来る。純白のドラゴンだ。ラルくんが大きくなったらあんな感じになるのかなぁ。にしても、デカいな。

ジンさんと分身したポロが左右に分かれて走り出す。ドラゴンは空を飛んでいるので攻撃《こうげき》手段は限られる。後を追うようにレインと宗方弟も走り出した。レティさんは俺の護衛らしい。

さて、どうしようか？

なんて考えていたら、俺に向かってドラゴンが大きな口を開けている。これってあれだよね？　ヤバくね？　といっても逃《に》げる場所なんてどこにもない……はぁ、やるしかない。悲しいけど、これ戦闘《せんとう》なのよねぇ。だけど、俺だけの力じゃ太刀《たち》打《う》ちできるとは思えないなぁ。

ミーちゃん、手伝ってー。

「み～！」

おぉー、ミーちゃんなんかやる気満々。悪のドラゴンを成敗するのだ～！　と息巻いております。

取りあえず、ドラゴンのブレスをなんとかしよう。というか、なんとかしないと俺とミーちゃん、レティさんは真っ黒焦《こ》げになっちゃうよ。

ドラゴンがブレスを吐《は》く瞬間《しゅんかん》にミーちゃんにお願いしてミーちゃんバッグから、大量の水を俺たちの前に出す。綺麗《きれい》な水だったので何かに使えるかと思い、獣人さんたちの村予定地の近くを流れるフローラ湖に繋《つな》がる川の水を大量にミーちゃんバッグに収納していたものだ。

それを俺の水スキルで半ドーム状に変え、俺たちを包み込む。半ドーム状の水とドラゴンのブレスが衝突《しょうとつ》して、周りが真っ白に覆《おお》われる。

さ、寒っ⁉　炎《ほのお》と水とで水蒸気になったのかと思えば、水が凍《こお》り氷のドームが出来上がっている。

「みぃ……」

ドラゴンが吐いたブレスはブレスでもアイスブレス。目の前に氷の壁ができている。おそらく、この一帯は氷点下になっている。寒いのが嫌《きら》いなミーちゃんはフードからより暖かい俺の服の中に潜り込んで顔だけ出す。うーん、ミーちゃんカイロ温かいなぁ。

「み～」

氷のドームで防御陣《ぼうぎょじん》が出来た俺たちをよそに、ブレスを吐いて動きの止まったドラゴンにジンさんとポロが飛ぶ斬撃《ざんげき》で攻撃を仕掛《しか》けた。後を追うようにレインと宗方弟も攻撃を加える。

俺は氷のドームから顔だけ出して様子を窺《うかが》う。みんなの攻撃は確かにダメージを与《あた》えている。与えているけど、鱗《うろこ》一枚を剥《はが》す程度。本体にダメージを与えている様子はない。たまにレティさんがA F《アーティファクト》のダガーを投げて援護《えんご》しているけど、やらないよりまし程度のけん制だ。

これ、倒《たお》せるの？

「み～？」

まあ、やるしかないから、やりましょうかね。なので、ミーちゃんにこれからの作戦を伝える。

「み～」

ジンさんたちに気を取られているドラゴンの上に、まだまだある水の塊《かたまり》を出す。自由落下した水の塊はドラゴンにぶつかりびしょ濡《ぬ》れ。こちらを一瞥《いちべつ》もせずまったく意に介《かい》さない。それでもちょっとは驚《おどろ》いてほしかった。急に頭の上から水が降って来たんだよ？何かあるのでは？って思わないのだろうか？まあ、絶対強者だから気にするほどでもないのかも。

なので、その慢心《まんしん》を砕《くだ》いて進ぜよう。

さあ、ミーちゃんやっちゃいますよ。

「み～！」

ミーちゃん、俺の服から片手を出して力を溜めてからのシュッパっと猫パ～ンチ！

紫色《むらさきいろ》の肉球の形をした、いつもより大きな神雷がドラゴンを襲《おそ》う。当たった瞬間、ドラゴンがのけぞるほどの衝撃《しょうげき》と炸裂《さくれつ》音が響き渡る。のけ反りながらも俺たちを見るドラゴンの瞳《ひとみ》には驚きと畏《い》怖《ふ》の色が見られる。ざまぁ！

俺も雷スキルで放電ではなく雷を飛ばして追撃。だけど、ミーちゃんほどのダメージは与えていないようだ。ミーちゃんが神雷の力を溜めるまでのけん制になればいい。

ジンさんたちもここぞとばかりに攻撃を加えるけど、どうしても相手は空の上、直接攻撃ができないことから少々火力不足。だが、そこにミーちゃんの神雷猫パンチが更《さら》に炸裂。

「Ｇｕｒｕｗｏｏｏｏ！」

またのけ反ったドラゴンの瞳は畏怖を通り越して怒《いか》りの色。体勢を直したドラゴンは辺り構わず氷のブレスを吐きまくる。そのブレスにポロの分身が巻き込まれ何体か消滅。

「お、おいちゃん、撤退！」

残りの分身体を囮《おとり》にして通路になんとか逃げ込んだ。ポロ、戦線離脱。残念。

「炎のブレスを吐かないのが救いだぜ」

ジンさんとレイン、宗方弟も一時的に氷のドームに退避してきた。

「トシ、聞こえたか？」

「聞こえたよ、レイン」

なんだ？　レインと宗方弟が何やら槍《やり》を握《にぎ》りしめ、やる気を見せている。

まさか、ここにきて英雄と勇者の覚醒《かくせい》か⁉

レインが首から下げていた力の指輪を身に着ける。

「いくぞ、トシ！」

「おぉ！　今こそ力を見せろ、乾坤一擲《けんこんいってき》！」

「翔《か》けろ！　銀牙突槍《マーナドラグ》！」

「穿《うが》て！　黒爪突槍《マルコシアス・ガン》！」

二人同時にドラゴンに向け槍を放つ。宙に白と黒の軌跡《きせき》を描《えが》きながらドラゴンに突《つ》き刺《さ》さる。

「「やったか！」」

それフラグです。

もはや声にもならない耳をつんざく叫《さけ》び声が響き渡る。

ドラゴンの体には二本の槍が刺さっており、血も流れ出している。

おぉ！　凄い攻撃だ！　で、次は？

「み～？」

「「……」」

お互《たが》いに目を泳がせた二人は通路に向かって走り出す。

「て、撤退！」

「無理ぃ～」

レイン、宗方弟、戦線離脱。

まあこんなものかな。こいつらだし。

「み～」

ミーちゃん、疲《つか》れたので助《すけ》っ人《と》呼びます。

ミーちゃん、疲れた体に鞭《むち》打ち気力を振《ふ》り絞《しぼ》って渾身《こんしん》の力を込《こ》め、槍《やり》が刺《さ》さり少しは弱ったと思われるドラゴンに神雷《しんらい》で追撃《ついげき》。渾身の神雷を受けドラゴンが力なく地上に下りてくる。飛んでいるのが辛《つら》いほどダメージを受けたと思いたいな。下りてきたドラゴンにこれ幸いと、ドラゴンに向かって走る二人。ジンさんは大剣《たいけん》で、レティさんはエストックで攻撃《こうげき》。

デカいのはわかっていたけど、ジンさんたちという比較《ひかく》対象がいることで、ドラゴンの大きさがより理解できる。本当にデカいねぇ。優に十メルは超《こ》えているので、ビル三、四階に相当する大きさだね。あんなのに勝てるのか？

ドラゴンがジンさんたちの攻撃を嫌《いや》がり、またブレスの構えを見せる。さすがのジンさんたちも逃《に》げ帰ってきて、氷のドームの後ろに隠《かく》れる。

「こりゃ、無理だぜ……」

「ほとんどダメージになってないぞ。少年」

「あのドラゴン、相当上位のドラゴンだ。悔《くや》しいが俺《おれ》じゃ倒《たお》せねぇ……」

こんな顔のジンさん初めて見たね。

さて、どうしようか？

ミーちゃんもお疲れモードに入っている。正直、万策尽《ばんさくつ》きたって感じかな？　あのドラゴン、俺たちが思う以上に強かった。その体力、防御力《ぼうぎょりょく》もさることながら、炎《ほのお》のブレスを吐《は》かない余裕《よゆう》に、だ。ここで炎のブレスを織り交ぜてこられたら、本当に手も足も出ない。

さて、そんな状況《じょうきょう》で俺たちを逃がしてくれると思う？　ミーちゃん。

「みぃ……」

無理だよねぇ。あそこまで怪我《けが》をさせておいて、ごめんね？　じゃ済まないよねぇ。困った。

「み〜！」

な、なんなの⁉　助けて〜！　って？

「はぁ、なぜあなたたちは主《あるじ》様に心労ばかりかけさせるのですか」

あっ、メイドちゃんだ。ミーちゃんはこのメイドちゃんを呼んだのか。

そんな、ミーちゃんはメイドちゃんに飛び移り、全力で親愛の情を示している。前回、宗方姉を助けてもらったことへの感謝の気持ちって感じだ。

メイドちゃんは周りを一瞥《いちべつ》した後、ドラゴンを見据《みす》える。

「さすがにエナジーゲインが不足している今の私では、ドラゴンは荷が重いですね」

エナジーゲイン不足かぁ。なんかそんな感じのものがあったな。

「ねぇねぇ、メイドちゃん？」

「なんでしょうか？　使徒殿《どの》」

ん？　使徒？　いや、それは後でいいな。

「これ使えない？」

「エナジーコア結晶《けっしょう》ですか。時間稼《かせ》ぎにはなりますね」

そう言うとエナジーコア結晶を受け取りメイド服の中にしまう。

「み～？」

「問題ありません。ですが、倒すことは無理とお考え下さい。本来の力が出せた状態での私でも、ドラゴンは分が悪い相手ですので」

本来の力か。どうすれば本来の力が出せるようになるのだろう？

「み～？」

「生き残っている神人か、統合管理システムにお聞きください」

そう言うとアンチマテリアルライフルを構えるメイドちゃん。

「私がドラゴンの気を引いていられるのは短い時間だけです。攻撃するか撤退《てったい》するかはみなさんのご判断にお任せいたします」

「ワンチャンか……わかった。ここは俺一人でやる。俺の力すべてを込めた一撃をぶつける。それでだめなら撤退だ。いいな、ネロ」

「仕方がないですね。ワンチャンですからね。それで駄目《だめ》なら、最後の切り札を使います」

「切り札、あんのかよ⁉」

「みっ⁉」

そう、切り札だ。だが使ってみないと吉《きち》と出るか凶《きょう》と出るかわからない代物《しろもの》。俺の考えでは八割方吉と出ると思っている。なので、使ってみる価値はあるはず。

「いいでしょう。その一撃の時間は私が稼ぎます。主様、いつの日か真にお仕えできる日を楽しみにしております。それではまた」

メイドちゃんから俺に飛び移ったミーちゃんに一礼して走り出すメイドちゃん。

「み～」

ミーちゃん、またねぇ～ってメイドちゃんに力いっぱい手を振り、援護《えんご》とばかりに最後の力を振り絞って神雷パンチ攻撃を繰《く》り出した後。俺の肩《かた》の上でダウン。うん、ミーちゃんは頑張《がんば》った。

神雷パンチの援護をもらったメイドちゃんは左、右にと回避《かいひ》行動をとりながら、ライフルで攻撃。ドラゴンの鱗《うろこ》を貫《つらぬ》き、確実にダメージを与《あた》えていく。そして、ジンさんも走り出す。

「あと、二発が限界です」

「わかった。あとは任せろ！」

「ならば、主様のため、決めなさい！」

「言われずとも、やってやるぜ！」

アンチマテリアルライフルの弾《たま》がドラゴンの羽を突《つ》き破り飛べなくさせた後、最後の一発が顔を捉《とら》えのけ反らせる。

のけ反らせるだけか……。

それでも、ワンチャン分の隙《すき》を作ったことには違《ちが》いない。

「もらった！」

ジンさんの振るった大剣が赤く淡《あわ》く光り、ドラゴンの首に確かに捉え食い込むのが見えた。やったか！　と誰《だれ》しもが思ったその時、パキーンと音がして業物《わざもの》であるはずのジンさんの大剣が、剣先をドラゴンの首に残し二つに折れる。

残念というより悲しそうな表情のメイドちゃんが消えていき、己《おのれ》の手に残る折れた大剣を見つめ呆然《ぼうぜん》とするジンさんだけが残る。

首に剣先が残るドラゴンが身を立て直し、驚《おどろ》きの表情を見せた後、怒《いか》りに満ちた目でジンさんを睨《にら》む。ジンさんはまだ呆然として折れた剣を見ている。

ああ、これはヤバい。転移装置を使うにしてもジンさんと俺との距離《きより》が離《はな》れすぎている。唯一《ゆいいつ》、攻撃を加えられるミーちゃんもグロッキー状態。万事休すか⁉

「ま、下手《まず》いぞ、少年！」

「み、みぃ……」

さすがのレティさんも俺の腕《うで》にしがみつき、腕にいい感じでムニュムニュが当たっていて不謹慎《ふきんしん》ながらちょっと嬉《うれ》しく感じている。

なんてことを考えている場合ではなく、今は完全に詰《つ》みの状態だった。何とかしなければならぬ。こうなると最終手段を取らざるを得ない。今こそ、切り札使用の時だ。

あとで、ネチネチ文句を言われるんだろうな……嫌だなぁ。でも考えようによっちゃ、今現在敵対しているのがドラゴンってのが幸いか？　監督《かんとく》不行届ってことで交渉《こうしょう》しよう。

覚悟《かくご》は決まった。一枚の鱗を取り出して、心の中で叫《さけ》ぶ！

『烈王《レオ》さん。助けて～！』

「おい！　ネロ。魔王《まおう》と戦ってもいないのに呼ぶんじゃねぇよ！」

「だ、誰だ！」

俺たちの上空にドラゴン以上の重圧感《プレッシャー》を持つ人影《ひとかげ》が現れる。急に現れ重圧を放つ相手にジンさんが気づき、ドラゴンのことも忘れ見上げて折れた大剣を向ける。レティさんは俺を庇《かば》うように俺の前に立つ。ドラゴンは重圧感に気づいているようだが、ジンさんに対する怒りでどちらを相手にするか迷っている感じ。

「いやぁー、ちょっと下手《まず》い状況になっちゃって、烈王さんじゃないと無理かなぁ……なんて？」

「みぃ……」

ミーちゃんも烈王さんを見上げ、目をうるうるさせて助けてちょんまげ……なんて言っている。意外とミーちゃん余裕ある？　言っている言葉はあれだけど、なんてあざとぃ……可愛《かわい》らしくそれでいて弱々しく庇護《ひご》欲をそそるお願い目線。ミーちゃん、どこでそんなこと覚えたの？　って、いつものペロやポロがおねだりする時のポーズそっくりだ。最近うちの子たちが真似《まね》して困っているポーズだね。でも、効果は抜群《ばつぐん》だったようだ。

「ぐぬ……眷属《けんぞく》殿にそう言われると、断り辛《づら》い」

烈王さんは困った表情になった。うん、いい感じ。

「ネロ。誰だ」

ジンさん、烈王さんの重圧感を感じドラゴンが動きを止めた隙に、我に返り撤退してきた。俺たちとのやり取りを聞いたうえで、警戒《けいかい》を解いていない。レティさんも同じだ。

そりゃそうだ。烈王さん、あまりにも怪《あや》しすぎる。急に現れ、上空に留《とど》まり、ドラゴンを無視して俺と話をしている。

こんな場所に一瞬《いっしゅん》で現れたことで、ジンさんとレティさんは烈王さんを転移スキル持ちと判断しただろう。転移スキルはレアスキルで、持っている人は国やギルドに半ば強制的に所属させられる。それ以外は闇《やみ》ギルドに所属するか、もぐりの転移士になる。レアスキルだけあって、俺も未《いま》だに転移スキルを持った人を見たことがない。

そんなレアスキルを持った人が急に目の前に現れたら警戒するのは当然か。しかも、なんの前触《まえぶ》れもなく迷宮《めいきゅう》の中に現れるのは不自然極《きわ》まりない。そして、間違いなくもぐりだが凄腕《すごうで》の転移スキル持ちと判断したに違いない。

なぜかといえば、転移は一度行ったことがある場所にしか行けないから、普通《ふつう》の転移スキル持ちがこの迷宮の中に転移してくることはあり得ない。ジンさんとレティさんが怪しがるのも当然だ。

「烈王さんです」

「み～」

「だから誰だ」

ジンさんが冷ややかな声で凄い目付きで睨んでくる。うーん、説明は後にしてほしいかな。

「ま、まあ、説明は後で？」

「み～？」

取りあえず、誤魔化《ごまか》してみた。

「「……」」

ジンさんとレティさんがとても冷たい目で俺を見てくる……察してほしい。

「で、俺を呼んだのはどんな理由だ？　ネロ」

「ははは……あれを見てください」

「み～」

氷の壁《かべ》からそっと顔を出してドラゴンを指差す。そんなドラゴン、なぜか動き始めたと思ったら、わたわたと空に飛び立とうとしているが上手《うま》くいっていない。あれ？　なんか慌《あわ》ててない？

「あぁぁ？　……なんか久しぶりに見たな。あいつ、生きてたのかぁ」

「み～？」

面倒《めんどう》くさそうに氷のドームに下りてきて、ドラゴンを見た烈王さんがぼそっと独り言を呟《つぶや》く。

ま、まさかの、お知り合いですか!?

竜《りゅう》族の長《おさ》だから知り合いでもおかしくはないとは思っていたけど、まさかのビンゴ!?

でもそうなると、なんで迷宮に本物のドラゴンがいるんだ？

「で、俺にどうしろと？」

「何もしていないのに襲《おそ》われたんですよ！　説得してください。知り合いなら、尚更《なおさら》」

「えー。面倒――」

す、凄い棒読みなんですけど……。

「みぃ……」

「エール十樽《たる》に御神酒《おみき》十樽」

「はっ？」

急に何を言っているんですか⁉

「労働には対価を払《はら》うのが常識だろう？」

「ぐっ……」

ドラゴンがなんて正論を言ってくるんだ。だけど、確かに対価は必要だ。親しき仲にも礼儀《れいぎ》ありって言うしね。でも、これでも商人の端《はし》くれ、言い値で払うわけにはいかない。特にドワーフ族の御神酒クラスの蒸留酒となれば値が付けられないほどのお酒だ。数だってそう多くはないから、そう安々と払えるものでもない。それを十樽寄こせだなんて、なんて阿漕《あこぎ》にもほどがある。

そう思いませんこと？　ミーちゃん。

「みぃ……」

阿漕なのはネロくんのほうじゃない……。なんて、白い目で見られる。

そ、そんなことないよー？

ミーちゃんとしては助けてもらうのだから言い値で払いなよって感じらしい。

いやいや、そこは値切ってなんぼのものでしょう？

「み、みぃ……」

ミーちゃん、格の違《ちが》いを見せつける。

ただ、阿漕《あこぎ》に値切っているわけではない。ちゃんと値切る理由はあるのだ。

どうやら、あのドラゴンは烈王《レオ》さんの知り合いみたいだ。そのドラゴンに話をする機会も与《あた》えられず、有無《うむ》を言わさず襲《おそ》われたのだから損害賠償《ばいしょう》……まあ、損害は受けていないから精神的苦痛を受けた慰謝料《いしゃりょう》分を値切ったっていいじゃない？　って思うのよ。

「ちなみに、あのドラゴンとはお知り合いのようですけど？」

「ま、まあな、クリスティーナの母親の弟だ……」

「み〜？」

ん？　クリスティーナさんはラルくんのお姉さんで烈王さんの娘《むすめ》だよね？　そのクリスティーナさんの母親ということは、それすなわち烈王さんの奥《おく》さんってことじゃねぇ？

「って!?　義弟《おとうと》かい！」

「ま、まあ、そうとも言う……かな？」

「み、み〜」

疑問形どころか、間違いなく義理の弟です！

詳《くわ》しく説明が欲《ほ》しいところだけど、今はそんな暇《ひま》はない。だが、ますます値切る理由ができた。

「エール二十樽《たる》に五年物の蒸留酒五樽」

「おいおい、御神酒《おみき》はどうした。俺《おれ》、帰っちゃうぞ？」

くっ、義弟が犯《おか》したことなのに、なんて強気な態度。でも、ここで見捨てられても困る。仕方ない、多少は譲歩《じょうほ》しよう。

「追加で御神酒一樽にオーク一体付けます。御神酒は数が少ないので、十樽なんて無理。それに、どんな酒を問わず、がぶ飲みする烈王さんにはもったいない。あれは味わって飲むものです」

「えぇーネロ、その言い方酷《ひど》くねぇ。しょうがねぇなぁ。じゃあ、オークをもう一体追加な。ちゃんとタレ付きで焼いたやつな」

要するに、いつもみたいに接待しろということか……まあ、それなら問題ないか。いつものことだし、いろいろ話も聞けて有意義な時間でもある。まあ、俺の労務費はサービスだ。

「交渉《こうしょう》成立です。ちゃっちゃと、あのドラゴンどうにかしてください！」

「み～！」

「オーケー、オーケー。ちゃっちゃと、殺《や》っちゃうよ」

微妙《びみょう》に危険な気配がしたのは気のせい？

「み～？」

烈王さん、氷のドームの前に立ちドラゴンを睨《にら》みつける。

「お、おい、ネロ。あの男、本当に味方なんだろうな？　情けねぇが、あの男の気に当てられて体が思うように動かねぇ」

「たしかにあの男は危険すぎる。私も震《ふる》えが止まらない。あれは人の常識を超《こ》えた存在だ。少年」

まあ、烈王さんだからね。人じゃないし。

「大丈夫《だいじょうぶ》ですよ」

「み～」

「根拠《こんきょ》はなんだ？」

「そうですねぇ。強《し》いて言えば、一応俺の師匠《ししょう》だから……みたいな？」

「「……」」

あながち間違いではないと思う。実際に時空間スキルの使い方を師事してもらう予定だし。いろいろな相談にも乗ってもらっているからね。

なんて会話をしている中、烈王さんが消えたと思ったら、ドラゴンの頭の上に移動している。まったく見えなかった。もしかしたら、移動したのではなく、短距離《たんきょり》で転移したのかもしれない。なにせ、本家本元の時空間スキル持ち。

烈王さんに気づいたドラゴンがあたふたと慌《あわ》てて逃《に》げようとするが、そうはさせじと烈王さんが片腕《かたうで》をゆっくり上げて振《ふ》り下ろす。ドガッと音がしたかと思うと飛び立とうとしていたドラゴンが錐《きり》もみしながら落下し、地面に叩《たた》きつけられ雪が舞《ま》い上がる。

もしも、あんな一撃《いちげき》を喰《く》らったら、ネロとミーちゃんはぺっちゃんこ。

「なっ⁉」

ジンさんは驚《おどろ》きながらも危険を顧《かえり》みず氷のドームの前に出る。レティさんは目が点になり、口をパクパクさせていたので、飴玉《あめだま》を一つ放《ほう》り込《こ》んでおいた。

「甘《あま》い……じゃなくて、なんだあれは⁉」

なんだあれはと言われたら、答えてあげるが世の情け。

「ですから、烈王さんですけど？」

「み～」

「烈王……まさか⁉　ヒルデンブルグの守護竜《りゅう》か！」

どうやら、やっと思い出したみたいだ。レティさんには前に話してあるから、すぐに気づくと思っていたんだけどなぁ。よほど、混乱していたみたいだ。

なんてレティさんと話している間にも攻撃《こうげき》の手を休めない烈王さん。空から下りてきて、今度はドラゴンの顔面をグーパン！　ドラゴンの首が引っこ抜《ぬ》けるのではと思うほど、あらぬ方向に向いている。あれは、間違いなく痛いよ。烈王さん、ドラゴン相手とはいえ情け容赦《ようしゃ》ないな。

ドラゴンさん逃げて～！

「みぃ……」

ミーちゃんでさえ、ドラゴンが殴《なぐ》られる度《たび》に顔を背《そむ》けるくらい容赦ない攻撃。殺っちゃう気ですか？　義理とはいえ、弟ですよ？

「ま、待ってください。長《おさ》！」

殴られ続けられるドラゴンが一瞬《いっしゅん》の隙《すき》をつき声を上げる。なんだ、普通《ふつう》に話せるじゃん。

烈王さんが殴るのをやめると、ドラゴンはぐったりと地面に倒《たお》れるように平伏《ひれふ》した。

「やっと正気に戻《もど》ったか」

正気に戻ったかって、どう見ても戻る前に殺る気満々でしたよね？

「いやいや、最初から正気に戻ってましたからね！　長こそなぜここにおられるのですか！」

「ちょっと呼ばれてな」

「長を呼びつける者とは……神人ですか？」

「あんな奴《やつ》らに呼びつけられるほど、落ちぶれてねぇよ！」

神人嫌《ぎら》いだからねぇ。烈王さん。

「では……」

「さっきまでお前が戦っていた相手だ」

「まさか……人族？」

「そのまさかだ。その人族たちに槍《やり》で貫《つらぬ》かれ、剣《けん》で首まで落とされそうになってるお前は……ドラゴン失格だな。恥《はじ》を知れ」

「……」

「み、み～」

ははは……。なかなかきつい一言ですな。

「ん？　この槍、どこかで……あいつの仲間の槍か？」

ドラゴンさんの体に刺《さ》さった二本の槍と、折れた剣先を乱暴に引き抜く烈王さん。

絵面《えづら》は凄《すご》いことになっているけど、なんか和《なご》やかに話し始めたのでもう大丈夫かな？

あっちに行ってみようか？

「み～」

ジンさんとレティさんは目が点でフリーズ。そんな二人を残して烈王さんの横に歩いていく。

「間違いない、懐《なつ》かしいな。これはネロのか？」

ドラゴンさんから抜いた銀牙突槍《マーナドラグ》と黒爪突槍《マルコシアス・ガン》を、近づいた俺に見せてきた。

「俺の仲間のです」

「そうか、十全の力を引き出せるよう励《はげ》めって言っとけ。今のままじゃ槍が不憫《ふびん》だ」

「言っておきます。その銀牙突槍と黒爪突槍を知っているんですか？」

「そういやぁ、そういう名だったな。俺のダチの仲間が持っていた槍だ」

たしか、銀牙突槍と黒爪突槍は、ルミエール王国を建国した勇者の仲間の双子《ふたご》が持っていた槍と聞いている。烈王さんのダチってことは、ヒルデンブルグ大公国の祖となった勇者の子孫のルミエール王国の王族の人。その人に付き従った人なら勇者の仲間の子孫であってもおかしくない。そんな槍が渡《わた》りわたって俺に買われ、英雄《えいゆう》を目指すレインと勇者の卵の宗方《むなかた》弟に渡った。運命とは摩訶《まか》不思議《ふしぎ》なり。烈王さんの言うように、まったく使いこなせていないけど。

「長、そいつは何者ですか！」

「ネロって言ってな、俺のダチだ。今回、俺を呼んだのがこいつだ」

「ただの人族ではないですか……」

「お前の視野が狭《せま》いのは昔から変わらないな。確かにネロは人族だが、神の眷属殿《けんぞくどの》が傍《そば》にいるのがわからないとは嘆《なげ》かわしい」

「か、神の眷属⁉」

「あー、そのことはご内密にお願いします」

「み〜」

レティさんはいいとしても、ジンさんに聞かれるのはまずい。ジンさんが悪い人というわけではないけど、説明するのが面倒《めんどう》だからね。

「そうなのか？　まあ、そういうわけでネロは勇者と言っても過言じゃない。お前、潰《つぶ》されるぞ」

「ゆ、勇者……神の眷属……」

烈王さん、ブラフ噛《か》ませすぎ。マジで俺は勇者じゃない。勇者候補は向こうで隠《かく》れている奴らですからね！　まあ、確かにミーちゃんは神の眷属で不老不死だけど、小っちゃいから体力も力もないからドラゴンを潰せるほどの力はない。俺も普通の一般《いっぱん》ぴ〜ぽ〜だからドラゴンと戦うなんて土台無理。あまり煽《あお》らないでください。

「み〜」

えっ⁉　ミーちゃん、ドラゴン潰してみたいの？　なんか、ふんすっ！　とやる気満々。いつか目にもの見せてやる〜って感じだ。ね、ねぇ、頭に乗るだけじゃ駄目《だめ》？

「み〜！」

そ、そうなんだ……。が、頑張《がんば》ってね。

「それで、お前はなんで迷宮《めいきゅう》なんかにいるんだ？」

「そ、それは……」

ラルくんとクリスさんの叔父《おじ》にあたるドラゴンの名はグラムさん。物騒《ぶっそう》な名前だね。そのグラムさんがこの迷宮にいる理由を語り出した。

聞くも涙《なみだ》、語るも涙のお話らしい。まあ、要約すると、世界中を見てみたいと竜の島を飛び出したのはいいけれど、途中《とちゅう》で遭遇《そうぐう》した神人と戦いになり、あえなく敗北。烈王さんは呆《あき》れ顔だが、ドラゴンに勝利する神人の強さ、恐《おそ》るべしって話だ。だけどまあ、自業《じごう》自得じゃね？

「み、み〜」

戦いに勝った神人に殺されても仕方がないところだけど、神人は生かしたまま強制的にグラムさんと契約《けいやく》を結んだそうだ。食事に不自由させない代わりに、この迷宮の番人になれって契約。鑑定《かんてい》で見ると『首輪の付いたドラゴン』と出ている。ぷぷっ……なかなかにシャレの利《き》いた契約だね。

そんなグラムさん、それでも最初のうちは強い奴と戦えると思って渋々《しぶしぶ》だけど従っていたらしい。けど、待てど暮らせど誰《だれ》も来ない。そりゃそうだ。この迷宮が地上から消えて再度地上に出たのが数百年ぶりなのだから。来ないというより来られない状況《じょうきょう》だったのが正しい。

どうやら、グラムさんは精神的に限界にきていたらしい。神人には契約を結んでいるため抗《あらが》えず、その怒《いか》りをぶつける相手もいない。そんな折に、俺たちが現れたものだから、常識という名の糸がプチンと切れたみたい。なんて、はた迷惑《めいわく》。俺たちまったく関係ないじゃん。

「み〜」

そういえば、戦いが終わったっていうのにペロたちが出てこない。通路のほうを見るとみんなが家政婦さんは見た張りに、半分だけ顔を出してこちらを窺《うかが》っている。手でコイコイしてみたけど、首をぶんぶん振って隠れてしまった。よほど、烈王さんの気が怖《こわ》いらしい。

ジンさんはその場に座り込んでいるし、レティさんはペロたちのほうに行ってしまいセラを抱《だ》きしめている。

「長。お願いです。モフモフ成分を補充《ほじゅう》しているようだ。

「神人如《ごと》きに負けたお前が悪いんじゃね？」

「ぐっ……」

「俺の言うことも聞かずに飛び出していったのは誰だ？」

「ぐ、ぐっ……」

まあまあ、烈王さんそのくらいで許してあげたらどうですか？　仮にもラルくんとクリスさんの叔父さんで、あなたの義弟なのですから。

「み～」

「まあ、眷属殿がそう言うなら仕方がない。やってやらなくともない」

「お、長！」

烈王さん、グラムさんに何か思うところがあるのかな？　タコ殴りにしたのといい、ちょっと厳しくない？　身内のことだろうから聞かないけど。

「しかしな、神人との間とはいえ、契約していたものを反故《ほご》にするのは仁義に悖《もと》る。なので、上位者による契約内容の上書きということで、神人に文句を言わせないようにする」

「そ、それでは長と契約を……」

「嫌だ。お前を従属させたところで俺になんのメリットがある？　まったくない！」

「ぐっ……。そ、それでは私はどうすればよいので？」

烈王さん、ニヤニヤしながらこちらを見ているのですけど？　凄く嫌な気がするのは俺だけ？

「お前は運が良い。ここに神人なんぞより格の高い眷属殿がおられるのだからな」

「「えっ⁉」」

「み〜？」

「さあ、眷属殿。このアホ竜を下僕《げぼく》とし、神人との格の差を見せつけるのだ！」

「み〜？　み〜！」

ミーちゃん、何を思ったか俺の服の中から飛び出して、グラムさんの頭に乗ったかと思うとテシテシとグラムさんの頭を叩きだした。ま、まさかねぇ？

「み〜！　み〜！　み〜！」

ミーちゃん、今度はドヤ顔で雄叫《おたけ》びを上げ始める。久しぶりに見た、ミーちゃんの雄叫び。勇ましいというより、可愛《かわい》さ百倍って感じだけどね。

まさかとは思いつつグラムさんを鑑定してみると、『神猫《かみねこ》の僕《しもべ》』と出ていた。あぁ、ミーちゃん、やっちゃったのね……。ある意味、ドラゴンを潰したってことになるのじゃないだろうか？

「お見事！」

「み〜！」

「「……」」

ミーちゃん、またグラムさんの頭をテシテシしている。飛んで欲しいみたいだ。そういえば、ミーちゃん飛竜に乗って飛んだ時、大喜びだったよね。ミーちゃん専用飛竜……どころか本物の竜をミーちゃん専用として手に入れちゃったのね。

烈王さん公認とはいえ、いいのか？　ラルくんとクリスさんの叔父さんなのですけど……。

「眷属殿。遊びはまた今度な。じゃあ、俺は帰るわ。お前はこれから眷属殿とネロを何がなんでも守れ。もし何かあったらその時は俺がお前を殺るからな。肝《きも》に銘《めい》じておけ。ネロ、報酬《ほうしゅう》ヨロ～」

「ぐっ……しょ、承知しました。ミー様、よろしくお願いします。ネロとやらもな」

「み～」

ミーちゃん、しょうがないわね～って顔で俺の服の中に戻ってきた。あったかぽかぽかだよ。烈王さん、ここが終わったら時空間スキル習うついでに報酬渡しにいきますのでお待ちを。

それから、グラムさんもミー様ですか……で、ネロねぇ。もう、どうでもいいや諦《あきら》めた。

「待ちたまえ！」

烈王さんが帰ろうとした時、急に目の前に迷宮の管理者が現れた。烈王さん、凄く嫌な顔になる。

「けっ、神人かよ……」

あっ、やっぱりそうなの？　そうなんじゃないかな～とは思っていた。やはり迷宮の管理者は神人だったか。これだけのものを創り、そして維持《いじ》管理している者といったら限られる。烈王さんに及《およ》ばずとも、嫌な顔をさせられるくらいの実力の持ち主の神人か魔王《まおう》くらいなものだからね。

しかし、そこまで神人のことが嫌いなのか？　烈王さんがこんな顔をするなんてめずらしいよね。

「勝手に契約を破棄《はき》されては困るのだよ」

「なんだ、負け犬ども。さっさと星を出ていくか、永遠に地中に埋《う》まっていろ。神人如きが俺に意見するなんぞ、一万年、いや一億年あっても足らん。消えろ」

ここで、迷宮管理者がまじまじと烈王さんを見たかと思うと、次の瞬間《しゅんかん》次元竜とわかって畏怖《いふ》したのか青褪《あおざ》めている。鑑定でもしたのか？　俺の鑑定ではほぼ見えなかったけど。

「どうして、ここに……おっほん。その竜は我々に挑《いど》み、そして敗者となり、殺される代わりにこの迷宮の門番になると契約を結んだのだ。勝手に契約を破棄して帰られるのは困るのだよ」

「そんなこと、俺の知ったことか。それに、契約は破棄されたのではなく、上位者によって上書きされたのだ。偽物《にせもの》の契約を本物が上書きした、なんの問題がある？」

「上位者？　本物？　だと……ま、まさか信じられん」

「み〜？」

神人っていうくらいだから、神様と繋《つな》がりがあるのかな？　ポンコツ神様（姉）の眷属だろうか？　それとも、ポンコツ神様たちのお父さんのほうかな？　烈王さんの言った偽物ってのも気になる。

それにしても、ミーちゃんって神様の眷属の中でも意外と格が高いのかな？　実は格って、可愛がられていた順番だったりして？

「み〜？」

ミーちゃん、不愉快《ふゆかい》です！

信じられないと言われても上位者かは別として、実際にここにいるわけですけど。鑑定《かんてい》してみたらどうですか？　っていうか、鑑定持っていないのか？　前に会った時も鑑定できてないような話し方だった。でも、烈王《レオ》さんには気づいたような感じがあったよな？

「たとえ、上位者であれど、やって良い事と悪い事がある！」

ミーちゃん、びくっとして服の中に隠《かく》れちゃいました。ミーちゃんにとって竜《りゅう》はお友だちだから、助けて当然。ミーちゃんは悪くないよ。

「み〜」

「俺《おれ》の眷属《けんぞく》を隷属《れいぞく》させていた奴《やつ》が何を言う。そんな狭量《きょうりょう》な貴様たちだから、神から神界に戻《もど》ることを許されなかったんだよ」

「ぐっ……」

烈王さんどうやら神人の痛いところを突《つ》いたみたいだ。さすが、烈王さん情報通だ。そして的確に相手の弱点を突く。見習わねば。

しかし、神人は神界に戻られないのか。理由は違《ちが》えど、ミーちゃんと同じだね。

「みぃぃぃ！」

あれ？　ミーちゃんなんか怒《おこ》っています？　あんなのと一緒《いっしょ》にされるなんて不愉快です！　って？

確かにどんな理由があるにせよ、隷属させるってのは良くないよね。うん。

「じゃあ、俺は帰るぞ」

「み～」

ミーちゃんが烈王さんに手を振《ふ》って挨拶《あいさつ》した後、烈王さんは来た時と同じように一瞬《いっしゅん》で消えていった。うーん、俺も早く自由に転移が使えるようになりたいな。

さて、こちらの問題は片付いた。残すは後一つ。

「さてと、話は変わりますが、最下層に行ってもいいですよね？　まさか、まだ難所があるなんて言いませんよね？」

「……ない。あるわけがないだろう。あの門番以上の門番など見つけられるわけがない。ここの反対側の岩陰《いわかげ》に最下層に続く道がある。好きな時に来たまえ」

そう言って、管理者も消えてしまった。彼《かれ》も転移が使えるようだ。羨《うらや》ましい。

最下層にはすぐにでも行きたいけど、精神的にダダ疲《づか》れモード。ゆっくり休みたい。一度、手前の安全地帯に戻ろう。

「グラムさんって人族の姿になれます？」

目の前の白い竜を見上げて言うと一瞬光ったかと思うと、白髪《はくはつ》イケメンが目の前にいた。やっぱりイケメンかよ……ミーちゃんに潰《つぶ》されろ！　何がとは言わない。

「これでいいか？」

「ミーちゃんの許可がない限り、極力その姿でいてください」

「み～」

「……承知した」

何か考え事をしていたジンさんを立たせて、ペロたちの所に行く。いろいろ聞きたそうだけど有《う》無《む》を言わさず、安全地帯に戻る。

「この人、もしかしてさっきのドラゴンですか～？」

「ドラゴンって人化できるのか⁉」

「ちょーイケメン！」

カオリン、グラムさんから離《はな》れなさい。嫌《いや》がっているじゃないか。怒らせると喰《く》われるぞ。

「きゃー！　食べられてもいいかもー」

「ね、姉さん……」

「喰われちまえ」

「み～」

ミーちゃんも煽《あお》らないでください。呆《あき》れている宗方《むなかた》弟とレイン、そんな二人に槍《やり》を返す。

「その二本の槍は伝説の槍で間違いないらしい。しかしだ、その槍たちが歴代の使い手たちに比べ、二人のあまりにも弱っちさにさめざめと泣いているそうだぞ」

「「……」」

二人とも俺から目を逸《そ》らして音のしない口笛を吹《ふ》いている。そういえば、槍を投げる時になんか言っていたよな。何かあったのか？

「み〜？」

「槍の声が聞こえたんだ」

「力を貸してくれるって、その代わり強くなれって」

それが銀牙突槍《マーナドラグ》と黒爪突槍《マルコシアス・ガン》の声なのか、それとも銀牙突槍と黒爪突槍の歴代の使い手なのかはわからないと二人は言っている。仮免《かりめん》ってところかな。

「み〜」

そしていつも騒《さわ》がしいペロとセラが、グラムさんに近寄らず俺の後ろに隠れてチラ見している。よほど、ドラゴンが怖《こわ》いらしい。ルーさんもさっきからドラゴン……ドラゴン……って焦点《しょうてん》が合わない目でブツブツと言っている。

「グラムさんは、ラルくんとクリスさんの叔父《おじ》さんにあたるドラゴンだよ」

「にゃ？　ラルくんの叔父さんにゃのか？」

「み〜」

「俺はおじさんじゃない。まだ、十分に若い」

いやいや、なに言っているんだ、このドラゴンは。あなたが若かったらこの世の人すべてが卵以下だよ！　自分が何年生きているか考えてみろ。それにおじさんではなく、叔父さんな！

ん？　そういえば、グラムさんは何百年もこの迷宮《めいきゅう》にいたって言っていたな。ってことは、もしかしてクリスさんやラルくんのことを知らない？　だからなんとなく話がズレているのか？

「ラルくんとクリスさんというのは、グラムさんのお姉さんと烈王さんの子どもですよ？」

「ま、まじか？」

「まじです」

ラルくんはまあ、まだ小さいからわかるけど、クリスさんも若かったんだぁ……せ、背筋に悪寒《おかん》が⁉ や、闇《やみ》の波動を感じる⁉ うん、クリスさんは若くて美人ですよー。

家に帰れば感動のご対面になるのかも。ラルくんもクリスさんも音信不通だった身内に会えば喜んでくれるよね？ ねっ？

「み～」

さて、グラムさんのことは置いといて、この後のことの話をしよう。残すは最下層のみ、もう危険な場所はないことをみんなに説明。なので、肉体的、精神的な疲れを癒《い》やすために、早めの昼食をとってしっかり休み、最下層にみんなで出発だ！

「「「おぉー！」」」

「お宝にゃー！」

「にゃ！」

「おいちゃんは前祝いに乾杯《かんぱい》だー！」

飲ませねぇよ！ ポロ！

ということで、いつものようにシートを敷《し》きテーブルを出して、オムライスとから揚《あ》げを出す。うん、美味《おい》しそう。飲み物は果汁水《かじゅう》でいいよね。酒は出さぬ。

「から揚げは至高の食べ物にゃ！」

「にゃ！」

「「オムライス！　オムライス！」」

「酒が飲みてぇ。レイン持ってね？」

「ねぇよ！　さっさと食え！　おやじ猫《ねこ》」

グラムさんが不思議そうに食事をするみんなを見ているので、グラムさんの前にもオムライスとスプーンの載《の》った皿を置き食べるように促《うなが》す。

「み～」

ミーちゃんもどうぞ～って勧《すす》める。

「ミー様が是非《ぜひ》にと仰《おつしや》るなら……」

グラムさん、恐《おそ》る恐るオムライスをスプーンですくい口に運ぶ。口に入れてモグモグとして飲み込《こ》んだと思ったら、皿を持ち上げ口の中に一気に掻《か》き込み始めた。

ドラゴンは大人になると少量の食事で問題なく活動できるようになるので、食生活にこだわりを持つことが少ないらしく食べ方も生のままガブリだと聞いている。でも、ちゃんと調理したものは美味《うま》さは別格。今のグラムさんを見ればわかる。知らずに生きて来たのだろうね。もったいない。

うちで働いているドラゴンさんたちも、三食ちゃんと食事をとるようになった。休みの日には食事をしにお店に出掛《でか》けたりもしている。お酒も大好きでよく飲んでいる。酒癖《さけぐせ》にちょっと不安があるけど、仕事に支障がないのと周りの人に迷惑《めいわく》を掛《か》けないなら何も言うつもりはない。楽しんでほしい。

オムライスを食べ終わったグラムさんとペロたちとで、から揚げの奪《うば》い合いが始まっている。セラは素早《すばや》く自分の分を咥《くわ》えて退避《たいひ》している。さすがだ、機を見るに敏《びん》だね。

「こいつは、旨《うま》い！」

「それ、ペロのから揚げにゃ！」

「僕《ぼく》の皿から取らないでください！」

「私の皿から、私ごと奪ってぇー」

「じゃあ、おいちゃんがもらっちゃうぞ！」

「おい、ポロ。なんでカオリンの皿からだけじゃなく、俺の皿からも持っていくんだ？」

こいつら、毎回思うが静かに食事ができないのか？　意外とグラムさんがみんなに馴染《なじ》んでいることに、こいつも同類か⁉　と思ってしまう俺。

ミーちゃん、どーよ？

「み、み～？」

最初の緊張《きんちよう》感と打って変わって、賑《にぎ》やかな食事も終わり一息ついたところで最下層を目指す。

ジンさんは食事もとらずじっと何か考えごとをしていたが、気を取り直したのか動き出す。

先ほど、グラムさんと戦った場所に着いた時、ルーさんが何気なく拾った石を見つめている。

「なあ、ペロ。これってエナジーコアじゃね？」

「ほんとだにゃ。ルーにぃの足元にいっぱい転がっているにゃ」

なぬ？　エナジーコアが落ちているだと？

雪の上に落ちているただの石だと思っていたら、ほとんどがエナジーコア。どうやら、グラムさんが烈王さんに地面に叩《たた》きつけられた時の衝撃《しょうげき》で周りの雪が吹き飛び、それと一緒に飛んできたようだ。ということは、この雪の下にもエナジーコアが？

「コアは食っても美味くないからな、その辺に捨てた奴だ」

グラムさんの食べ残しらしい……コアって美味しくないんだ。

「み～」

ミーちゃんが欲《ほ》しい～と言うと、グラムさんがスキルを使ってこの辺一帯の雪をどかしてくれた。氷スキルらしいがなかなかに便利だ。周りを凍《こお》らすだけでなく、氷や雪を自在に操《あやつ》れるみたいだ。まあ、使いどころが難しいスキルだね。よほど、熟練しないと攻撃《こうげき》には使えそうにない。氷竜だからこその力技《ちからわざ》だろう。

ペロたちは潮干狩《しおひが》りのようにエナジーコアを拾い集め、ミーちゃんバッグに収納していく。

「楽して稼《かせ》ぐ、最高にゃ！」

「俺たちってもしかして、結構金持ちになったんじゃないか？」

「なぁ、やっぱりトレジャーハンターやろうぜ！　レイン」

ポロは忘れている。ミーちゃんのミネラルウォーターを何本も飲んでいることに。

「金は天下の回り物。あぶく銭は、ぱぁーっと使っちゃおう！」

「姉さん……貯金しようよ」

「これで旨い酒が飲めるっすね。ジンさん」

「……あぁ、そうだな」

ジンさん、さっきからずっとこんなうわの空って感じ。どうしたのだろう？　今さら二日酔《ふつかよ》いってわけでもなさそうだし。もう、ジンさんの手を煩《わずら》わせる場面もないから休んでいてもらっても大《だい》丈夫《じょうぶ》だけど、何か気になることでもあるのかな？

それにしても落ちているエナジーコアの量が凄《すご》い。ペロたちが集めて山にしてはミーちゃんバッグに収納する、を何度も繰《く》り返している。何百年分の食べ残しだからどんどん出てくる。ギルドに売ったらいくらになるだろう。ウハウハだね。

「み～」

小一時間ほど頑《がん》張《ば》って集めて、大方のエナジーコアは集めたところで終了《しゅうりょう》。散らばっているものを探すのは面倒《めんどう》なのでパスだ。今日の本命はこれじゃない！

最下層に続く道をみんなが無言で歩く。足元が新雪なので歩き難《にく》いせいだけではなく、いささか緊張しているようだ。俺とミーちゃんはウキウキだけどね。

「み～」

この最下層で迷宮探索《たんさく》は終了となり、また忙《いそが》しい毎日が待っている。大変だったこと、苦労したこと、色々あるけどみんなで協力して迷宮探索を成し遂《と》げたという実績は大きな自信へと繋《つな》がることだろう。そして、何よりも代え難《がた》い良い思い出になると思っている。

ミーちゃんにとっても、これからも続く長～い猫生のなかでも輝《かがや》ける良い思い出になってもらえると思う。どう？

「み〜！」

そびえ立つ雪山の崖《がけ》に最下層に続く道がぽっかりと開いている。中に入り緩《ゆる》やかな下り坂が続く道を五百メルほど進んだところで、無機質な素材で出来た扉《とびら》に行き着く。どこかで見たことがあるけど、どこだっけ？

「み〜？」

その扉は大きく縦三メル横二メルほどもある扉だ。装飾《そうしょく》はまったく無く、輪っかが付いた取っ手があるだけ。最後の扉にしてはちょっと物足りなくありませんか？

「開けるにゃよ？」

「よっしゃー！　お宝がおいちゃんを待ってるぜ！」

「み〜」

一応、レティさんとルーさんが罠《わな》がないことを確認《かくにん》して、ペロとポロが扉を引っ張って開こうとしたけどびくともしない。

「鍵《かぎ》でも掛かってるのでしょうか？」

「でも、鍵穴なんて無いよー」

「ルーにぃ、にゃんか仕掛《しか》けはにゃいのかにゃ？」

「うーん、見当たらねぇなぁ」

ここまで来て、今度は謎解《なぞと》きか？　ヒントは何処《どこ》？

「み～」

「押《お》すにゃか？　姫《ひめ》」

ははは……まさかね？

「開いたな……」

レインが軽く扉を押すと何の抵抗《ていこう》もなく扉が開いた。

「これは、まさかあれですか？」

「トシ、間違いない！　これはコントだー。たらいが落ちてくるぞ～！」

「みっ⁉」

ミーちゃん、宗方姉弟の話は冗談《じょうだん》ですから。たらいは落ちてきませんから。それに、もし落ちてきても、服の中のミーちゃんに当たらず、間違いなく俺に当たりますから！

まあ、落ちてこないと思うけどね。フリじゃないぞ！　フリじゃないからな！　迷宮管理者！　もし落ちてきたら、迷宮管理者は日本からの転移か転生して来た奴に違いない。それも昭和の時代からな。俺だってリアルタイムでは見たことないぞ！

「み～？」

えっ？　ミーちゃん、見たことあるの？　それも舞台裏《ぶたいうら》からですか？　ミーちゃん、お幾《いく》つ？

「みゅふぅ～、みゅふぅ～」

ミーちゃん、猫は口笛吹けないから……。乙女《おとめ》の年齢《ねんれい》は秘密みたいだ。

ペロたちが我先にと扉を抜《ぬ》けると……金属製のたらいが三つ落ちてきて、ペロと宗方姉弟《きょうだい》の頭に

ヒットした……管理者、まじ日本人か⁉

「い、痛いにゃ……」

「心がですけどね……」

「ここは、やっぱり大爆笑《ばくしょう》？　駄目《だめ》だこりゃ……」

たらいは三つだけのようでほかのメンバーは普通《ふつう》に扉を通って中に入れた。そこは広いドーム状の空間。今まで通って来た迷宮内部と違い、明らかに人工物を思わせる作り。壁《かべ》は一切《いっさい》の凸凹《でこぼこ》やつなぎ目が無い無機質な壁。足元はなぜか歩くと波紋《はもん》が現れる深い蒼《あお》色の水面を思わせる床《ゆか》。そして、ふと見上げれば、満天の星になっていた。

「綺麗《きれい》だにゃ……」

「本当ですね……」

「ロマンチック～」

「み～」

ミーちゃんもたらいが落ちてくる恐怖《きょうふ》も忘れ、服から顔を出してうっとりと星空を見上げる。

日本と違ってこちらの夜空は空気が澄《す》んでいるしネオンなんてものが無いから、普段でも綺麗な星空が見られる。こっちに来て初めて星空を見た時は、自分が宇宙の中にいると錯覚《さっかく》を覚えるほど感動したものだ。だけど、今見ている光景はそれを遥《はる》かに超《こ》える幻想《げんそう》的なもの。時間と共に星空が変わり、天の川のようなものが現れたり超《ちょう》新星爆発《ばくはつ》の瞬間《しゅんかん》が見られたりと星々の一生を見ている感じで、ずっと見続けても飽《あ》きない。ずっと見ていたい光景だ。

「レイン、気づいたか？」

「いや、まったく気づかなかった。いつ変わった？」

俺もまったく気がつかなかった。あの無機質なドームの部屋から、この星空の風景に変わった瞬間がわからなかった。いつスイッチ入れた？

各々《おのおの》、この場に来ていろいろな思いを抱《いだ》いているだろうけど、それを忘れてこの幻想的な景色に時間を忘れて見上げたまま誰《だれ》も動かない。

迷宮探索の最期《さいご》を飾《かざ》るこの演出には脱帽《だつぼう》だ。

「み～」

ミーちゃんの鳴き声で、ふと我に返ると今までと違う雰囲気《ふんいき》に気がつく。

なんだ、この感じ？　何と言うか、ねっとりとした膜《まく》に体を覆《おお》われ、身体《からだ》が重いというか動き難い感じ。ちょっと息苦しさも感じる。危険かとも思ったけど、直感スキルは何も反応していないことから危険ではないのだろう。

よく周りを見れば俺とミーちゃん以外、完全に動きが止まっていて身動きどころか呼吸さえしていないように見える。何が起きているか、さっぱりだよ。

ミーちゃん、大丈夫？　苦しくない？

「み～」

ミーちゃん、甘茶《あまちゃ》を飲む。

「せっかく従えたドラゴンを解放されるとは……君たちは何か私に恨《うら》みでもあるのかね？」

俺《おれ》とミーちゃん以外動いていないこの空間に急に現れ普通《ふつう》に動いているところをみると、この管理者が空間を支配していると考えられる。

以前、烈王《レオ》さんが時間を止めることは神敵となるくらい、やってはいけないことと言っていたけどいいのか？　神人だから許されるのかな？

「み～？」

いつの間にか目の前にテーブルと椅子《いす》があり、お茶が用意されている。

「まあ、座りたまえ。立ったままではホストとして笑われてしまう」

「そういうことであれば失礼します」

「み～」

椅子に座り、テーブルの上に座布団《ざぶとん》を置いてからミーちゃんを乗せてあげる。管理者も椅子に座りポットからカップにお茶を注ぐ。

こうしてじっくりと管理者を観察してみると、違和感《いわ》が半端《はんぱ》ない。迷宮《めいきゅう》の中でスカウトに扮《ふん》していた時には、別の場所で会っていたら普通にハンターだと思ってしまうほどそれらしかった。

今はどうかというと、普通の人としか言いようがなく、どこにでもいる壮年《そうねん》の男性って感じ。なんだけど、掴《つか》みどころがないというか存在自体があやふやな感じなのに、管理者から発せられる気は、しっかりと自分の意識を保っていないと呑《の》み込《こ》まれそうになる。

かといって、恐《おそ》ろしいわけではなく、大自然に包まれているような確実に次元の違《ちが》う存在感の強さを感じさせる。でも、安心感はないんだよ。大自然の恐ろしさを具現化しているって感じかな。

着ている服は白というより銀に近い色のポンチョっぽい貫頭衣《かんとうい》とズボンを穿《は》いている。昔のＳＦ映画に出てくる宇宙人をちょっとだけ連想してしまった。

「まあ、飲みたまえ」

管理者が差し出してきたティーカップからは、どこか懐《なつ》かしいほのかに甘《あま》い香《かお》りが漂《ただよ》う。ミーちゃんの前にも同じ香り漂うお茶が入った皿が出される。

ミーちゃん、まったく疑うことなくチロチロとそのお茶を飲み始めた。ちょっとびっくり。

「どうやら、お気に召《め》したようだな。やはり神の眷属《けんぞく》だけあって、この味を知っているようだ」

今さら疑ってもしょうがないので、俺もお茶を飲む。うーん、美味《おい》しい。でも、どこかで飲んだことがあるお茶だ。黄金色で甘みとほんの少しの渋《しぶ》み。そう、これは……。

「甘茶だ」

「ほう。君もこれがわかるのか。やはり同胞《どうほう》の子孫か？　それこそ使徒か？」

思い出した。小さい時、お寺が経営する幼稚園《ようちえん》に通っていたので、四月にお釈迦様《しゃかさま》の誕生を祝う花祭が催《もよお》されていた。その時にお釈迦様の像に掛《か》けていたのがこの甘茶だ。甘くて美味しいのだけど、飲みすぎるとお腹《なか》を壊《こわ》すって注意された記憶《きおく》がある。

「小さい頃《ころ》に飲んだ記憶があります。ちなみに俺は使徒ではありません」

「そうか、ならばそうなのであろう。このお茶は神界でよく飲まれていたものだそうだ」

「み～」

なるほど、だからミーちゃんはまったく臆《おく》することなく飲んだのだね。懐かしかったのかな？　確か甘茶の原料ってアマチャっていう紫陽花《あじさい》の変種だったと記憶にある。こちらでも探せば見つかるかな？　名前は忘れたけど、アマチャとは別の植物のツルも同じような甘茶になるって、何かで読んだ記憶がある。名前や形を思い出せないけど……。

「さて、君は何者だ？　なぜ神の眷属と一緒《いっしょ》にいて、なぜ神の眷属が地上にいる？」

「俺はネロ。この子はミーちゃん。俺は異世界から来ました。ミーちゃんはその時に一緒についてきた神の眷属です。神界を通りましたが、俺は勇者でも使徒でもありません」

「異世界？　世界を超《こ》えて来たのに勇者ではないと？」

ミーちゃん、いつの間にかミーちゃんクッキーを出してカリカリと食べている。ちょっと、フリーダムじゃありません？　管理者の話を聞こうよ。

「み～」

ネロくんにお任せ～って、それでいいのか、神の眷属！

しょうがないので、管理者にもミーちゃんクッキーをお裾分《すそわ》け。

「俺は勇者じゃないですよ。何も使命なんて帯びていません」

「では、なぜこの世界、マヤリスにいる？」

「マヤリス？」

「この星の名だ」

初めて聞いた。マヤリスっていうんだ。

「いろいろ事情があるんですよ。ですが、禁忌《きんき》は犯《おか》していません。神様公認《こうにん》です」

管理者は微妙《びみよう》な顔つきになっている。

「ちなみに、貴方《あなた》のお名前は？」

「我々神人に名は無い」

「へっ？」

何とも間抜《まぬ》けな声を出してしまった。名前が無いってのは不便じゃないの？　どうやって声を掛け合っているのだろう？

「不思議か？　我々神人同士なら声を出して話す必要はない。思念伝達で済む。話すより合理的なのだよ。個であろうと多であろうと問題はない」

テレパシーってやつか……神人はエスパーか!?　まあ、神様もテレパシー使っていたからな。それほど珍《めずら》しくもないのかも。ある意味、俺とミーちゃんとの会話もテレパシー的なものだしね。

「み～」

それにしても、甘茶が美味しい。是非《ぜひ》とも探し出して神猫《かみねこ》商会で扱《あつか》いたい。ウハウハ間違いない。

「君をこのマヤリスに送った神は誰《だれ》だ？」

「向こうの世界の神様です。この世界の神様と姉妹《しまい》って聞いています」

「そうか……あのお方はもうこの世界の神ではないのだな……」

あのお方ってのが誰なのか知らないけど、確か今のフローラ神の前はフローラ神のお父さんって言っていたような？　あのお方ってのが、更《さら》にその前の神様かもしれないから余計なことは言わないでおこう。ややこしくなりそうだから。

「神が勇者をこの世界に何度か送っていたことは知っている。その勇者に手を貸したこともある。その神に送られて来た君が勇者ではないというのが不思議だ」

「そんなに珍しいことじゃないと思いますよ。まったくの偶然《ぐうぜん》でこの世界に繋《つな》がる道を通って来てしまった人もいますし、スキルの力によって無理やり連れてこられた人も多いと聞いています」

「スキルだと⁉　今の神はそれを許しているのか！」

「いえ、許してないですよ。人族が勝手にやっていて、神様は激おこです」

宗方姉弟《むなかたきょうだい》たちを呼んだ人は神罰《しんばつ》が下る前に死んじゃったせいで怒《いか》りをぶつける相手がいなくなり、その矛先《ほこさき》が最初に道を作った地球の神様に向かってしまい、その道を強固に閉じられたからね。お陰《かげ》でミーちゃんは神界に帰れなくなっちゃったもんね。

「みぃ……」

まあ、なんとかなるさ。

「普人族《ふじん》はそこまで傲慢《ごうまん》な種族と成り果てたか……」

勇者召喚《しょうかん》っていうと聞こえはいいけど、結局誘拐《ゆうかい》してきて無理やり戦わせているだけだからね。すべての人がってわけじゃないけど、やっぱり酷《ひど》いことだと思うな。

「み～」

神様が勇者を召喚する時は相手と話をして同意のうえで、この世界に送っているとハウツーブックに書いてあった。勇者召喚を行うのはこちらの神様で、勇者を選ぶのは向こうの神様らしい。神様が直々《じきじき》に選ぶから神様が行う勇者召喚で呼ばれる人はまともな人だけど、こちらの世界の権力者が無理やり連れてきた勇者はランダム。たまたま、道が開いた場所の近くにいた人を、スキルを使用した者が短時間で勧誘《かんゆう》して連れてくるらしい。なので、まともな人もいれば、まともじゃない人もやってくる。困ったものだ。誰とは言わないけどね。ロタリンギアにいる人たちだ。

「そこにいる二人も勇者召喚で来た者たちです。ここにはいませんが、隣《となり》の国にも四人います」

「み～」

「魔王《まおう》対策か？」

「プロパガンダ的にはそうでしょうが、実際は他国への侵略《しんりゃく》兵器として、というのが本命ですね。魔王討伐《とうばつ》はおまけみたいなものですよ」

「みぃ……」

「落ちたものだな。導き手がなくば、闇《やみ》へと進むしかない……」

導き手？　もしかして昔は神人が導き手だったのか？　手を貸したこともあるなんて言っていたしな。そもそも、なぜこんな所に神人がいるのだろうか？

「このお菓子《かし》は少しだが神の力を感じる」

ミーちゃんクッキーを食べた管理者がポツリと呟《つぶや》く。美味しいじゃなくて、神の力を感じるってのが、神人の管理者らしい。

「この迷宮を管理しているのは、あなただけなのですか？」

「いや、二十名ほどいるが、今起きているのは私だけだ」

迷宮が地上に出ると順番で一人が起きてこの迷宮の管理をすることになっているそうだ。じゃあ、この数百年の間はどうしていたのか聞くと、アーティフィシャル・インテリジェンス略してＡＩが管理しているそうで、神人たちはコールドスリープのような状態で寝《ね》ていて、睡眠《すいみん》学習のように世界の出来事を見ているらしい。

「どうやってこの世界のことを知るのですか？」

「流れ迷宮と呼ばれるものはここだけではない」

「ほかの迷宮と情報のやり取りをしていると？」

「そうだ。人工の星を使ってな」

「人工衛星があるのですか⁉」

「ほう。人工衛星を知っているのか。君のいた世界は科学の進んだ世界のようだな」

スキルも無くモンスターもいない世界。まあ、違った意味でのモンスターはいるけどね。しかし、人工衛星があるのか……何とかして使えないものだろうか？　って、そんな知識これっぽっちも持ち合わせておりません。持っていたとしてもこの世界じゃ作るのは無理だろうけど。

いや待て、一人天才がいたな。ゼルガドさんに丸投げしてみるのもいいかも。

「なぜ、数百年の間、地上に出てこなかったのですか？」

「故障だよ。我々は迷宮が地上に出なければ目覚めないように設定してある」

「それでは、一生目覚めないこともあるのでは？」

「あるかもしれない。だが、それも運命」

「み、み～」

運命で方が付く神人って……どうなのよ?

「AIが応急処置を終えたので、今回地上に出て私が目覚めた」

「修理は済んだのですか？」

「ある程度の指示をＡＩに出したが、私は観測が専門、修理関係は得意ではない。次に目覚める者がその専門だ。それまで維持《いじ》できればいい」

「いつ目覚めるのですか？」

「この迷宮が地下に戻《もど》り、また地上に出た時だな」

「また何百年後になる可能性もありますよね？」

「あり得るな。或《あ》いは、もう目覚めることがないかもしれん」

「みぃ……」

なんとも達観しているというか、あまり命というものに重きを置いていないようだ。ミーちゃん、管理者を寂《さび》しい目で見ている。不老不死のミーちゃんだって、生きることは喜びに溢《あふ》れ、そして愛を育《はぐく》む大事なことだとわかっているのにね。

「み～」

寂しい人たちだ。それに、なぜ神人は地上ではなくこのような寂しい場所にいるのだろう？　ほかにも神人がいるようだけど、皆《みな》同じような考え方なのだろうか？　烈王さんが言っていたことも気になる。烈王さんは、神人が神から神界に戻ることを許されなかったと言っていた。神界に戻らず、こんな寂しい所に残っているのも何か理由があるのだろうか？

「そろそろ、あなたたち神人について教えてくれませんか？」

「長い話になるぞ」

それは十分に理解している。それでも聞かねばならぬのだ。

「み～」

「時を止めているのでしょう？　時間はいくらでもあるのではないですか？」

「時は止めていない。我々の時間を遅《おそ》くしているだけだ」

「時間を遅くする？　一の鐘《かね》分が二の鐘分になるとか？」

「違うな。一の鐘分は一の鐘分でしかない。出来事や変化を認識することが時間という概念《がいねん》だ。ならば、その変化を極限まで遅《おく》らせればどうなる？」

「同じ一の鐘分でも遅らせた分だけ長くなる？」

「そういうことだ。時間を止めているわけではない。実際には時は進んでいる。だが、我々だけはその時の中で遅く生きているのだよ」

なるほど？　わかったような、わからないような？　まあ、これで気兼《きが》ねなく話を聞ける。

「み～？」

ミーちゃん、管理者の話を聞く。

管理者が新しくお茶を淹《い》れながら話し始めた。

大いなる神がこの世界に宇宙を誕生させ、多くの銀河系が生まれた。そして多くの星に生命が誕生し、星々には自然が溢《あふ》れ神々の休息所となった。

そのうちに幾人《いくにん》かの神々が星々で己《おのれ》の力を行使し、いろいろな実験を始める。その神々にとっては他愛《たわい》もない遊び程度のこと。中には生態系を破壊《はかい》するだけでなく、星自体を死滅《しめつ》させる者まで出てきた。大いなる神はその実験をしている神々にすぐに止《や》めるように言ったが聞き入られない。

そこで大いなる神は実力行使に出る。しかし、それに反発する神々は連合を組み大いなる神に対《たい》抗《こう》する。大いなる神も対抗して親しき神々に助けを乞《こ》い対抗することに。

どちらも引くに引けない状《じょう》況《きょう》まで追い込《こ》まれ神々の全面戦争、そう神々の黄昏《ラグナロク》が起きた。最後には、神々の力が激しくぶつかり合い、両陣営《じんえい》の神々を含《ふく》めこの世界のすべてが消滅《しょうめつ》した。すべてが無に返ったが、大いなる神やほかの神々の力がその空間に渦《うず》巻《ま》き残った。

どちらの陣営にも力を貸さなかった神々はこの状況を危惧《きぐ》し、その中で最も力のあった神がこの世界を管理することになった。その神はまず大いなる神々の力を一つの星に封印《ふういん》する。その星の名はマヤリス。そして、大いなる神に力を貸していたドラゴンを復活させ、一族を復活させることを条件にその封印の番人とさせた。それが烈王《レオ》さんだ。

徐々《じょじょ》にこの星を中心に世界は復活していく。しかし、幾年月《いくとせ》を経ても知性ある生命は誕生しなかった。この星を管理する神は知性ある生命が誕生するのを心待ちにしていた。しかし、待てど暮らせど、知性ある生命が誕生しないことに嘆《なげ》き悲しむ。

そんな時に、神の眷属《けんぞく》である神人の一人が神に願い出た。

「我々に下界に降り、文明を創造する手助けすることをお許しください」

本来であれば天地創造や生命誕生に神は手を出してはいけない。それは神々の不文律。だが、神人は神の眷属であって神ではないと、詭弁《きべん》とわかっていても期待してしまう。

「よかろう。やってみせよ」

神から承諾《しょうだく》を得た神人は一族すべてを連れて、マヤリスに降り立った。

神人が最初に目を付けた場所は、ネロたちがいる大陸とは違《ちが》うこの星で一番大きな大陸。そこに神人の拠点《きょてん》を造り、この星の進化の足掛《あしが》かりとした。

神人が最初に考えたことは、知的生命体による科学文明の確立。神人がいた神界は幾《いく》つもの世界に繋《つな》がっており、中には科学が神の力に近づくほど進んだ世界もある。その科学力を応用して、この世界に新たな知的生命体を創造し科学文明を築かせようとした。

しかし、新たな生命を誕生させるなど、そう簡単に出来るはずもなく。生命の研究を続けて長い年月が経《た》ち、下界に降りた第一世代の神人たちに寿命《じゅみょう》という名の終わりが訪《おとず》れ始める。

神の眷属だけあって長寿《ちょうじゅ》ではあるが、不死ではない彼《かれ》らは寿命が尽《つ》きれば死が訪れる。下界に降り第二世代の神人を育《はぐく》み数を増やしていったが、第一世代の神人が亡《な》くなるということは、今まで多くの知識を高めてきたその知識を活《い》かす経験も失われると気づき始めた。

その損失を埋《う》めるために生命の誕生と並行して研究を重ねていた、遺伝子操作を用いて自らの身体《からだ》を実験台とし、条件付きとなったが第四世代時に不老という成果を出すことに成功する。

「不老ですか。ミーちゃんと一緒《いっしょ》だね。まあ、ミーちゃんはそれに不死も付くけどね」

「み〜」

「我々の不老はその眷属とは違い疑似《ぎじ》的なもの。残念ながら、老いない身体を造ることは出来なかった。寿命が尽きる前に用意していた新しい身体に精神を移すことで不死を得ている」

「クローン技術みたいなものですね。俺《おれ》のいた世界でも同じようなことを研究していますね」

人間ではまだ成功したとは聞いたことがないけど。

「我々が得た不老はいわば偽物《にせもの》、欠点だらけだ」

「欠点？」

「み〜？」

「精神を病《や》むのだよ。長く生きることで生に苦痛を感じ、逆に死こそがすべての解放であると。そのことも話すべきことだな……」

経験の損失という時間のロスを克服《こくふく》した神人は研究を重ね、ある一つの結論を出す。まったく新しい生命を誕生させるには天文学的な運と時間が必要になると。そこで、神人の遺伝子をベースにし、遺伝子操作により神人ではない新しい生命を造りだす。

それがエルフ。最初に造りだされた神人の劣化《れっか》版である。神人はエルフに知識を授《さず》け、自然との調和を基本とした文明を築くように命じた。エルフは徐々に版図を広げていくが、文明と呼ぶにはまだ足りないと感じた神人は神人の技術を授けたドワーフを造り、文明の発展の後押《あとお》しをさせた。

そんな順調に進んでいると思われた矢先、どこからともなく現れたモンスターにエルフとドワーフの町が襲《おそ》われるという事態が発生。神人は今まで発見されていなかった謎《なぞ》の生命であるモンスターが何から進化したのか必死に探したが、一切《いっさい》その痕跡《こんせき》を見つけることができなかった。

ここで神人は宇宙に人工衛星を打ち上げ、星全体を定期観測し始めた。星全体を隈《くま》なく観測したことで、この星全体にどこからともなく急激に多くのモンスターが現れ、モンスター同士で争いが起こっていることに気づかされる。

「モンスターは種の進化で現れた生命ではないのですね？」

「み〜？」

「そうだ。突如《とつじょ》、この星に現れた。それこそ、転移スキルで無理やり連れてこられたように」

「今でも、そうして増えているのでしょうか？」

「今はこの星の種として繁殖《はんしょく》しているものもいるが、未《いま》だにどこからともなく現れることもある」

「その筆頭が魔王《まおう》ですね……」

「みぃ……」

「魔物の王か……言い得て妙《みょう》だな。まだその頃《ころ》にはいなかったがな」

時が経つにつれ、力の強いモンスターが現れ、モンスターの数も増えていく。エルフとドワーフだけではモンスターに対抗できず、広げた版図が押し戻《もど》され始める。

そこで、神人は新たな種族を造ることにした。神人の力強さを元とし、獣《けもの》の能力を授けられた獣《じゅう》人《じん》を。獣人にはエルフやドワーフと違い複数の種族がおり、種族ごとに長所や短所があることから汎用性《はんようせい》が高く、モンスターに対抗できるようになっていく。

一進一退を繰《く》り返しながらも徐々に版図を広げていくなか、造り出した者たちにも神人と同じ問題が浮《う》き彫《ぼ》りになってくる。寿命だ。彼らは神人と違い長くて百年ほどしか生きられない。せっかく育った優秀《ゆうしゅう》な者たちも寿命には勝てず、地に還《かえ》る。

反面、モンスターは強ければ強くなるほど寿命が長くなる傾向《けいこう》にあり、寿命が延《の》びるだけでなく知能も上がり狡猾《こうかつ》な考えを持つモンスターになると継続《けいぞく》的な観測から判明した。

これでは、この後強力なモンスターが増えていき、ここまで育った文明が消えることになるのではと考えた神人は一つのシステムを構築する。種の進化、防衛、知識の保存などのための統合管理システムである、そして最初に造られたのがユグドラシル・システム。

「統合管理システム？　メイドちゃんがそんな言葉を発していたような？」

「み～？」

統合管理システムは少量の神力とマヤリスというこの星自体からエネルギーを得て動く、ＡＩを搭載《とうさい》した半永久機関の統合管理システム。後に神人がこの世界を離《はな》れた時のために、この星の住人をサポートすることを目的に作られたシステム。

種の保存、知識の保管、それを守るための対モンスター防衛システムなどが備えられている。そして、統合管理システムの最大の能力が種の進化。

その統合管理システムが優秀な者を選び、遺伝子操作を行い進化した種へと生まれ変わらせる。ある者はハイエルフに、ある者はハイドワーフへと、またある者はハイビーストマンへ。

優《すぐ》れた者に力と長寿を与《あた》えることでこの世界の住人を、神人に代わり導いていく役目を負わしていく。神人は一つの鍵《かぎ》であってこの世界の住人にはなり得ないのだから。

「ハイエルフは今でもいますね。実際に知り合いにいます。でも、ハイドワーフやハイビーストマンは会ったことがないです」

「み〜」

「この大陸の統合管理システム、ヴァルハラ・システムは活動しているのか。我々は既《すで》に統合管理システムとは切り離されている故《ゆえ》、最初に造られたユグドラシル、それ以降のシャンバラ、アトランティス、エル・ドラード、バビロンはどうであろうな……もう、我らに知る術《すべ》はないが」

進化した者たちに率いられたエルフ、ドワーフ、獣人たちはモンスターを押し返し、領域をほかの大陸にまで伸ばした。強いモンスターも彼らには敵《かな》わず倒《たお》され数を減らし、このまま順風満帆《じゅんぷうまんぱん》に進むかと思われていた。

神人は今後のことを、このまま進化した者たちに任せればよいと思い始めていた時に、この星を観測していた神人から驚愕《きょうがく》の報告を受ける。

どこからともなく現れた強力なモンスターによって、モンスターの国が創られたことを……それも、複数同時に。そう、世にいう魔王の出現だ。

「突如現れたかと思えば、僅《わず》かな時間で国と呼べるほどのものを創り上げた」

「ゴブリンキングもそうですね。配下のゴブリンだけでなく、城や物資も急に現れたとしか言いようがないです」

「み〜」

「我々が神によってこの地に来たように、魔王やモンスターも神と同等の力を持った者によってこの地に送られてきたと考えている」

「神と同等の力ですか？」

「み〜？」

「ああ、我々はそれを邪神《じゃしん》と呼ぶ」

魔王たちはこの星に広がったエルフやドワーフ、獣人たちの町に襲いかかる。いかに進化した者たちとはいえ、魔王に率いられたモンスターの数の暴力には敵わず、また一進一退を繰り返す。

そこで、神人はこの状況を挽回《ばんかい》するために、神に許しを得てこの星にスキルという名の力を与えた。おかげで一時的に魔王たちに打撃《だげき》を与えることができたが、本来であればエルフ、ドワーフ、獣人にしか与えられることがないはずのスキルを、邪神が神の理《ことわり》を捻《ね》じ曲げ魔王やモンスターにも与えられるようにした。

こうなるとイタチごっこの様相を呈《てい》するが、神人も後に引く事ができない。神人は魔王たちに対抗するために今度はＡＦ《アーティファクト》という力を持つ道具を与えた。

ＡＦとは、道具に神力を与えて様々な能力を持たせたものである。ある程度、どのような能力を与えるか決めることができるが、どれほどの神力を与えるかでその強さが変わってくる。

「やはりそうなんだ。ミーちゃんにＡＦを持たせておくと、いつの間にか能力が上がるから、そうなのではと思っていました」

「今の我らは神界から切り離されているので、強力なＡＦを作るのに時間がかかる。だが、邪神の造った迷宮《めいきゅう》からは稀《まれ》に強力なＡＦが見つかる。おそらく、この世界のどこかに邪神のいる世界に繋がる場所があり、そこに我々の管理システムと同じようなものがあると考えられる。それが各迷宮と繋がっており、ＡＦを供給しているのだろう」

「迷宮は邪神が造ったものなんですか？」

「そうだ。だが、管理しているのは別のものだろう。モンスターにＡＦを直接与えるのではなく、与えられるだけの力を持った者だけが、自らの力でＡＦを手に入れられる場所にと迷宮を造ったと考える。我々の流れ迷宮もそれを真似《まね》したものだ」

それはおかしくないか？　流れ迷宮は別として、固定された迷宮だってどちらかといえば、モンスターより人族に恩恵《おんけい》を与えている。管理している者がいるなら、人族に恩恵を与えるようなものを渡《わた》さないようにするのでは？

「ですが、人族も迷宮に入ってＡＦを手に入れてますよね？」

「ＡＦを最初に作った我々が言うのも滑稽《こっけい》だが、大きすぎる力は災《わざわ》いを呼ぶのだよ。邪神にとってはどちらが勝者でも構わないのかもしれない……」

邪神の造った迷宮のせいで魔王の中にもＡＦを手に入れる者が現れ、より強大になっていった者たちが同じ魔王たちをも倒して、すべての頂点に立とうとしてマヤリス全体に戦渦が拡がっていく。

最初のうちは個々の能力だけでいえば、エルフやドワーフ、獣人はモンスターなど敵ではなかった。しかし、強大な力を手に入れた魔王の部下にも戦いの中で進化を果たすモンスターが現れ始める。そのうえ、モンスターの数がどんどん増えていき、数の暴力に押され追いつめられていった。

神人は起死回生を狙《ねら》い強力なＡＦを作り前線に投入し、一定の戦果を挙げたがすぐに使用が禁止された。流星を落とすＡＦ、津波《つなみ》をおこすＡＦ、大地を割るＡＦ、ＡＦを使って多くのモンスターを倒したはいいが、ＡＦが使われた場所は荒《あ》れ果てた大地が残るのみ。これでは、魔王やモンスターを滅《ほろ》ぼしたとしても、この星に人が住めなくなることに気づいたからだ。

完全に行き詰《づ》まったなか、一人の神人が魔王討伐《とうばつ》に名乗りを上げる。そう、神人自らが……。

「名乗りを上げた者は長寿のために気を病《や》み、死にたがりとなっていたのだ。我々は統合管理システムを作り上げた以降はできるだけ、我々神人が直接この世界に干渉《かんしょう》しないように努めてきた。しかし、そうも言っていられない状況になったことで、生に絶望を感じていた者たちにとっては逆に好機に見えたのだろう。己の命を燃やし、生あることを実感しながら死にゆく舞台《ぶたい》が出来たと」

「生きていることを実感するために、死を望むなんて信じられない……」

「みぃ……」

「それだけ追い詰められていたのだよ。苦痛の日々より、安楽な死後の世界へと」

神人の能力は魔王より優《すぐ》れている。しかし、それでも魔王の元まで辿《たど》り着くのは至難の業《わざ》。そこで、名乗りを上げた神人のほかに、更《さら》に名乗りを上げた四人の神人で魔王討伐をすることになる。

さすがに神人の五人ＰＴ《パーティー》に敵はなく見事魔王を討伐したかに見えたが、しばらくして観測チームから倒したはずの魔王復活の報がもたらされる。その報を受け別の魔王を討伐してみるが、やはりしばらくすると魔王が復活することがわかった。

これにより、神人の中で議論が起こり、結果いくつかの仮説が立てられる。そのなかでもっとも有力とされたのが、神力以外では消滅させることができないという説。

「神力ですか？　勇者が魔王を消滅させることができるのは、その神力のおかげ？」

「み〜？」

「そうだ。勇者が魔王と戦うまでに蓄《たくわ》えてきたエネルギーを使い、神力を爆発《ばくはつ》させることで魔王を消滅させる」

「神人だって神力を持っているのでは？」

「み〜？」

「初代の神人であればそれが可能であったろう。だが、世代を重ねた我々には魔王を消滅させるだけの神力を、一人で生み出す力は既になかった。そのうえ、神力を連鎖《れんさ》爆発させるだけの、強力なエネルギーを生み出す能力も我々の世代には受け継《つ》がれなかったのだよ」

「魔王同士が戦い相手を消滅させられるのは？」

「魔王はいわば邪神が認めた勇者。邪神とはいえ神は神。神力を得ていてもおかしくはあるまい」

「邪神が認めた勇者……」

「みぃ……」

ミーちゃん、帰り道は厳しい道のりです。

神人は倒《たお》してもすぐに復活する魔王《まおう》に対して手をこまねいていた。そうしたうち、一人の神人が一振《ふ》りの剣《けん》を携《たずさ》えて魔王討伐《とうばつ》に名乗りを上げる。

それは、最初に魔王討伐を行った、死にたがりの神人であった。

ほかの神人は意味のないことだからやめろと言う。しかし、名乗りを上げた神人には秘策があった。彼《かれ》が皆《みな》に見せた一振りの剣。AF《アーティファクト》かとほかの神人は思ったが、説明を聞いて大いに驚《おどろ》く。

その剣の名は『神剣《しんけん》』。本来であれば剣に能力を与《あた》えAFとなる神力のほとんどを、あえて剣の中に抑《おさ》え込《こ》むように核《かく》として内包する。そして、倒した者のエネルギーを吸収し溜《た》める能力を持たせ、更《さら》にそのエネルギーが溜まれば溜まるほど体力回復能力と気分を高揚《こうよう》させる力も持たせた。

「神剣にそんな力があったのか……意外と優秀《ゆうしゅう》な剣だったんですね」

「なぜ、君は神剣を知っている？」

「一本、持っています」

「み〜！」

「……」

そして、神剣に持たされた真の能力は……対魔王最終兵器。

それはこの神剣を使う者に勇者と同じ力を与える。己《おのれ》の命と引き換《か》えに……。

魔王の元に辿《たど》り着くまでにエネルギーを溜め込み、そのエネルギーが一定に達すると自動で己の生命エネルギーすべてを神力に変換《へんかん》させ、溜め込んだエネルギーで連鎖爆発《れんさばくはつ》を起こさせる。

魔王の傍《そば》で爆発させるのが確実だが、多少離《はな》れていたとしても爆発した神力は半径五キロにまで神力の余波を及《およ》ぼす。モンスターにとって神力とは贖《あがな》えない力。神力を浴びれば魔王やモンスターのエナジーコアは破壊《はかい》され生き延びることは不可能。神力はエナジーコアにのみ影響《えいきょう》を及ぼすので、人や自然を傷つけることはない。ある意味、クリーンエネルギー。

「代価が命ですか……レティさんに預けなくてよかった……。ジンさんに感謝だね」

「み～」

「神剣は十七本作られ、使われたのは十本。五本はこの星の外に持ち出され、残りの二本は封印《ふういん》されたはず……」

「見つけたのは偶々《たまたま》です。何百年も前の人が見つけて隠《かく》していたみたいです。しかし、エナジーコアのみ破壊って、中性子爆弾《ばくだん》みたいですね」

「中性子線で人を死に至らしめる爆弾か？　君の世界は危険な世界のようだな」

「そうかもしれません。モンスターはいないけど、モンスターの心を持った人間はいますから……」

「みぃ……」

神剣を作り魔王討伐に名乗りを上げた者は見事に魔王を消滅《しょうめつ》させた。自らの命と引き換えにして。

その成功を機に九人の神人がこの星に散らばる強大な魔王を己の命と引き換えに討伐していき、人が住む領域を広げていった。順調に進んでいる。このまま人族がこの星の頂点となり文明を築き上げていく……幾度《いくど》となくそのような思いを抱《いだ》き、その度《たび》に苦汁《くじゆう》をなめさせられてきた。

そして、またしても観測チームからもたらされる凶報《きようほう》。モンスターによるスタンピード。

しかし、これは起こるべくして起こった災害。魔王を討伐したがために、モンスターを統率《とうそつ》する者がいなくなり、元は小さな暴走だったが連鎖的に広がりスタンピードとなった。やっと広がりを見せていた版図が瞬《また》く間にスタンピードに呑《の》み込まれていく。

スタンピードが同時に各地で起きたことに邪神《じやしん》の介入《かいにゆう》があったのではないかと観測チームが調査したが、一切痕跡《いつさいこんせき》を見つけることはできず、魔王討伐による弊害《へいがい》と結論付けられた。

この頃《ころ》になると、神人のなかにある思いが芽生え始める。

神人がこの星に介入すればするほど、邪神はそれを排除《はいじよ》しようとしてくるのではないのかと。最初は小さな思いだったが、十体の魔王を討伐した頃《ころ》には神人たちの間で確信となりつつあった。

魔王を討伐したすぐ後にあまりにも都合よくスタンピードが起こり、その中から数体の準魔王クラスが台頭してくる。その準魔王たちが争い、勝ち残った者が新しい魔王となる堂々巡《どうどうめぐ》り。

長く主《あるじ》である神の思いに応《こた》えようとしてきた神人だが、今代の神人は神の姿を見た者はほぼいない。既《すで》に第一世代の神人はこの世に無く、今の世代の神人は不老となり、本来のこの星に降りた理由さえ曖昧《あいまい》になり、生命を誕生させるどころか死ぬことへの憧《あこが》れを抱く者さえ現れる始末。

そう、既に神人は破綻《はたん》していたのだった。

「破綻ですか……」

「もちろん、我々はそのことに気づいていた。気づいていたが、神人というプライドが邪魔して認めることができなかったのだよ。我らなら必ず達成できると」

「みぃ……」

「だが、相手が悪かった。最初からわかっていたはずなのに、神の力に匹敵《ひってき》する邪神の力を認めることができなかった。邪神の力を認め愚《おろ》かなプライドなど捨て、神に助力を乞《こ》うていればこのような結果にはならなかったであろう」

「たられればですね」

「そうだな。愚か者の戯言《たわごと》だ」

そして多くの神人は神への信仰心《しんこうしん》も薄《うす》れていき、疲《つか》れきった神人はすべてを放棄《ほうき》する。神人が動けば邪神も動く。ならば、我々は動かず、すべてをこの地の者に委《ゆだ》ねてしまおうと。

しかし、それこそが最初にこの星に降り立った神人たちが目指したこと。

神人たちは神に神界に戻《もど》れるように頼《たの》むが、無下にも却下《きゃっか》される。神人は神人であるが、彼らは既に真の神人ではなくなっていたからである。長い年月を下界で過ごし信仰心が薄れ、魔王との戦いで神人たるべく純真な心に闇《やみ》を宿したことで、神界へ戻れぬ存在となっていた。

「神は言った。心を鍛《きた》えよ。と」

「心を鍛えれば、神界に戻れるのですか？」

「わからぬ」

「みぃ……」

「ある者は神の勧《すす》めで心を鍛えるために異世界へ渡《わた》り、ある者は新天地でやり直すことを望み、この星を出て宇宙を渡る」

「あなたは？」

「み～？」

「我々はこの星に残り、この星の行く末を見守ることを望んだのだよ」

神人はすべてを放棄する前にある種族を造る。

普人《ふじん》族と呼ばれる種族だ。普人族は神人の持つ力を何一つ与えられず、突出《とつしゆつ》した能力を持たない種族。唯一《ゆいいつ》、神人が捨てた繁殖《はんしよく》力《りよく》を強化され授《さず》けられた。

すべてを放棄してこの星に残った神人は流れ迷宮《めいきゆう》という名の船を造る。この星に住む人族に多少の恩恵《おんけい》を与えながら、この星の行く末を見守り続けるために。

これは意趣返《いしゆがえ》しだ。神人が邪神に対して行った最後の抵抗《ていこう》。

「意趣返しですか？」

「み～？」

「ははは……なんとも滑稽《こつけい》な意趣返しだろう？　こんなことしかできなかったのだよ」

邪神が行ったことをそのままやり返したってことだからね。

「ですが、その普人族が国を作り、魔王と戦い文明を築き存続させています。すべての普人族が良いとは言いませんが、神人の行ったことに意味はあったのだと思います」

「そうであるなら僥倖《ぎようこう》なのだがな」

「み～！」

なるほどそうか、この流れ迷宮って船なんだ。

「星の外に出た神人がいるってことは、この船も宇宙に出られるのですか？」

「み～！」

ミーちゃん、そういえばお船スキーだったね。だいぶ興味があるご様子。

「残念ながらこの船は地中専用船だ」

「みぃ……」

あらら、ミーちゃんしょんぼり顔になっちゃいました。そういえば、烈王《レオ》さんが神人の地中船がどうたらこうたら言っていたな。これがそうなんだ。ミーちゃんはあんまり気に入らないようだけど、地中専用船だって凄《すご》いと思うけどね。

「みぃ……」

ミーちゃん、お空の上に行ってみたかったの……って、とても残念顔。でも、可愛《かわい》い。

「探せばまだ残っているかもしれないぞ」

「本当ですか？」

「みっ⁉」

「ヴァルハラ・システムがまだ稼働《かどう》しているのであれば、その後に何隻《せき》かは建造した可能性はある。ほかの統合管理システムにも言えるがな。まあ、残っていればだが」

「み～」

ミーちゃん、眼《め》をキラキラさせて俺《おれ》を見ています。俺は黙《だま》って目を逸《そ》らす……そんなの見つけてどうするのよ……。

「み～！」

乗って飛びたいの～！　って、誰《だれ》が操縦するのですか？　車とバイクの免許《めんきょ》は持っているけど、宇宙船の運転免許なんて持ってないよ。

「みぃ……」

「飛ぶだけであればＡＩが自動操縦できる」

「みっ⁉」

あぁー、余計なことを言ってくれちゃったよ。この神人。ミーちゃんの可愛いお目々がギラギラに変わっている。あれは餡子《あんこ》を狙《ねら》っている時の目だ。

「残っている可能性はあるのでしょうか？」

「み～？」

「さあな。星の海を征《ゆ》く船はなくとも、それ以外の船ならあるいは」

おぉー。俺的には宇宙船じゃなくても全然構わない。大陸同士を繋《つな》げられる、大海原《おおうなばら》を進む神猫《かみねこ》商会専用船が欲《ほ》しい。統合管理システムのある場所は、ローザリンデさんがハイエルフだから本人に聞くか、同じエルフ族のユーリさんに聞けばわかるかもしれない。でも、その場所に行けたとしてどうにかなるのだろうか？

そう思っていると、管理者がどこからともなく腕輪《うでわ》を出して、テーブルの上に置いた。

「その子猫には我々の遺産を自由にする権利がある。なんといっても我々より上位者だからな。自由に使いたまえ。動けばの話だが」

「み～！」

どうやら、腕輪は最上位権限の鍵《かぎ》であり、神人の遺産すべてに対応したマスターキーらしい。ミーちゃんがニコニコ顔でミーちゃんバッグに大事に保管する。

あれ？　これって衛星も使っていいってこと？　これは神人の残した遺産を見つけねばならぬ。

「さて、ほかに聞きたいことはあるかね？」

「迷宮の中にいる獣人《じゆうじん》たちを地上に出そうと思いますが、問題ありますか？」

「み～？」

「好きにしたまえ。前の管理者がしたことだ。出たければ出ればよい、残りたくば残ればよい」

うん。これで気兼《きが》ねなくブロッケン男爵《だんしやく》領の領民になってもらえるね。

ほかに聞きたいことっていうといろいろあるけど、あれから聞いてみよう。

「とある遺跡《いせき》であなたたちの船の一部を見つけました。その中で自動人形を見つけたのですが、エナジーゲイン不足とかで動きません。どうにかなりませんか？」

「自動人形？　試作対魔王戦術兵器のことか？　あれがまだ残っていたのか……」

さっきのドラゴン戦でも活躍《かつやく》しましたよ。それにしても、

「試作対魔王戦術兵器？」

「み～？」

なんか物騒《ぶつそう》な名前だな。

「神剣が戦略兵器なら、君たちが見つけたのは戦術兵器。日の目を見ずに封印されたものだがね」

「み〜？」

どういうことだ？　封印された？　ハゲバトロワは先代の魔王がその自動人形と戦って怪我《けが》をしたと言っていた。その傷のせいで勇者にやられたって。ん？　時間的に合わない？　勇者がいたってことはこの大陸に普人族の国があったってことだ。最近じゃないけど神人からすれば最近の話になるはずだ。

「最近といっても数百年前の話ですけど、西の魔王が勇者によって倒された時の話です」

「この大陸の魔王が勇者によって倒されたのは知っている。我々が表舞台《おもてぶたい》から去った後に、神が何度か勇者召喚《しょうかん》を行っていたことは観測済みだ。別の大陸の者が手を貸したこともある。だが、封印したはずの試作対魔王戦術兵器が、なぜその時に動いたのかは謎《なぞ》だが。まあ、あれも一種の我々の遺産ともいえる。自由に使いたまえ」

是非《ぜひ》とも使いたい。無傷な自動人形は五十体くらいあった。相当な戦力になるはずだ。

「使いたいんですけどね。さっきも言いましたがエナジーゲイン不足で動かないんですよ」

「この船もエナジーゲインで動いている。エナジーゲインとは神力を変換したエネルギー。考えられるのは機能の故障。または、単純に神力不足」

「故障なら直せますか？」

「私には無理だな。次の担当の者か統合管理システムなら直せるだろう」

壊《こわ》れているとして直すとしたら、次の神人がいつ目覚めるのかわからない以上、ヴァルハラ・システムを目指したほうが手っ取り早いね。

「神力不足というのは？」

「み～？」

「この船には神人が複数人乗っている。その神人の神力をエナジーゲインに変えている永久機関だ。しかし、試作対魔王戦術兵器があるシステムにはエネルギーの元となる神人がいないことから、神力が供給されていない状態だ。その子猫が神力を注げば解決するだろう」

そうなの？　ミーちゃんできる？

「み～？」

「子猫の近くにおいて置けば、故障でなければ直に稼働し始めるであろう」

ＡＦと同じか。自動人形についてはこんなところでいいか。

🐾

「じゃあ、次の質問ですが、あなたたちと仲の悪いドラゴンとは何者です？」

「み～？」

「ドラゴンは神の力ではなく、無から生まれた生物。次元竜《りゅう》……彼はその中でも超越者《ちょうえつしゃ》。神により守護者の任を与えられし者」

ドラゴンという種族は幾多《いくた》の異世界にいる。強大ゆえ神より自由を与えられた存在。善も悪もない中立の存在。故《ゆえ》に存在自体がすべてにおいて特異点たる存在。

特に次元竜は神に匹敵する力を持ち、この世界に封印された不文律的特異点を、己がその強大な特異点故、その存在で封印されし特異点を抑え込んでいる。

「彼らもまた楽園を望みこの世界に移り住み、神々の黄昏《ラグナロク》に巻き込まれ消滅した。後に神との契約《けいやく》によりこの地の特異点を守る者。さて、何から守るのであろうな？」

「烈王さんは何かを知っている？」

「み〜？」

「さてな。神との契約故、聞いたところで教えてはくれまい」

ですよねー。これはかりは、しょうがない。

神人はドラゴンについても研究していたそうで、亡《な》くなったドラゴンを密《ひそ》かに回収して調査し竜人という獣人の一種を造り出している。蒼竜《そうりゅう》の咆哮《ほうこう》のリーダーのミュラーさんがそうだね。

とても強い種族だけど同種族同士じゃないと子を成せないうえ、繁殖力が低いという欠点がある。見たことないけど、竜人の女性は男性のようなトカゲ顔ではなく美人揃《ぞろ》いらしい。まさに美女と野《や》獣《じゅう》って感じなのかな。興味はある。

ドラゴンは中立の存在らしいけど、その契約ってのも関係がありそうだ。まあ、絶対強者だけに相手をまったく気にしていないというか、相手にしていないだけのような気がする。

そんなドラゴン相手に神人は腕試《うでだめ》しという喧嘩《けんか》を売っていたらしい。痛み分けで引き分けと管理者は言っているけど、正直怪《あや》しい限りだ。

ドラゴンからすれば面倒《めんどう》くさいから、引き分けってことにしといてやるって感じじゃないかな？魔王ですら眼中にないドラゴンだ。グラムさんは負けたみたいだけど……。グラムさんと戦った神人が凄腕《すごうで》だったのか、たんにグラムさんが残念ドラゴンだったのか……。

そんなグラムさんは置いといて、そんななか中立のドラゴンの力を借りられることは、幸運スキルだけでなくミーちゃんの猫徳のおかげでもあると思う。ありがとね。ミーちゃん。

「み～？」


さて、そろそろ本題、これが最後の質問かな。

「先ほど、俺たちが異世界から来たことを話しましたよね。実はミーちゃんがこの世界に来たのはいいのですが、元の世界の神界に帰れなくなりました。この世界の神界とミーちゃんのいた神界は現状、道を閉《と》ざしているそうです。帰る方法がないわけではないそうですが、どうしても一度この世界の神界に行かなければなりません。神様に神界に行くことができる場所があることは聞いたのですが、場所までは教えてもらっていません。場所に心当たりはありませんか？」

「み～？」

「ふむ。心当たりどころか、その場所なら知っている」

「本当ですか！」

「み～！」

「神人がこの星に降りた道だから知っていて当然だ」

なるほど、当たり前といえば当たり前か。で、それってどこ？

「北の大陸に氷河と万年雪の山脈に囲まれし聖域がある。そこは、モンスターは近づくことさえできず、たとえドラゴンであっても近づくことを許されない聖域。そこに行くことができるのは、資格を持つ者のみ」

「その場所に辿り着ければ、すぐに神界へと行けるのでしょうか？」

「その場所に辿り着ければの話だがな」

大海原を越《こ》えて北の大陸に渡り、氷河と万年雪に覆《おお》われた山脈を踏破《とうは》して辿り着ける場所。マジ無理ゲーだよ。よくそんな場所から神人はほかの大陸に行けたね。神人が神人たる所以《ゆえん》だな。

ミーちゃん、どうしよう？

「みぃ……」

ミーちゃんには悪いけど、帰り道がわかっただけでも良しとしよう。

そういえば、話の中に出てこない種族がいるよね？　せっかくなので聞いてみよう。

「話は変わりますが、妖精《ようせい》族もあなたたちが造ったのですか？」

「ふむ。妖精族か。彼らは獣人族から枝分かれして隔世《かくせい》遺伝を起こした者たちだ」

獣人族を造るのに多くの種類の遺伝子を掛《か》け合わせたことによる、隔世遺伝的に変化した者が妖精族らしい。人より隔世した遺伝子の姿に偏《かたよ》り、ある意味突出した能力を持って生まれてくる。

今は獣人族の遺伝子が定着したため、妖精族が獣人族から生まれることはなく、妖精族も一種族として安定しているそうだ。

やっぱり、ご先祖様は同じだったんだね。

「み～」

ミーちゃん、ご褒美貰《ほうびもら》います。

「さて、そろそろ時間だ。最後に約束通り、迷宮《めいきゅう》最下層に辿《たど》り着いた褒美をやろう」

「一人一つですか？　それとも全体で一つ？」

「み～？」

「せっかくだ、一人一つやろう。しかし、決めるのは君だ。彼《かれ》らとは会う気はないのでな」

みんなの分を俺《おれ》が決めちゃうの？　後で恨《うら》まれないかな？

「どんなものがもらえます？」

「金でも宝石でもＡ Ｆ《アーティファクト》でも。我らにやれるものなら何でもやろう」

ふむ。言質《げんち》は取った。なので、俺とミーちゃんの分は決まった。ほかのメンバーはＡＦ辺りでいいだろうか？　ペロとセラは食べ物って言いそうだけど。

「何か変わったものってありますか？」

「そうだな……スキルオーブなどはどうだ？」

「み～？」

スキルオーブってな～に？　って、ミーちゃんが興味を持ったようだ。俺はなんとなくわかったけど。おそらく、ゲームなどでは定番のアイテムだろうな。

聞けばやっぱり俺が思っていたとおりのもの。初級スキルを自由に一つ選べるそうだ。なかなか良いものだ。俺や宗方姉弟《むなかたきょうだい》は異世界補正で、限定付きで好きにスキルを選べるけど、普通《ふつう》の人は選ぶことができないから、これは凄《すご》いお宝になる。

うちのメンバーは俺とミーちゃん抜《ぬ》きで九人、グラムさんも入れたら怒《おこ》るかな？

「それでは、ＡＦ六つにスキルオーブ四つください。俺とミーちゃんの分はご相談で」

「数が合わぬようだが？」

「み、み〜？」

「そうですか？　先ほど、全員にくれるって言いましたよね？」

「腹黒い君が神の眷属《けんぞく》と一緒《いっしょ》にいるのは、何かの間違《まちが》いではないのかね？」

「誉《ほ》め言葉ってことにしておきます」

「みぃ……」

ミーちゃん。なぜ、そこでごめんねぇ……って顔するの！　俺は私利私欲のためにやっているわけでは……三割くらいはやっているけど、みんなのことを思ってやっているのだからね！

ＡＦはリストを見せてもらい、身体強化五割増しと異常状態回復速度大を二つ、シールドという一定量のダメージを軽減してくれるものを貰った。

身体強化とシールドはいいとして、異常状態回復速度大を見つけたときは目を疑ったね。王様に譲《ゆず》った耐性《たいせい》の指輪は異常状態を高い確率で防ぐってＡＦだったけど、異常状態回復速度大は異常状態を必ず回復させるＡＦだったからだ。

耐性の指輪は運が悪いと異常状態になる。だけど、異常状態回復速度大は異常状態になったとしても必ず回復する。毒や麻痺《まひ》などは自然に治癒《ちゆ》せず、解毒薬《げどく》が必要になる場合もあるのに、それがこのＡＦの場合は必要ない。それと検証していないけど、異常状態になった後に装備しても異常状態が回復すると思っている。

これがあれば、ミーちゃんのミネラルウォーターが無くても異常状態を回復できるということだ。別にミネラルウォーターが足りていないわけでも、あの力が抜けるような感覚が嫌《いや》なわけでもないからね。余裕《よゆう》があるのはいいことなのだ。

最後の一つはリストを見て悩《なや》んだもの。それは、お酒製造機！　お酒にしたいものと水を入れてスイッチを押《お》すと次の日にはお酒になっているという優《すぐ》れもの。五リルほどの容器なのでお遊び感覚だ。ポロたちが喜びそうだと思う。正直、俺も楽しみにしている。何が出来るかな？

さてと、それでは俺とミーちゃんのご褒美をもらいましょうか。

「知識が欲《ほ》しいです」

「どのような知識だ？」

「この世界が先に進むための知識です」

「み～」

「この世界が先に進む……？」

ずっと思っていた。この世界はすべてにおいて停滞《ていたい》していると。思想、学問、芸術、医療《いりょう》、それによる文化や生活そして俺が望む科学。

普人族《ふじん》が現れ国を作り人族の領域を広げたけど、その頃《ころ》から今に至るまでほとんど変わっていないのではないだろうか。政は王政による封建社会《ほうけんしゃかい》。学問や芸術も一部の特権階級だけのもの。

政治を行う者にしたら愚民《ぐみん》政策を執《と》り、領民は言われたことだけするほうが治めやすいのはわかる。しかし、一般《いっぱん》の人々は税に苦しみ生きるので精一杯《せいいっぱい》。その一般の人々の道から外れた人は、流民となりスラムなどでただ生きるだけの生活をし、それすらできない人は犯罪に手を染めるか死を待つしかない理不尽《りふじん》な政治。そんな政治がまったく変化なくずっと続いてきた。

それは、この世界すべてが停滞しているからだ。

一般の人にも学問や芸術の道を開き、この世界全体を一部の特権階級が動かすのではなく、一般の人の一般の人による一般の人のための政治が行われるようにしていかなければならないと思う。

「エナジーコアの有用なエネルギーがあるため、個々で完結してしまい大規模な産業革命が起きないでいる。有用なスキルもあるので、大型機械を発明して使うといった発想も生まれない。なのに、効果的なスキル運用を考える学問もない。しかも、一部の特権階級が愚民政策を執り、知識を与《あた》えないようにしている。俺から見るとこの世界はないないづくし」

「それでどうしろと？」

「知識をください。基礎《きそ》教育、倫理《りんり》、道徳に役立つものすべて」

「知識を得てどうするつもりだ。君が特権階級の一人になるだけなのでは？」

「これでも俺はこの国の貴族の一人。領地を持ち領民もいます。そこで、各町に無償の学校を作ろうと思っています。最初は私の領地だけになると思いますが、成果が出ればおのずと広まっていくでしょう。まあできることから一歩ずつですね。教える教師も育成しないと駄目《だめ》ですから」

いくら民主主義と騒《さわ》いでも、理解できなければ無意味。俺は王政が悪いとは思っていない。ただ、王が変わることにより善政が急に悪政に変わるといった、政治体制に問題があると思っている。それを補う何かしらの制度があればいいのだ。

まあ、向こうの世界の俺がいた国の政治も駄目駄目だったけどね。この世界の政治に比べればまだましなほうだろう。

「上手《うま》くいくと思うのかね？」

「さあ、わかりません。ですが、一歩を踏《ふ》みださなければ、前には進みません。だからその一歩を踏み出すための知識が欲しいのです」

「この船には一部の知識しかない。すべての知識は各システムに保存されている。この大陸であればヴァルハラ・システムになる。マスター権限を与えたのだ。好きに使えばいい」

ん？　ってことは、俺とミーちゃんのご褒美はノーカン？　別のものでいいってこと？

「み～？」

さてと、ならばここからが正念場だ。行くぞ、ミーちゃん！

「み～！」

「では、俺とミーちゃんは別にご褒美をもらってもいいですよね？」

「ふむ。致《いた》し方ないが、そうなるな」

よっしゃっ！　ミーちゃん、何をもらおうか？　えっ？　ＡＦの空飛ぶお船？

ＡＦのリストを再確認すると船とはちょっと違うけど、フライングボードのような物をミーちゃんがテシテシ叩《たた》いてアピールしている。これ？

「これはどのようなＡＦですか？」

「空中に浮《う》く連絡《れんらく》移動用に作られたものだ。我々神人以外に使える者はいない。はずだったが、その子猫《こねこ》は例外だな」

形と大きさは、まんま、車輪の無いスケートボード。ミーちゃんが乗るにはちょうどいい大きさ。動力が神力だから、ミーちゃん自身が永久機関。高度は最大二メル、最大速度は時速五十キロほど出る高性能。何気に俺も欲しいと思った。

操縦用の腕輪《うでわ》を着けることで、ある程度イメージで操縦できるようになる。基本は体重移動。これならミーちゃんでも操縦できる。ミーちゃんの場合、腕輪じゃなくて首輪になるけどね。

ミーちゃんはホクホク顔。実は欲しいのを我慢《がまん》していた様子。ミーちゃん、良い子です。

さて、俺が管理者にお願いするご褒美はというと。

「カカオ豆の種をください。できれば、コーヒー豆の種も」

そう、チョコレート。チョコレートが食べたい。でも、確か猫ってチョコレート食べられないんだよね。まあ、ミーちゃんは何を食べても平気なのだけど。

「ほう。神の食べ物を所望《しょもう》するか」

「み～？」

神の食べ物？　何それ？　ミーちゃんもコテンと首を傾《かし》げる。ミーちゃん、チョコレート食べたことないのかな？　管理者がどこからともなく箱を出して渡してきた。中身はカカオ豆だ。

それより猫獣人とかケットシーが食べても大丈夫《だいじょうぶ》なのだろうか？

「問題ない。猫に比べ体の大きさが違うので中毒は起こさない。猫の遺伝子を持っているだけの人だと思えばいい」

それなら安心だ。腹ペコ魔人《まじん》のペロが一番心配だったんだよね。危険だから食べたら駄目って言っても、ちょっとだけって言って食べそうな奴《やつ》だから。ちなみにセラは黒豹《くろひょう》だけどモンスターに分類されるので、ミーちゃんと同じで何を食べても問題ないと、以前にロデムさんから聞いている。もちろん、ルーくんも同じ。

「残念ながらコーヒー豆の種は保存していない。だが、マヤリスの南半球にある国では、普通に栽《さい》培《ばい》されている」

ということは輸入できる？　あるいはもう輸入されている可能性があるのか？

「じゃあ、代わりにサトウキビの苗《なえ》と、遠心分離《ぶんり》機《き》なんてもらえませんか？」

「君は遠慮《えんりょ》がないな」

「み～」

ネロくんだから～ってミーちゃん、何気にディスってません？　遠慮で腹が膨《ふく》れるなら遠慮でも何でもしますよ。立っている者は親でも使えって言うでしょう。せっかくのチャンスなのだから、もらえるものは根こそぎ持って帰りたい。

「サトウキビの苗はやろう。だが、遠心分離機もここには無い。統合管理システムに行きＡＩに作らせればいい。遠心分離機なら間違いなく作れる」

おぉー、ラッキー。それにしても、統合管理システムは相当に有能みたい。行くのが楽しみだ。

遠心分離機があれば白砂糖を作ることができる。まだ、この世界で白砂糖を見たことがないので、もしかしたら遠心分離機がないのかもしれない。でも、蜂蜜《はちみつ》を分離させるのに使っていそうな気はする。となると、黒砂糖を白砂糖にする工程が確立されていないと考えるべきかな？

普段《ふだん》は黒砂糖でなんら問題はないけど、お菓子《かし》を作るなら白砂糖のほうが味も見栄《みば》えも良くなる。売れる。必ず売れるぞ！　ニクセでサトウキビを栽培して、フォルテで砂糖かぶを栽培させればこの国周辺の砂糖を供給できるようになるはず。

黒砂糖は庶民《しよみん》に適正価格で売り、白砂糖は貴族や金持ちに高値で売り捌《さば》けばウハウハですな。香《こう》辛料《しんりよう》との二本柱、神猫商会は安泰《あんたい》だ。

神猫商会の会頭のミーちゃん、どうよ？

「みぃ……」

ネロくん、お目々がレトになっているよ……って。あれ？　あんまり乗り気じゃないね。白砂糖ができればミーちゃんの大好きな餡子《あんこ》が、今より上品でより美味《おい》しくなるんだよ？

「みっ!?　み～！」

そうなの!?　よし、やろう～！　って……ミーちゃん、手のひらを返し過ぎじゃありません？

「み～」

餡子は正義って……。ミーちゃん、本気ですね。

管理者はまた、どこからともなく五十セン四方の箱を出した。中身を確認《かくにん》すると一見、竹の節に見えるサトウキビが二十本入っている。とても大事なものなので、すぐにミーちゃんバッグにしまってもらう。

「さて、これですべていいかな？」

「はい。ありがとうございました。大変助かりました。それから、今後、あなたたちとはもう会えないのでしょうね？」

「み〜？」

「そうだな。もう君たちと会うことはあるまい。我々はこの星を見守るだけの裏の存在」

「それだけですか？」

「そう、それだけだ」

「みぃ……」

神界に戻《もど》るために修行《しゅぎょう》する者、別の星ですべてをやり直そうとする者、そしてただ見守る者。それは、元の高みに戻ろうとすること、己《おのれ》の力を信じ新たに先に進むこと、すべてに絶望してその場で動きを止めたこと。まさに三者三様。どの考えが正しいのかは俺にはわからない。

俺だったらどの立場を選ぶだろう？　一つだけ確実に言えるのは、立ち止まることはない。立ち止まったらそこで終わりだ。たとえ、這《は》ってでも前に進むことを選ぶかな。

ミーちゃんもそうだよね？

「み〜」

ミーちゃん、迷宮探索《めいきゅうたんさく》から帰還《きかん》する。


「それでは、さらばだ。こうして我らが先祖と同じ、神の眷属《けんぞく》に会えたことは僥倖《ぎょうこう》であった」

「ほかのメンバーとは会ってくれないのですか？」

「み～？」

「会う必要があるかね？　本来なら誰《だれ》とも会うことはないのだよ。君たちであったから会ったまで。だから、君たちのことはこの星に残る同胞《どうほう》すべてに共有された。もしかしたら、君たちに興味を持った同胞が接触《せっしょく》するかもしれないが、それはそれ。さあ、君たちが進むべき道に戻《もど》りたまえ。君たちの進む困難な道に幸《さち》多からんことを」

そう言うと管理者はさっきまでの無表情が嘘《うそ》のように、ミーちゃんにとても優《やさ》しい微笑《ほほえ》みをかけながら消えていった。

そして、時が元に戻る。

「どうして、ここに星空があるのかにゃ？」

「これはスクリーンに映された映像なんじゃないかな～」

「この世界の科学力も侮《あなど》れないですね。姉さん」

「二人はにゃにを言ってるにゃ？　アイスクリンって美味《おい》しそうにゃ気がするにゃ！」

誰もアイスクリンなんて言っていない。なのに、美味しそうと思うなんて、さすが腹ペコ魔人《まじん》。

にしても、この光景はスクリーンに映しているようには見えない。本当にそこに宇宙があるかのような現実感。間違《まちが》いなく俺《おれ》たちがいた世界より進んだ科学力だ。

「息子《むすこ》よ。それはな、不思議な力ってことだ。なあ、レイン」

「確かに不思議だな」

「にゃんだ、そういう意味かにゃ！　さすがパパにゃん！　で、アイスクリンってにゃんにゃ？」

「おうよ！　パパにゃんは偉大《いだい》にゃのだ！　アイスクリンは知らん！」

「『アイスクリン……食べたい。ネロさん！』」

作り方など知らん。高知県民に聞きなさい！

それよりだ、この世界の人に科学のことを理解しろと言っても無理がある。とても便利なものだけど、それは長い年月を掛《か》けて先人たちが築きあげてきたものだからね。

でも、その科学の一歩を踏《ふ》み出す知識を、俺たちは得るチャンスをもらった。この世界に科学を広めるのが良いことなのかは、正直わからない。

ポンコツ神様は、俺にこの世界に影響《えいきょう》を与《あた》えるスキルは与えないと言っていた。でも、時空間スキルを手に入れ、今もこの世界に影響を与える知識を手に入れようとしている。

このまま突《つ》き進んで大丈夫《だいじょうぶ》なのだろうか？　神敵になったりしないよね？

「み、み～？」

ミーちゃん、だ、大丈夫じゃな～い？　じゃなくて、しっかりと大丈夫って言ってほしい……。もし、神敵になったら、ミーちゃんも同罪だからね！

「みっ⁉」

何を驚《おどろ》いているかわからないけど、当たり前です！

「それより、ダンジョンマスターはまだ～？」

「姉さん、ダンジョンマスターじゃなくて管理者ですよ」

「どうでもいいにゃ。お宝にゃ！」

「にゃ！」

あー、みなさん、どうやら管理者と会うのを楽しみにしていたようだけど、管理者とは会えません。あしからず。なので、みんなから目を逸《そ》らす。

「な、ないの～⁉　ダ、ダンジョンマスターとの邂逅《かいこう》が……」

「だから、姉さん、ダンジョンマスターじゃなくて管理者ですってば」

「あのおっちゃんに一太刀《ひとたち》浴びせたかったにゃ……」

「にゃ……」

宗方姉弟《むなかたきようだい》はいいとして、ペロとセラはリベンジを狙《ねら》っていたのか……。

「勝ち逃《に》げかよ。納得《なつとく》いかねぇ。なあ、レイン」

「そうだな。ちゃんと手合わせしてほしかったな」

残念ながら、管理者は時間を操《あやつ》るスキル持ちだから、何度やっても勝てないと思う。それくらい次元の違う強さだ。あの強さと渡《わた》り合うには、それこそドラゴンと戦えるくらいの強さか、同じような能力が必要になるだろうね。

管理者には会えないけど、みんなの代わりにお宝は貰《もら》っておいたから、安心して欲《ほ》しいと教える。

「み～」

「「「おぉー」」」

「さすが、ネロにゃ、抜《ぬ》かりにゃいにゃ」

「にゃ」

「お、おいちゃんの分も……あ、あるよにゃん？」

戻ってからこの迷宮での稼《かせ》ぎを分配するのでここではしないよ。楽しみにしていてね。

「もう、ここには用事はねぇな。なら、さっさと帰るぜ」

この幻想《げんそう》的な最下層に別れを惜《お》しみつつ、安全地帯へと戻る。みんな軽《かろ》やかな足取りだ。

一人を除いてね。そう、ジンさんだ。何か思いつめた表情をしていて終始無言。ルーさんが話し掛けても、あーとかそうだなとしか返事をしていない。どうしたのだろう？

安全地帯に戻り休んだ後、二日かけて獣人《じゅうじん》さんの町に戻ってきた。いやぁ、疲《つか》れたね。特にスライムが。あれだけ倒《たお》してきたのにスライムの階層に入るとわんさか現れる。もちろん、倒すのはトシだ。スライムの階層を抜けた時にはげっそりしていた。

そういえば、俺にとってゴーレムは既《すで》に美味しい敵だった。終始、ミーちゃんがやる気満々で困ったけど……。

スライムの階層の安全地帯には転移門を設置してきているので、もう片方の設置門を地上か獣人さんの村のある階層に設置すればいつでも来られるようになる。

獣人の方たちにいろいろ用事があるけど、一旦《いったん》クイントに戻ってPT《パーティー》の解散を優先する。解散後はペロたちには馬で王都に戻ってもらう。その後でゆっくり獣人の方たちと話をしようと思う。


「戻ってきたか。で、どうだった？」

ミーちゃんがパルちゃんとフェルママにただいま〜の挨拶《あいさつ》をしていると、セリオンギルド長がエバさんを伴《ともな》ってやって来た。

「とても有意義な探索でした」

「み〜」

「ほう。報告は後でいいぞ。今日の夕食は『グラン・フィル』に連れていってやろう」

「サイクスにゃんの師匠《ししょう》の店にゃ！」

「にゃ！」

「「おぉー」」

ラッキーと思ったところで、ふらっとジンさんがセリオンギルド長の前に出た。

「ゴブリンキング討伐《とうばつ》の依頼《いらい》を受ける。手続き頼《たの》むぜ」

「本気か？」

ジンさんいきなり何を言っているのだ？　うちのメンバーは驚天動地《きょうてんどうち》といった顔をして声が出せないでいる。

「俺は自惚《うぬぼ》れていた。今回の件でそれがよくわかったぜ……」

「何があった？」

「み～？」

俺はセリオンギルド長に首を振《ふ》って答える。ミーちゃんも、さっぱりです～って感じ。もしかして、迷宮でドラゴンと戦って勝てなかったことが原因か？　そもそも、ドラゴンに勝てる人なんているのだろうか？

「俺は弱いということを痛感させられた。そして、まだ強くなれるということにも気づかされた。だから、一から鍛《きた》え直す。自分を追い込《こ》み更《さら》なる高みを目指すのに、この依頼が最適だ」

「よいのだな？」

「あぁ。ネロ、悪いが付き合えるのはここまでだぜ。迷宮での報酬《ほうしゅう》は生き残ったら取りに行く。それまで預かっていてくれや。そして、その時はまた楽しいことをしようや！」

本気ですか？　されど、ジンさんの決意は固いようだ。ジンさんがゴブリンキング討伐戦に加わるなら、相当戦力アップに繋《つな》がる。これで、五闘招雷《ごとうしょうらい》のうち三人が参戦したことになる。

最終的にゴブリンキング討伐の決め手は宗方姉弟だ。この二人にゴブリンキングに止《とど》めを刺《さ》させないと意味がない。それまでの間の露払《つゆはら》いをしてくれることだろう。五闘招雷の三人がいるのだから心置きなく任せられる。

問題なのは第二騎士《きし》団と第三騎士団のほうだ。王様が忙《いそが》しいのはわかっているけど、早く手を打ってほしい。内部抗争《こうそう》で分裂《ぶんれつ》なんてのは勘弁《かんべん》してほしい。

「わかりました。責任を持ってお預りします。代わりに、これは持って行ってください」

ジンさんに指輪を渡す。

なんか、周りがどん引きなんですけど。言っときますけど、そっちの趣味《しゅみ》はありませんからね！

「身体強化五割増しのＡ　Ｆ《アーティファクト》ですからね！」

「み～」

「「「⁉」」」

今度はみんなから驚愕《きょうがく》の目で見られる。

そんななか、パルちゃんだけは平常運転で場の空気を読めず、ミーちゃんにかまって攻撃《こうげき》で抱《だ》き着きホールド炸裂《さくれつ》。ミーちゃん、困った顔。

「みゅ～」

「身体強化五割増しとは本当か⁉」

いつも感情を表に出さない冷静なセリオンギルド長が顔を引きつらせ驚きの声を上げる。

説明しようかと思ったら、そういう話は周りの目もあるので場所を移しましょうと、エバさんに会議室に移動させられた。

「ネロくん。わかっていて？　身体強化五割増しなんてＡＦは、未《いま》だかつて発見されたことのないＡＦなのよ。国宝級と言っても過言じゃないわ」

そうなの？　レインが力の指輪で腕力《わんりょく》五割増しっていうのを持っているよね？

「身体強化は身体すべての強化だ。頑丈《がんじょう》さ、腕力、脚力《きゃくりょく》、持久力、素早《すばや》さすべて五割増しになるのだ。それが、どれほどのものか想像がつくかね？」

確かに言われてみればそうなのだけど、実際そこまで凄《すご》いものなの？

「自力が強ければ強いほど、その真価を示す最強のＡＦだ。迷宮で見つけたのか？」

「はい」

最下層で迷宮の管理者に会ったことはみんなに口止めをしている。まあ、言ったところで誰も信じないと思うけど、面倒事《めんどうごと》に巻き込まれたくないからでもある。

「それと、そっちにいる彼《かれ》は何者だ？　迷宮に入る時はいなかった気がするが？」

「えっ？　いましたよ？　王都から連れてきた神猫《かみねこ》商会の特務部の者です」

「ネ、ネロくん。特務部って……神猫商会はそんなに敵が多いのかしら？」

エバさん、そうなのです。敵は多い、多すぎて困っている。なんといっても闇《やみ》ギルドに喧嘩《けんか》売っちゃっているからね。闇ギルドと繋がりのある商会や貴族も少なからずいる。それだけでなく、自分たちの意に沿わない新参者の神猫商会を良く思わない大店《おおだな》の商会、大貴族は言うに及《およ》ばずだね。

今はレティさんだけだったけど、その手の人材も増やさないと駄目《だめ》だろう。特に貴族連中の動向や情報は集めないと足を掬《すく》われかねない。

正直、面倒だけど貴族になってしまった以上仕方がない。守りたい人たち、守らなければならない人たちがいる以上、後手に回りたくない。

「まあ、その話は置いといて。ほかにもいくつかのＡＦや、スキルオーブなんてものも見つけてますよ。その中でこの身体強化五割増しの指輪を、ジンさんに今回の迷宮探索の報酬として渡そうと思っていました」

「一つ聞いていいかね？　ネロくん」

「なんでしょう？　ギルド長」

「スキルオーブとはなんだね？」

そっちかい！　てっきりAFについて言及《げんきゅう》されるかと思った。みんなも興味津々《きょうみしんしん》のようで俺の説明を待っている。

ミーちゃんとパルちゃんは俺の腕《うで》の中でお寝《ね》んね中。パルちゃんとても良い笑顔《えがお》で安心しきった寝顔だね。それに比べ、ミーちゃんはエアハムハム、エアペロペロ。何を食べている夢なのやら。やはり、餡子《あんこ》か⁉

それはさておき、スキルオーブについて説明する。初級スキルに限り、好きなスキルを覚えることができる。はい、終了《しゅうりょう》。

「「……」」

セリオンギルド長とエバさんは目が点。レティさん、ジンさん、ルーさんも目が点。ほかのメンバーは我関せずとばかり、エバさんが淹《い》れてくれたお茶とお菓子《かし》の品評会。あーでもない、こーでもないと煩《うるさ》い。エバさんに失礼だからやめなさい。

しかし、グラムさんもペロやセラ、宗方姉弟に交じっていて違和《いわ》感ゼロ。本当にドラゴンなのだろうか？　精神年齢《ねんれい》が同じなのか⁉

「ネロくん。本当にわかっていて……？　スキルは神が与えしもの。どう見ても国宝級よ」

そうなのですか？　たかだか初級スキルを覚えるだけですよ？　これが上級スキルとかならわか

るけど、大袈裟《おおげさ》すぎません？

エバさんの話を聞くと、このスキルオーブも未《いま》だかつて発見されたことがない代物《しろもの》らしい。たんに身体強化五割増しもスキルオーブも公表されなかっただけじゃないのかな？　特にスキルオーブは使うと壊《こわ》れるそうだから。

「スキルオーブはそうかもしれん。だが、身体強化五割増しに限ってそれはない。間違いなく話に上がる。話に上がらずとも、必ず噂《うわさ》になる。それだけの代物だからな」

まあだけど、ジンさんに渡そうと思っていた物だから問題ない。有効活用してくれるだろう。

「ジン。下手に使うと狙われるぞ」

「ああ、わかってるぜ。普段《ふだん》は使うつもりはねぇよ。自分を鍛えるために行くのに、これを使ったら本末転倒《ほんまつてんとう》だぜ」

「ある意味、ジン殿《どの》が所有者で良かったのかもしれませんね。ほかの者では守り切れないでしょう。ネロくんが持つと言ったら是《ぜ》が非でも手放させるところですわ」

「まあ、ネロくんは男爵《だんしゃく》なので表立って奪《うば》いに来る奴《やつ》はいないだろうがな」

「尚《なお》、悪いですわ！」

「そのための特務部なのだろう？」

そのとおりです。レティさんも凄腕《すごうで》だけど、グラムさんはドラゴン。逆に相手が可哀《かわい》そうに思えてくる。と思うだけで、まったく気にはしてないけどね。

「ほかのＡＦはどうなのだね？」

お酒製造機以外の残りのＡＦについては説明した。お酒製造機に関しては秘匿《ひとく》するつもりだ。

「「……」」

セリオンギルド長とエバさん、開いた口が塞《ふさ》がらないみたい。レティさん、ジンさん、ルーさんもポカーン状態。ペロたちはドライフルーツの食べ方についての談義。ドライフルーツに食べ方なんてあるのか？　いや、腹ペコ魔人にはあるのかもしれない。流派腹ペコ魔人党みたいな？

「見せてもらってもいいか？」

見せるだけなら問題ないので見せてあげましょう。ミーちゃん、起きて。

「み、みっ⁉」

ミーちゃん、いい夢を見て寝ているとこ悪いけど、管理者にもらったＡＦ出してくれる？

「み、み～？」

ミーちゃん、寝惚《ねぼ》け眼《まなこ》で周りを見まわし、よく自分の状況《じょうきょう》を理解していない様子。餡子を食べていたらパルちゃんにホールドされて動けない状態だからね。

「みゅう……」

ミーちゃんに抱き着いて寝ていたパルちゃんも起こしてしまったようだ、ごめんね。パルちゃんはぱちくりとお目目を開き、ミーちゃんが傍《そば》にいることに安心してミーちゃんをペロペロ。

「みゅ～」

「み、み～」

ミーちゃん、苦笑いって感じ。お姉ちゃんは大変だね。

ミーちゃん、やれやれだぜ……。

そんなミーちゃんに残りのＡ　Ｆ《アーティファクト》を出してもらった。

一緒《いっしょ》に寝《ね》ていたパルちゃんも起こしてしまったので、お詫《わ》びにミーちゃんクッキーとミネラルウォーターを用意してあげる。

「みゅ～」

「み～」

さて、説明する残りのＡＦは、シールドの腕輪《うでわ》と異常状態回復速度大の指輪だ。シールドの腕輪はルーさんに渡《わた》すつもりでいる。

本来は斥候《せっこう》職なのだけど、うちのメンバーの中だとリーダー兼《けん》前衛になる。まあ、斥候としてはペロとセラのほうが優秀《ゆうしゅう》らしい。セラは優秀なのはわかるけど、あえて罠《わな》を発動させて自ら罠に嵌《はま》るペロが優秀って……なんか間違《まちが》っていると思う。

「なんともはや……馬鹿《ばか》らしくなってきたな。ネロくん、命は大事にな」

「ギルド長！　そんな言い方はあんまりですわ！」

ミーちゃんとパルちゃん、エバさんの声にびっくりしてお口からクッキーがぽろぽろと……。

「しかしな、エバ。ここにあるだけで、わたしが今まで稼《かせ》いできた金額を遥《はる》かに凌駕《りょうが》するのだぞ。ほとんどが国宝級とは呆《あき》れるほかあるまい？」

「それはそうですが……これでは、本当にネロくんの身が危険です」

「そのための特務部であり護衛なのだろう。仮にも貴族になったのだから、必ず護衛の一人や二人は付く。なあ、ネロくん？」

「ははは……も、もちろんですよ」

「「……」」

もの凄《すご》く懐疑《かいぎ》的な目で俺《おれ》を見るお二人。

「ぜ、善処します……」

「善処します、ではありませんわ！　ネロくん！　必ず護衛を付けるのですよ！　ミーちゃんもいるのですからね！」

「み～？」

そっちかい！　でも、まあ、エバさんも少しは俺を思ってのことだろう。だよね？　まあ、その辺のことはなんとかしなくてはいけないことだったから、甘《あま》んじて忠告は受け入れよう。

グラムさんをミーちゃん兼俺の護衛ということにすればいい。まず、普通《ふつう》に考えてドラゴンであるグラムさんに勝てる人はいない。本来ならレティさんが適任なのだけど、一応奥《おく》さん候補だし、暑いのが苦手なうえ、ぐーたらだから常時護衛というのは無理。ぐーたらだからね。大事なので二回言いました。ぐーたら、三回目です。

「何か言いたいことがあるのか？　少年」

俺の心の声を敏感《びんかん》に察するレティさんがジト目で見てくる。

いえ、何もぐーたらなんて一言も言っていません、思っただけですー。

その日の夜はジンさんの壮行会も兼《か》ねての迷宮踏破《めいきゅうとうは》祝賀会となった。詳細《しょうさい》略、なんでかって？　毎度の如《ごと》く腹ペコ魔人《まじん》の独壇場《どくだんじょう》だから。それに加えてグラムさんも参戦。『グラン・フィル』のサイクスさんの師匠《ししょう》は終始苦笑い。ご迷惑《めいわく》をおかけしたのでオークの肉を帰りに置いていくと、大変恐縮《きょうしゅく》されてしまった。気にしないでください、迷惑料です。

「み～」

翌日、ジンさんは白亜《はくあ》の迷宮に旅立つ。

「最後までこいつらを勇者として鍛《きた》えるつもりだったが、俺にはまだ師となる力……いや、覚悟《かくご》がなかった未熟者だった。すまねぇ……」

「師匠……」

「お前らが真の勇者となった時に、肩《かた》を並べて戦えるように己《おのれ》を鍛え、そして必ずその機会を作ってみせる。だから強くなれ。トシ、カオリ」

「はい！」

そうだぞ、強くなれ宗方姉弟《むなかたきょうだい》よ。俺に出番が回ってこないようにな！

ジンさんに俺のコレクションから一本の大剣《たいけん》を渡す。

「業物《わざもの》だな。いいのか？　ネロ」

「銘《めい》は栄光《イオ》・への覚悟《プリペアス》。これからジンさんの良き相棒となってくれるでしょう。この勇者の卵はこちらでなんとかします。それまでの間、向こうをお願いします」

「ああ、任された」

「ジクムントさん！　俺もジンさんと肩を並べて戦えるように強くなります！」

「そこの二人と切磋琢磨《せっさたくま》して強くなれ！　レイン。お前には素質がある。おやじ猫《ねこ》、導いてやれよ」

「けっ、俺はそんなガラじゃねぇよ。ジン、達者でな。また、酒を楽しく飲める日を待ってるぜ」

「ああ、じゃあ行くぜ。別れの挨拶《あいさつ》は必要ねぇぞ。また会おうや！」

ジンさんは馬に跨《また》がり、後ろ手に俺たちに手を上げ出発していった。

「行っちゃったね。師匠」

「強くならないとね。姉さん、レイン」

「ああ、強くなる」

「み〜」

強くなれ〜とミーちゃんから激励《げきれい》を送られたのだから、三日坊主《みっかぼうず》は許さないからな！

さて、これにて迷宮探索《たんさく》は終了《しゅうりょう》。みんなは馬で王都に戻《もど》ってね。

「面倒《めんどう》にゃ〜。ぱぱっとネロの転ぃ……モゴモゴ」

ペロくん、余計なことは言わなくていいからね。また、ぐりぐりの刑《けい》に処されたいのかな？　俺に口を塞《ふさ》がれたペロが必死に首を横に振《ふ》る。それでいいのだよ、ペロくん。

「ちゃんと家に帰るまでが冒険《ぼうけん》です。気をつけて帰ってね」

「にゃんか護衛の依頼《いらい》を受けるにゃ！　ルーにぃ」

「お、おう。しゃあねぇ。探してみっか」

まあ、昨日の夜にみんなに迷宮での分け前を渡してあるから、お金には困っていないはずなので好きにすればいい。迷子《まいご》にならないならどう帰ってもいい。迷子にならないならな！

分け前に関しては、ルーさんにはシールドの腕輪とお金を渡した。俺もとうとうＡＦ持ちかぁなんて感慨《かんがい》深《ぶか》げだった。そんなルーさんがＡＦ持ちに相応《ふさわ》しい装備に変えたいと言ってきたので、俺の持つ武器防具コレクションから売ってあげた。もちろん、お友達《ともだち》価格で。セリオンギルド長とエバさんがその一新した姿を見て驚《おどろ》いていた。上から下まで超《ちょう》一級品になっていたからね。

ついでに、正式に神猫《かみねこ》商会で働きたいと言ってきたので快諾《かいだく》。これで予定どおり、王都ベルーナ、公都ヴィルヘルム間の商隊を任せられる。

ペロとセラにはスキルオーブとお金を渡したけど。どちらも、いらないと返された。期待していたお宝と違《ちが》ったみたい。間違いなく、美味《おい》しいものが欲《ほ》しかったのだろう。俺が貰《もら》ったカカオとサトウキビのほうを喜んで、早く食べたいと言っていた。量産できるまでは当分無理かなぁ。

なので、二人のお金はにゃん援《えん》隊の貯金にプールしておくことにした。二人には今もお小遣《こづか》い制でお金を渡しているので問題ないだろ。一気に渡すとお腹《なか》の中に消える可能性が高いからね。

「それでいいにゃ。良きに計らえにゃ！」

「にゃ！」

なんで君たちは上から目線なのかな？　まあ、いいけど。

レティさんはお金と子猫を要求してきた。なぜ子猫？　どうやらユーリさんが羨《うらや》ましかったようだ。まあ、仕方がない、またペロにお願いしよう。

宗方姉弟にはスキルオーブと異常状態回復速度大の指輪とお金を渡したけど、二人ともスキルオーブが欲しいと言われたので二つのスキルオーブを渡した。

理由はトシが気配遮断《しゃだん》スキルと異常状態回復スキル、カオリンが危険回避《かいひ》スキルと異常状態回復スキルを習得できるらしい。この迷宮探索での鬼《おに》コーチのしごきのおかげで、覚えられるようになったそうだ。それだけではなく、異常状態になりまくっていたからだろう……こいつら。

危険回避は直感スキルの上位スキルで、ジンさんが保有している優良スキル。異常状態回復スキルは初めて聞いた。異常状態回復速度大のＡＦの劣化《れっか》版だろうけど、これも誰《だれ》もが欲しがる優良スキルだろう。俺も欲しい。俺の覚えられるスキルの中には危険回避はあるけど、異常状態回復スキルは無い。俺も異常状態になりまくらないと駄目《だめ》なのか……嫌《いや》だな。

なので、異常状態回復速度大のＡＦはいらないので、スキルオーブで雷《かみなり》スキルを習得したいそうだ。宗方弟が試《ため》しにスキルオーブで覚えられるスキルを確認《かくにん》していたら出ていたそうだ。ただ、二人が自力で覚えられるスキルには雷スキルがなかったのでこうしたらしい。

しかし、雷スキルが初級とは……勇者が使う特別なスキルと言われているのにね。まあ、ミーちゃんが神雷《しんらい》スキルを持っているので雷スキルに上位互換《ごかん》があると思っていたけど、初級ですか……。

それに宗方姉弟があの苦しみを味わわずに、雷スキルを覚えると思うと口惜《くちお》しい。いや、やらせて覚えさせよう。覚える方法がわかっているのだから、スキルオーブは別のスキルを覚えるのに使えばいいのだ。そう説得しよう。

「嫌ですよ。絶対、ネロさん何か隠《かく》してますよね？」

「雷スキルの話をすると、悪い顔になってるしぃ～」

ぐっ……こ、こいつら～。

「レインはやるよな？　雷スキル欲しいよな？」

「お、俺もスキルオーブでいいかな……？」

「レ、レイン、お前もか……」

よし、こうなったら仕方がない。

「レイン。俺から教えを請《こ》えば、力の指輪を身体強化五割増しへの交換と収納のバングルを今回の報酬《ほうしゅう》として付けちゃいます！　この後、半鐘《はんしょう》分だけの衝撃《しょうげき》プライス！　さあ、どうだ！」

「ご指導よろしくお願いします！　ネロ教官！」

よし！　レインゲットだぜ！

「物で釣《つ》るとはネロも悪よのう～」

「レイン。物に釣られるなんて失望したよ……」

「な、何とでも言え！」

「みぃ……」

ミーちゃん、そのやれやれだぜ……ってポーズ、どこで覚えたのですか！

あんまり変なこと覚えちゃ駄目ですよ！

「み、み～」

宗方姉弟の説得は無駄《むだ》に終わったが、レインという苦行仲間をゲットできた。

みんなスキルを取るのだから、俺も魂《たましい》の器《うつわ》が大きくなっているのでスキルを取ろうと思う。念願の身体強化とカオリンの持つ百花繚乱《ひゃっかりょうらん》だ。ポチっとな。

身体強化のおかげでちょっとだけ体が軽く感じられる。さっきまでとは明らかに自分の動きが違うのがわかる。熟練度を上げていないのにもかかわらずこの感覚。熟練度が上がるのが楽しみになる。

そして、カオリンの百花繚乱を選んだのは秘《ひ》めたポテンシャルを買ってのことだ。植物の成長を早めるという能力。いろいろ役に立つのではないかと思っている。特に今回手に入れたサトウキビとカカオの栽培《さいばい》に役立てられるのではと期待している。

「おいちゃんの報酬、忘れてねぇ？」

「み～」

「忘れてないよ。言っておくけど、ここまでの話は茶番でしかない！　管理者からポロに喜んでもらうためにもらったお土産《みやげ》こそ、最強！」

「(ご、ごくり……)そ、そんにゃに凄いのかにゃ？　おいちゃん、期待していいかにゃ？」

俺がニヒルな笑いを見せると、ごくりと唾《つば》を飲む音が聞こえる。

「ポロへの報酬は……いろんなお酒の試飲ができる券！」

「おぉー。おいちゃん、お酒の海で溺《おぼ》れるのかぁ！」

「姉さん、レイン帰ろう」

「ネロさん、期待を持たせた割に普通すぎておもしろくな～い」

「酒はちょっといいかな……」

「ペロもお酒はいらにゃいにゃ」

「にゃ⁉」

「俺はちょっと羨ましいかも」

甘いな、君たちは今回もらったサトウキビより激甘《げきあま》だ！

「みっ⁉」

ミーちゃん、もうそれいいですから。

「み、みぃ……」

お、お約束なのぉ……。ってどこでそんなことを覚えてくるのだろう？

「君たちは勘違《かんちが》いをしている。俺は何と言った？　お酒の試飲ができると言ったんだぞ？」

「だからお酒ですよね？」

「それはどんなお酒だ？」

「私たちが造ろうとしている蒸留酒じゃな～い？」

「おぉー。おいちゃん、蒸留酒大好き！」

違うんだなぁ。蒸留酒はすぐには造れません。だけど、これはいいものだ～！

「残念！　違います。テッテレー！　お酒製造機～！」

お酒製造機を出して空に掲《かか》げる。

「「「お酒製造機？」」」

「これにお酒にしたい材料と水を入れると翌日には、あら不思議。お酒の完成！」

「み〜！」

「「「マジで〜！」」」

「ペロはどうでもいいにゃ」

「にゃ、にゃ⁉」

「俺はちょっと興味あるかも」

「俺も」

宗方姉弟とポロの食いつきは凄い。ペロは興味なし。レインとルーさんはちょっと興味ありらしい。セラが実は興味津々《きょうみしんしん》。なので、詳《くわ》しく説明。例えば好きな果物と水だけで翌日には果実酒が出来ちゃう。リンゴを使えばシードルなんてものも造れそう。もちろんブドウを使えばワイン、麦を使えばエールだって出来るかも。その辺は要検証だけどね。

「ネロさん！　それ凄いですよ！」

「日本酒が簡単に出来ちゃうよ〜。我々のアイデンティティが……」

「おいちゃん、期待大！」

なるほど。米があるから日本酒が造れるな。栄《は》えある第一号は日本酒にしてみよう。上手《うま》くいくかは知らないけど。上手くいけば烈王《レオ》さんへのお土産にもなる。

「いろいろなものを試して作っておくから楽しみにしていていいよ。美味しいかは別としてね」

「み〜」

ポロが目をキラキラさせて首を上下に振っている。こういう仕草は可愛《かわい》いにゃんこなのだけどねえ。喋《しゃべ》らなければね。

さて、そういうことなので戦利品の分配も終わっているのでここで解散。ペロたちは自由に帰ってください。何度も言うが迷子になるなよ！

ペロたちと別れ、レティさんを王都の家へ送っていく。レティさんには孤児院《こじいん》関係の仕事をしてもらわなければならないからだ。俺とミーちゃんとグラムさんはクイントに残り、迷宮の獣人《じゅうじん》さん関係を片付ける必要がある。

そんなわけで、俺たちはレティさんを王都の家に送ってから、獣人さんの村に向かった。

狐《きつね》獣人の村に行く前に人化状態のグラムさんの実力を確かめるため、オークと戦ってもらう。まあ、余裕《よゆう》だとは思うけど一応ね。

「その姿で、あれ倒《たお》せますか？」

「み～？」

いつものとおり、余裕をかましたオークリーダーが広場中央に立っている。

「俺を侮辱《ぶじょく》しているのか？」

「み～？」

「その姿で戦ってるところ見たことがないので。武器は必要ですか？」

「いらん。ミー様もよく見ていていただきたい。俺の実力を」

「み～」

グラムさん、無造作にオークリーダーの元に歩いていく。オークリーダーが首だけ動かしてグラムさんを見ると、目を大きく見開き体の向きを変え一歩後ろに後ずさる。オークリーダー、相手の実力がわかるようだ。俺はまったくわからないけどね。

オークリーダーはじりじりと後退していくけど、もう壁際《かべぎわ》だよ。どうするの？　と思ったら、観念したのか決死の表情で抜刀《ばっとう》し、グラムさんに斬《き》りかかった。

「豚《ぶた》如きが……俺に傷でも付けられると思ったか？」

グラムさん振り下ろされた大剣を片手で受け止めた。受け止めた大剣から白い湯気が出ているように見えるのは気のせい？

「みぃ……」

ミーちゃん、あまりの寒さに俺の服の中に退避《たいひ》。広場の温度が急激に下がっている。オークの大剣から出ていたのは湯気ではなく、グラムさんの冷気で大剣が凍《こお》って氷霧《ひょうむ》を発生させていたみたい。

これは寒いね。寒いのが苦手なミーちゃん、俺の服から顔だけ出して観戦。ミーちゃん湯たんぽ温かい。ぽかぽかだ。

オークリーダーは目の前のグラムさんに底知れぬ恐《おそ》れを抱《いだ》き、表情を引きつらせる。見た目は普通の人族。普通……いや、イケメンの人族。けっ、もげちまえ！　されど、その身から発せられる気は尋常《じんじょう》ではなく異常……のはず。俺にはまったくさっぱりわからないので、オークリーダーの今の心境を想像して代弁してみた。

大剣から手を離《はな》さないのはオークリーダーの意地なのか？　離すことができない何かがあるのか？

と、思ったら、オークリーダー自らが氷の氷像と化していた。凍っていたのね……。

「ふっ……雑魚《ざこ》だな」

「みぃ……」

「えっ、えぇー。駄目なのですか⁉　だ、駄目なんですね……」

「駄目駄目ですね。せっかくの新鮮《しんせん》な高級肉を冷凍肉《れいとうにく》にするなんて、もったいない」

「み～」

「お、俺が悪いのか……？」

まあ、正直ちょっとがっかり。てっきり、烈王さんみたいにガツンと一発いくと思っていた。ミーちゃんもそうでしょう？

「み～」

それが小手先技《わざ》で仕留めるとは……ガッカリだぜ。

さあ、次に行きますよ。

「お、おう」

重装備のオーク五体がいる広場に来た。

ここは。俺とミーちゃんで戦おうと思う。グラムさんにオーク狩《が》りのお手本を見せよう。身体強化を身に付けたおかげで、なんとなくいけそうな気がするからだ。

「ここは俺とミーちゃんで行くので、グラムさんは待機で」

「お、おう」

ミーちゃん、俺の肩に移動して神雷を発動し、俺に供給を始める。うん、前よりミーちゃんの神雷を多く保持できている。これは、期待できそうだ。

充填完了《じゅうてんかんりょう》。じゃあ、行きますか。

「み～」

オークたちは既《すで》に戦う準備は整い、フォーメーションを組んで俺を待ち構えている。

そんな敵陣《てきじん》に軽く踏《ふ》み出す。

十メルほど離れていたのに、オークの巨体《きょたい》が目の前にある。ほんの少し腰《こし》を落としてオークの顎《あご》にアッパーカット。俗《ぞく》にいうカエルパンチ炸裂《さくれつ》！

「ゲボラッ……」

声にならない声をあげて宙を舞《ま》うオーク。宙を舞う仲間を何が起きたかわからず、呆然《ぼうぜん》と見ているオークたちの一体に飛び蹴《げ》り、顔が潰《つぶ》れる。そしてもう一体に連続回し蹴り。二回目の回し蹴りは目測を誤り空振りしたが、一回目で首が折れたようだ。空振りはちょっと恥《は》ずかしかったなぁ～。

気を取り直して盾《たて》を構えているオークの盾に喧嘩《けんか》キック。盾が飛んで行った。唖然《あぜん》としているオークの腹に手をあて神雷を流す。プスプス煙《けむり》をあげて倒れ込《こ》む。

残り一体、と思ったら少し大きめのミーちゃんの神雷パンチがオークを襲《おそ》いジ・エンド。

なかなかいい動きだったと思わない？

「み～！」

供給と神雷パンチを同時に制御《せいぎょ》した、ミーちゃんもなかなかやるじゃない！

「み～！」

「……」

グラムさん顎が外れるのではというくらい口を開けポカーン状態。それでもイケメンはイケメン。イケメンって生き物は……もげちまえぇー！

「じゃあ、戻ろうか」

「み～」

「ま、待ってくれ！　今一度、今一度機会を！」

「いやいや、実力は十分にわかりました。それに、獣人の村へのお土産は十分なので」

「た、頼《たの》む。ミー様、俺に機会をください！」

「みぃ……」

ミーちゃん、またしてもやれやれだぜぇって……。まあ、俺も同じ気持ちなので、ミーちゃんに注意するのを躊躇《ちゅうちょ》してしまう。

「俺はやるぜ！」

ミーちゃんの許可が下りたグラムさん、やる気を漲《みなぎ》らせているが大丈夫《だいじょうぶ》だろうか？　なんか不安が広がる。グラムさんってなんとなく残念系だからね。空回りしないといいけど……。

ミーちゃんもそう思いませんこと？

「み、み～」

ミーちゃん、心の拠《よ》り所になる。

先ほどのオークに比べると、格段に貧相《ひんそう》な装備になったオークのいる広場に来た。

「フフフ……見つけたぞ。我の道化《どうけ》となりしオークどもよ」

やる気を漲《みなぎ》らせたグラムさん、準備運動を始めている。ドラゴンに準備運動なんか必要あるのだろうか？　やっぱり不安だ。グラムさんには悪いけど、嫌《いや》な予感しかしない。

ミーちゃん、どうよ？

「み、み～？」

ミーちゃん、だ、大丈夫《だいじょうぶ》じゃな～い？　と言いながらも目を逸《そ》らす。本心はまったく大丈夫とは思っていないご様子。

準備運動が済んだグラムさん、チラリとミーちゃんを見てニヤリと笑い、うりゃーとばかりにオークに突貫《とっかん》。ますます不安が広がる。

そして、それはそれは酷《ひど》い光景だった……。戦いが始まってすぐに、ミーちゃんは俺《おれ》のコートのフードに隠《かく》れてしまうくらいに。

一瞬《いっしゅん》でオークの目の前に移動したグラムさん、必殺の一撃《いちげき》とばかりにオークのたぷたぷのお腹《なか》にボディブロウをお見舞《みま》い。上半身が革の鎧《よろい》ごとミンチになった……。

残った下半身は汚物《おぶつ》まみれ。あれじゃあ、たとえ高級肉だとしても食べたいとは思わない。ロースやヒレはミンチになって飛んでいったしね。もったいないない。

そして、これが五回も続く。モザイクがかかっていないのが不思議なくらいの地獄絵図《じごくえず》。血と汚物のむせ返るような臭《にお》いに、吐《は》かなかった自分を褒《ほ》めてあげたい。

もちろん、ミーちゃんはフードの中から出てくる気はないようだ。完全な現実逃避《とうひ》だな。

「ハーハッハッハッ！」

広場の真ん中で満足気に、悪の幹部の如《ごと》く高笑いしているグラムさん。ハリセンがあったら頭を引っ叩《ぱた》いていたな。よし、置いていこう。無駄《むだ》な時間だった。獣人《じゅうじん》さんの村に急ごう。

「どうだ！　見てくれましたか？　ミー様！　って……お、おい、どこに行く！」

「じゃあ、そういうことで」

俺はニヒルな微笑《ほほえ》みを見せ、踵《きびす》を返して獣人さんの村へと歩き出す。

「な、何が、じゃあ、そういうことでだ！　お、おい。ちょ、ちょと待ってくれ！」

「みぃ……」

ミーちゃん、やっとフードから顔を出したと思ったら、本日三度目のやれやれだぜぇが出ました。

「お、俺が悪いのかぁぁぁー！」

はい、そうです。

「み～」

ミーちゃん、通路を出て森に入ると管理者からもらったフライングボードを出して、ちょこんとお座り状態で乗る。試乗するみたいだ。地面から十五センほど浮《う》きながら、歩く速度で動いている。

目の前の大木を避《さ》けようと、フライングボードを旋回《せんかい》させると、遠心力でミーちゃんがコテンと倒《たお》れボードから転げ落ちる。またテトテトとフライングボードに乗って移動を始め、また大木を避けようと旋回するとコテンと倒れる……。

「みぃ……」

ミーちゃん、悲しそうな目で俺を見る。隠れ運動神経抜群《ばつぐん》のミーちゃんにも不得意があったのだ。まあ、解決策は簡単。ボードをイメージで旋回させるだけではなく、体を使っての体重移動をさせればいいのだ。スケートボードと同じだね。

右に曲がりたいなら右側に体を傾《かたむ》ける。左に曲がりたいなら左に体を傾けるだけ。簡単でしょう?

「み〜!」

ミーちゃん、フライングボードに飛び乗り旋回の練習。体を傾け過ぎてコテン。遠心力でコテン。何度もコテン……コテン。

「みぃ……」

そんな恨《うら》めしい目で見られても困るのだけど……帰って練習かな?

試《ため》しにミーちゃんを抱《だ》っこして、フライングボードに乗って動かしてみる。操作用の腕輪《うでわ》をミーちゃんの首から外して手に着ける。

進め。おぉー、動き出した。早歩きくらいのスピードにして、すいすいと木々を躱《かわ》して走らせる。これは快適。スケボーやスノボーは得意なほうだったので、体重移動はお手の物。

ミーちゃん、肩《かた》の上に移動して風を感じてご満悦《まんえつ》。スミレに乗るとスミレのスキルのおかげでま

ったく風を感じないから、こうして風を感じるのは心地好《ここちよ》く新鮮《しんせん》な感じがする。

後ろを振《ふ》り返るとグラムさんとだいぶ離《はな》れてしまったので、方向転換《ほうこうてんかん》して戻《もど》る。

項垂《うなだ》れたままトボトボと歩くグラムさん、目が死んだ魚のようだ。何か、ぶつぶつと言っているけど聞き取れない。意外とメンタルが弱いのか？

ミーちゃん、コテンと首を傾《かし》げてグラムさんを見る。

「俺が駄目《だめ》なのかぁ……」

「みぃ……」

さ、さあ、狐《きつね》獣人の村はもうすぐそこだよ。

「お待ちしておりました。ネロ様」

狐獣人の長《おさ》と囲炉裏《いろり》の前でご対面。あ、暑いなぁ、ここ……。

話し合いは明日、早朝から町の跡地《あとち》で獣人さんの長たちを集めて行われる。今日はここで一泊《ぱく》だね。

狐獣人さんたちが料理を振る舞《ま》ってくれるというので、高級肉を提供。たっぷりあるので遠慮《えんりょ》はいらない。好きなだけ食べてほしい。

準備が整うまで、ミーちゃんと一緒《いっしょ》に狐獣人の赤ちゃんを抱っこしたいとお願いすると、逆に村の恩人に抱っこしていただけると恐縮《きょうしゅく》されてしまった。

グラムさんは広場の隅《すみ》っこで体育座りしながら、まだぶつぶつ何かを言っている。そんなグラムさんをほっといて、狐獣人の赤ちゃんを抱っこさせてもらう。モフモフだぁ。

「み～」

キャッキャとニコニコ笑顔でミーちゃんの前脚《まえあし》を握《にぎ》っている赤ちゃん。か、可愛《かわい》い！

いつもなら、この辺りで誰《だれ》かに奪《うば》われるところだが、今日は赤ちゃんを奪う不届き者はいない。ミーちゃんも、赤ちゃんにスリスリ、ペロペロとこの可愛がりよう。

パルちゃんを可愛がるのとは、またちょっと違《ちが》う感じかな。

そんな、赤ちゃんとミーちゃんをぎゅうっと抱きしめると、赤ちゃん特有の甘《あま》いミルクの匂いがした。とても心温かく幸せな気分になれた。

「み～」

宴会《えんかい》が楽しく終わってゆっくりと寝《ね》た翌日。中央街の跡地にある、なんとか建物といえるような場所で話し合いが始まる。

外からはトンテンカンと、ハンターギルドの出張所と宿屋を建てる音が聞こえてくる。ハンターギルドの出張所を覗《のぞ》いたところ粗方《あらかた》出来ていて、机や椅子《いす》などが運び込《こ》まれていた。すぐにでも始められそうな感じだったけど、この迷宮《めいきゅう》に見合う腕を持つハンターが今のクイントには少ないことから、営業開始はまだ先だと思う。

セリオンギルド長によると、王都などに残っている熟練ハンターさんたちに声を掛《か》けているらしい。腕の良いハンターならこの迷宮は稼《かせ》げるし、ハンターギルドとしてもこの迷宮から出る利益をみすみす逃《のが》す手はないというところだろう。

「ネロ様。皆《みな》、揃《そろ》いました」

「み～」

話し合いの会場は以前と同じく円卓《えんたく》で行う。狐獣人の長老が俺の正面で司会役を買って出てくれた。ちなみに、グラムさんは俺とミーちゃんの後ろに立っている。

猿《さる》獣人の長であるポリーさんがキョロキョロとしているが、レインはいませんよ。

「それでは、始めましょうか。まず始めにみなさんの移住先である場所を決めてきました」

話を始めると、各獣人さんたちの代表はこちらの話を一言も聞き逃さないとばかりに、真剣《しんけん》な表情で聞いてくれている。この迷宮に住む獣人族の命運がかかっているのだから当たり前か。

村予定地であるニクセの北東にある街道《かいどう》沿いの場所の説明を行う。ブロッケン山の麓《ふもと》でフローラ湖に注ぐ川があり、気候もこの場所に近いことも話した。

「どのくらいの人数が移住できるんだ？」

「ここにいるすべての人が移り住んでも、問題ありません」

「移住してもすぐには食糧《しょくりょう》を自給できるとは思えない。その辺はどうお考えですか？」

「自給できるようになるまでは、私が責任を持って食糧などを提供します」

「み〜」

「その見返りは何を望む？」

「もちろん、自給できるようになれば税を納めて貰《もら》います。早く自給できるようになっても、五年は税を免除《めんじょ》するつもりですので安心してください」

「税とはなんですかのう？」

「……」

おぅ……そうだね。この人たちに税と言っても意味がわかるわけがなかった。何百年も完全自給自足生活を送ってきたからねぇ。

そこで、税の話を聞かせる。なかなかに難しい説明だ。自分の土地に住ませるのだからその代金を支払《しはら》う、では納得《なっとく》してもらえないだろう。

税を納める代わりに基本的人権、福祉《ふくし》の提供、教育の援助《えんじょ》を約束する。封建制《ほうけんせい》とはいえ、基本的なことは民主主義に則《のっと》って治める。これは、ブロッケン領すべてに当て嵌《は》まる。

民主主義と言葉で言っても理解できないだろうし、すぐに実践《じっせん》なんてできるわけがない。俺が生きている間に徐々《じょじょ》に封建制から民主主義に近いものに移行していければなと思っている。

俺としては封建制が悪いとは思っていない。頭に立つ人が優秀《ゆうしゅう》であれば問題ない。でも、歴史を顧《かえり》みればそう上手《うま》くいかないこともわかっている。かといって、民主主義が絶対かと言われればＮＯと答える。ベストではないけどベターだと思っているだけ。ほかに良い統治法があればそれを選ぶだけだ。まあ、社会主義だけは勘弁《かんべん》かな。

さて、今いる獣人さんたちが俺の言葉を理解しているかは甚《はなは》だ怪《あや》しいが、住む場所と食事と身の安全を提供するという思いは伝わったはず。追々、理解してくれればいいだろう。

「み～」

ミーちゃんも、封建制や独裁政治より民主主義のほうが良いと思っているみたい。

「前にもお聞きしましたが、どのようにして移動するのでしょうか？」

「移住を考えている者は五百人を超《こ》えるぜ……」

「老人はここに残ると言ってるが、幼い者はすべて連れて行きたい」

やはり、残る人がいるんだ……。できれば将来的には全員移住して欲《ほ》しい。後何年かしたらまた地上への入り口が閉《と》ざされてしまう可能性がある。次に地上に出てくるのは何年か、何十年か、或《ある》いはもう出てこないこともあり得る。

管理者は残りたければ残ってよいと言っていたけど、ここから多くの住人が移住すれば老人と残りたいと言っている人たちだけでは生活が成り立たなくなる恐《おそ》れがある。最悪、転移プレートをここにずっと置いておくのも手の一つだけど、それでは俺ありきになってしまう。なんとか、説得できないものかなぁ。

「一瞬で移住先に移動できるＡＦ《アーティファクト》を持っているので問題はありません」

「み～」

「ＡＦとは？」

ですよねぇー。簡単にこの迷宮の管理者である神人が作り出した道具と説明すると、呆《あき》れるほど素直《すなお》に納得してくれた。彼《かれ》らにしてみれば神人は神にも等しい存在なのだろう。でも、まったく疑いもしないのは、どうかと思うよ。

移住先の準備は整っているので、いつでも移住は可能と伝える。

そこから、獣人さんたちで話し合いが始まり、最初は移住する男たちの半数ほどで移住先の村に行き、準備を整えてから残りも順次移住することが決まった。

出発は五日後。それまでにこちらもいろいろ用意することにしよう。

当面、必要になる大きなテントや大工道具に農作業の道具など、主にこの獣人さんの村で手に入らない道具を集めよう。

「そうまでしていただくのに、我々にはそれに見合う代価が払《はら》えません……」

「気にしないでください。うちの領民となってくれるのですから当然です」

「み～」

「ですが、無償《むしょう》で頂くのは……」

そうだよねぇ。ただより高いものはないって言うしね。香辛料《こうしんりょう》で払ってもらってもいいけど、香辛料は有限だしね。なにかないかなぁ？

「み～！」

えっ？　オーク？　獣人のみなさんにオーク狩《が》りをさせろと？

「み～」

ミーちゃんの案はこうだ。熊《くま》さんと狼《おおかみ》さんに武器防具を渡《わた》してオークリーダーと武装したオークたちを狩ってもらう。残りのオークはクイントのハンターに譲《ゆず》ってあげればいいとのこと。獣人族にも利があり、お世話になっているセリオンギルド長にも大きな利が出て今後もお願いがしやすくなる。とっても打算的ではあるが良い案ではある。

問題は獣人さんたちでオークリーダーを倒せるかなぁ？

「……というわけで、どうでしょう？」

「わ、我々にあの悪魔《あくま》を倒せと？」

「み～」

ミーちゃんの笑顔とは裏腹に、みなさん顔を引きつらせながら本気か？　と目で訴《うった》えかけてくる。なので、本気です！　と俺の目力で訴え返す。

「十分な武器防具をお渡しします。一度試してみませんか？　熊獣人さんや狼獣人さんであれば十分倒せるポテンシャルを持っていると思います」

「は、はぁ」

この話し合いが終わったら、さっそく試してもらうことになった。定期的に高級肉をゲットできるチャンスだ。頑張《がんば》ってもらいたいね。

「み～」

話し合いも終盤《しゅうばん》になってきたので、俺は全員の移住を望んでいることを伝えておく。次に地上への入り口が閉じたら、二度と地上に出ることができなくなるかもしれないこともちゃんと伝える。

最後にこの迷宮の管理者に会ったことも伝えて、彼らはここから出ていくことをなんら気にしていなく、厳しい言い方になったけど、管理者から見れば迷宮に獣人さんがいようがいまいが、どうでもよいことなのだということもね。

代表者たちから少し悲しそうな表情が垣間見《かいまみ》えたけど、これからはミーちゃんという神猫《かみねこ》がみなさんの心の拠り所になってくれたらいいなぁと思っている。

頼《たよ》りないけど、フローラ神もいるしね。

「み、み～」

ミーちゃん、その本命とは？

話し合いが終わったので、各獣人さんたちに高級肉のお土産《みやげ》を持たせる。最初は何のお肉かわからないようだったけど、狐獣人《きつねじゅうじん》の長老がオークの肉と言ったら驚《おどろ》いていた。そりゃそうだ、その昔地上に出ようとして、オークリーダーに挑《いど》み痛い目にあった話が残っているからだ。

そのオークリーダーと戦わせられることになった、熊《くま》獣人さんたちと狼獣人さんたちは悲壮感《ひそうかん》あふれる表情というより戦々恐々《せんせんきょうきょう》といった表情で俺《おれ》とミーちゃんの前で整列。一夜城の時に一緒《いっしょ》に戦ってくれた歴戦の戦士たちにもかかわらずにだ。決死隊みたいな感じになっているな。そこまでか⁉

彼《かれ》らにあの時と同じオークの装備を渡《わた》す。熊獣人さんたちにはぴったしでも、狼獣人さんたちにはオークの鎧《よろい》は大きすぎるので普通《ふつう》の鎧を渡した。武器に関してはオークの物で問題ないそうだ。

死地に赴《おもむ》くような悲愴感漂わせるメンバーにこれからの行動を説明。

「熊獣人さんにはオークリーダーと戦ってもらいます。狼獣人さんはその後に武装オーク集団と戦ってもらいます。以上！」

「「「「……」」」」

「俺たち死ねと？」

「いくら恩人とはいえ、酷《ひど》すぎる……」

この人たちは自分たちの実力を過小評価しすぎ！　ジンさんクラスとまではいかないけど、勇者の卵である宗方姉弟《むなかたきょうだい》やレインなどでは足元にも及《およ》ばない力を持っている。ポテンシャルだけならルーさんを超《こ》えているだろう。足りないのは技量と経験、そして自信だ。

「あなたたちなら問題なくあの洞窟《どうくつ》のオークどもを倒《たお》せます！　もっと自信を持ってください。危ないと思ったら助けますから」

「み～」

そうはならないと思うけどね。実際に戦ったことがないはずなのに、魂《たましい》に刻まれたトラウマが深い。それだけ強く言い伝えられてきたってことなのだろう。

しぶしぶ、トボトボとオークリーダーのいる洞窟へと向かう熊獣人さんと狼獣人さん。いつもの凛々《りり》しさとは裏腹に、お耳がぺたんとなった泣きそうな顔はちょっと笑ってしまう。

「あ、あれと戦うのか？」

「む、無理だろう……」

「じいちゃんが言ってた悪魔《あくま》そのものだ……」

こいつら厳《いか》つい顔して根性《こんじょう》なしか！

「えぇーい！　つべこべ言わずに戦ってこい！」

「み～！」

「「「お、鬼《おに》だ～！」」」

やけくそ気味に熊獣人さんたちが動き出すと同時に、オークリーダーも剣《けん》を抜《ぬ》き動き出す。

オークリーダーの繰《く》り出す攻撃《こうげき》を、盾《たて》を持った熊獣人さんが何度も受けきる。ここで熊獣人さんたちはあれ？　って顔になる。これっていけるんじゃね？　って。受け流すでもなく真正面からオークリーダーの剣撃を受けることなんて、普人族《ふじん》には到底無理《とうてい》。でも、熊獣人さんにならそれができるのではと思っていた。そしてできた。これが何を意味するか言うまでもなく、力で負けない相手一人に、同じ力を持った複数人で戦えば、それすなわち……ボコれるということ。

オークリーダーの首が跳《と》んだね。

「み～」

見守っていた狼獣人さんたちから歓声《かんせい》が上がり、熊獣人さんたちは雄叫《おたけ》びを上げる。

トラウマを乗り越えた者は強い。次の武装オーク集団と戦った狼獣人さんたちも、武装オークを圧倒《あっとう》。力も強いうえ、その素早《すばや》い身のこなしにオークたちがついて来られなかった。

残りのオークたちも蹂躙《じゅうりん》された。普通のオークでは彼らの相手にはならなかった。ここに来た時とは裏腹に意気揚々《ようよう》と凱旋《がいせん》を果たし、今回狩《か》ったオークはすべて獣人さんたちで分けてもらった。

そして、ここからが本題。当面はすべてのオークを狩ってもらってもいいが、セリオンギルド長との話し合いが終わった時点で、狩るのはオークリーダーと武装オーク集団までにしてもらう。これについては不満の声も上がったが、やりすぎれば必ず不興を買い要《い》らぬ争いを引き込《こ》むと説得。納得《なっとく》してくれた長老や長《おさ》たちの説得もあり了承《りょうしょう》してもらった。

狩ったオークについては、獣人族でも消費したいという声があり折半にした。そりゃあ、高級肉の誘惑《ゆうわく》には勝てないよねぇ。それと、運搬《うんぱん》のために収納のバングルを貸すことにした。これですべて持ち帰ることができる。

「ほう。オーク狩《が》りの露払《つゆはら》いをしてくれると?」

「悪い話ではないと思いますが?」

「そうだな。願ってもいない提案だ。で、何を求める?」

「いやだな〜。セリオンギルド長。俺だってそこまで阿漕《あこぎ》じゃないですよ。いつもお世話になっているお返しですよ? 本当に」

「み〜」

もちろん打算はある。セリオンギルド長はこの国以外でも名を馳《は》せる英雄《えいゆう》。民衆からの絶大な憧《あこが》れ、そして人気を持つ。そんな人とツーカーの仲ともなれば、俺を見る民衆の目も変わってくるってものだ。貴族に嫌《きら》われるのはまったく構わないけど、そんな貴族と一緒くたにされて嫌われるのは避《さ》けたい。それに今後、お願いすることも増えてくるだろうからね。

「いいだろう。私の名でよければいつでも使うがいい」

「あざーす」

「み〜」

午前中のうちにオークリーダーと武装オークを狩っておき、午後からハンターで残りのオークを狩るということを決めた。ハンターギルドではオークと戦うグループと狩ったオークを解体し運ぶグループを派遣《はけん》するらしい。

そこでもう一つ神猫商会として提案。狩ったオークの半分を神猫商会で買い取るというもの。理由はクイントだと高級肉は供給過多になるからだ。クアルトまでの道が分断されている今、余剰分《よじょうぶん》はセッティモにしか運ぶことができない。毎日供給される高級肉はどんどん値を下げて旨味《うまみ》がなくなっていってしまう。そうならないように神猫商会で値が下がらないように余剰分を買い取るというわけだ。とってもｗｉｎ－ｗｉｎな関係だ。

「私は構わんがいいのかね？」

「クイントの商業ギルドでは間違《まちが》いなく捌《さば》き切れません。任せれば必ず値崩《ねくず》れがおきます。それでもいいのであればお任せします」

「うむ。了解《りょうかい》した。商業ギルドにはこちらから話しておく。前回の件があるから嫌《いや》とは言わぬだろう。エバくん、頼《たの》んだ」

「承知しました。これでやっとオーク肉が市場に出回りますわ」

市場に出回るだろうけど、なかなか一般庶民《いっぱんしょみん》には手が出ないけどね。それでもほかの町に比べ格安で手に入ることには違いないので、食べる機会は多くあるだろう。

詳《くわ》しい話は獣人族とすることになり、俺はお役御免《ごめん》。パルちゃんとフェルママをモフモフしてからハンターギルドを後にした。

「み～」

「みゅ～」

さて、先遣隊《せんけんたい》の出発まで五日あるので、俺たちもやることをやってしまおう。

取りあえず、買い出しからだね。ブロッケン山の飛竜《ひりゅう》隊の駐屯地《ちゅうとんち》に届ける食糧《しょくりょう》や生活用品。パトさんたち妖精族《ようせい》さんの所にも行くのでいろいろと買う必要がある。妖精族さんの所に行くとなれば牙王《がおう》さんの所にも寄らないと失礼だろう。

牙王さんの所に行くなら、一度ヴィルヘルムに行って魚を買いに行くべきか？　となると、烈王《レオ》さんの所にも寄らないと下手《まず》いだろうな。やることが多くて大変だ。

「み～」

烈王さんで思い出したけど、ラルくんとクリスさんにグラムさんを会わせないと駄目《だめ》だよね？　叔父《おじ》さんになるわけだし。

でも、今家に帰ると神猫商会の仕事が山積みになっているような気がする……。ルーカスさんとカティアさんに任せっきりだからな。帰るのがちょっと怖《こわ》い。カティアさんは身重だから無理はさせられないのだけど無理をさせているような気もする……。

「みぃ……」

やっぱり、一度家に帰ろうか？

「み～」

ミーちゃんもそれが良いよ～って言っているから戻《もど》ろう。

「お帰りなさいませ。ネロ様」

なんか冷たい目でルーカスさんに見られながら挨拶《あいさつ》された。

「レティ様がお戻りになられたので、ネロ様もお戻りになられると思っておりましたが？」

「みぃ……」

ははは……ごめんなさい。ごめんなさいついでに、グラムさんを紹介《しょうかい》する。クリスさんの叔父さんで遠くに旅に出ていたけど、戻ってきて俺の護衛をしてくれることになったと説明。

「それはようございました。専属の護衛の件は私どものほうでも憂慮《ゆうりょ》しておりました」

「グラムさんは強いので安心してください。いざとなったら飛《と》んで逃げますので」

「それは頼もしいですね」

ルーカスさん、一変してニコニコとなったけど、こちらの話を冗談《じょうだん》だと思って聞いている節がある。空を飛んで逃げるどころか、下手すりゃ生きとし生けるものが、樹氷と姿を変えた氷原へと変わるのだけどね。

「み、み～」

日中、レティさんは出掛《でか》けているそうだ。ラルくんとルーくんも牧場で遊んでいるようでいない。

今からルーカスさんとカティアさんとの話し合いがあるので、グラムさんには自由にしてくださいと言っておいた。お茶でも飲んでゆっくりしていればいいよ。ララさん、ヤナさんよろしく～。

神猫商会の執務室《しつむしつ》に行き、お茶を飲みながら話を始める。

ミーちゃんはカティアさんのお腹《なか》にスリスリしたり、前脚《まえあし》をお腹に添《そ》えて真剣な顔をしている。まだ、カティアさんのお腹は目立つほど大きくはない。でも、ミーちゃんは心配のようだ。カティアさんはそんなミーちゃんをなでなでしてニコニコして嬉《うれ》しそう。

「それでは、ネロさんがいない間の状況《じょうきょう》説明をさせていただきます」

神猫商会の本店は目下改装中だけど、一部は先行して改装してもらったのでいつでも神猫屋を始められるそうだ。俺のゴーサイン待ちになっているらしい。なら、オープンさせようか。

「み～」

次の話は隣《となり》に建てていた、商隊の護衛をしてくれる妖精族さんたち用の家が完成した。家具なども用意したそうなので、こちらもいつでも住める状態になっている。じゃあ、妖精族さんたちを呼んで来ようか。ルーさんが戻ってきたら商隊を一度出してみよう。

「み～」

そういえば、以前頼んでいた水飴《みずあめ》工場の件で何か進展があったみたい。

「孤児院《こじいん》のアイラ様からヨハネス様にお話が伝わり、是非《ぜひ》に教会のほうで手伝わせていただきたいとお話がありました」

確かに、水飴は孤児《こじ》などに優先で配ったりしていたので、利益度外視になっていた。

「教会のほうで働き手を斡旋《あっせん》してくれるそうです。水飴は蜂蜜《はちみつ》や砂糖に代わる甘味《かんみ》で、作るのも比較的《かくてき》簡単です。なので、すぐに製法が広まるでしょう。独占《どくせん》するには神猫商会では荷が重い品だと思っていました。ですが、教会が後ろについてくれるのであれば、十分に商機があると思われます」

「うーん。水飴で儲《もう》ける気はないんだよねぇ」

「み～」

「「えっ?」」

ルーカスさんとカティアさんが、聞き間違えたかなって感じで驚きの表情になる。

確かに、蜂蜜と砂糖に代わる第三の甘味料だけど、水飴は後々神猫商会の隠《かく》れ蓑《みの》になると思う。

独占して高値で売り暴利を得ることも可能だけど、ほかの商会からのやっかみや貴族などが横槍《よこやり》を入れてくる可能性が高い。正直、相手にするのは面倒《めんどう》。教会に丸投げしたい。

そもそも、この水飴は安価で簡単に作れて栄養価が高いので、孤児や貧民層《ひんみん》のお子ちゃま救済を目的に宗方姉弟が作ったものだ。それを高値で売ったら本末転倒《ほんまつてんとう》だよ。

それに、さっき言った隠れ蓑にする考え、この水飴を安価に大量にギリギリの値で売ることにより、ほかの商会がマネして作って売ったとしても儲からない仕組みを作る。これは周りからの横槍を躱《かわ》す役目もある。利益の上がらないものなら誰《だれ》も横槍なんかは入れない。弱者救済が目的の事業と認識《にんしき》させることが目的。そして本来の目的は、そんな崇高《すうこう》な考えは一割程度で、利益の代わりに民衆からの神猫商会への株を上げつつ、実は金持ちに本命を高く売って儲けること。

これぞ、損して得取れ、一挙両得作戦だ！　して、その本命とは？

「み～！」

まあ、すぐには市場に出すことはできないけど砂糖だ。

砂糖は南の国からの貿易のみでこの大陸すべてが賄《まかな》われている。だから量も少なく、とても高価な代物《しろもの》。白砂糖はまだ見たことがなく、黒砂糖しかないみたいだ。

そして、庶民の甘味料といえば蜂蜜。養蜂《ようほう》は結構盛《さか》んに行われているようで、安定供給されている。ほかには蜂のモンスターの巣から取れる蜂蜜は、甘《あま》さも旨《うま》さも格別で高値で取引されるらしい。

今、俺は砂糖を作るための種と苗《なえ》を持っている。甜菜《てんさい》とサトウキビだ。南の国から輸入されているのはサトウキビから作られる黒砂糖だろう。甜菜については調べてみたけど、何も情報は得られなかった。彩音《あやね》さんからもらった羊皮紙にはそれらしい記述があったけど、遠くの国のことなので確認はできていない。もしかしたら、砂糖の原料としては使われていないのかもしれない。

それらをブロッケン領の北で甜菜、南でサトウキビを栽培《さいばい》して砂糖を作る。遠心分離《ぶんり》機があれば黒砂糖からも白砂糖やほかの糖類も作れる。

蜂蜜を作っているのだから、簡易的な遠心分離機を使っているはず。その遠心分離機で白砂糖が作れないか試《ため》してみたい。駄目なら、エルフの国に行って知識とともに統合管理システムから手に入れてくるしかないだろう。それとは別としても、一度は訪《おとず》れるつもりだけど。

水飴に関してはヨハネスさんとアイラさんに丸投げしようと思う。一時的にルーカスさんの従姉妹《いとこ》であるテレサさんを、神猫商会から派遣するという形にはする。

工場と働き手は教会で手配してもらい、販売《はんばい》は神猫商会で行う形にして、利益は税や人件費、維持費《いじひ》、材料費などの経費を除いた営業利益を八対二に分ける。もちろん、八が教会で二が神猫商会。

庶民でも買える低価格にするので、たいした利益は出ない。何度も言うけど、水飴で儲ける気はない。だから利益のほとんどを教会に渡していい。今の神官長であるヨハネスさんなら馬鹿《ばか》なことには使わないだろう。使えば間違いなく神罰《しんばつ》が下ることを知っているからだ。

そして、その行為《こうい》は庶民からも教会からも称賛《しようさん》され、間違いなく神猫商会の株を押《お》し上げる。教会は更《さら》に俺とミーちゃんに、より協力的になってくれることだろう。

「み、み～」

あ、あまりにも打算的～と仰《おつしや》いますが、こういう戦略も大事。

ついでに、ルーカスさんとカティアさんに砂糖の件を話して聞かせると驚いた顔をされた。

「もう、何を聞いても驚くことはないと思っていましたが……」

「さすが、ネロさんです……」

「み～」

言葉とは裏腹に呆《あき》れた表情なのがちょっと気になるけど。まあ、いいか。ミーちゃんはそれほどでも～ってなぜかテレ顔。なぜ⁉

じゃあ、呆れついでに、もう一つ追加で獣人さんの村建設について教え、今後その村で香辛料《こうしんりょう》を育て数年後には神猫商会の主力商品にする展望を伝えておく。

「商業ギルドから書類とお金が届いていましたが……」

「継続《けいぞく》的に香辛料ですか……」

「み～」

カティアさんにしてやったりと、今度はドヤ顔を見せるミーちゃん。だから、なぜ⁉

「そういえば、お金は足りていますか？」

妖精族の家を建てたり孤児院を建てたり、本店の改装など多くの出費があるはず。やり繰りに困っていないかな？

「神猫屋の売り上げや商業ギルドからの支払いがありますので、すぐに必要というわけではないですが、孤児院や隣に建てた家、神猫商会の本店の改修費の支払いが出てきます」

「現状は神猫商会の信用の上で、後日払いになっているので大丈夫《だいじょうぶ》です」

なるほど、香辛料や宝石の原石を売ったお金があっても、ギリギリだったみたいだ。

なので、アルサイト硬貨《こうか》を百枚ほど渡しておく。レトに換算《かんざん》すると十億レトになる。これだけあれば当面の間、大丈夫だろう。必要ならまだまだあるしね。

「ア、アルサイト硬貨ですか……」

「み～」

「商業ギルドに預ければ、神猫商会の信用を更に上げられると思いますが？」

そうか、商業ギルドに預けることによって、神猫商会の資金力を見せるということができるのか。

それが信用にも繋《つな》がるわけですね？　カティアさん。

「神猫商会は新興の商会ですので如何《いか》に取引先が大きくとも、神猫商会の資本力が見えません。なので、商業ギルドは神猫商会のことを計りきれていません。ですので、余裕《よゆう》があるのであれば、商業ギルドに預けて信用を得ることは今後の神猫商会にとって損にはならないと思われます」

「み～」

ミーちゃん、カティアさんを見上げて、それ良い考え～って賛同しているのでカティアさんの案に乗りましょう。追加でアルサイト硬貨を百枚渡した。これは商業ギルドへの見せ金だ。

運用資金の問題が片付いたので、次の議題に移る。

「そろそろ、魚の仕入れもしていただけると助かります」

以前、神猫商会と話をした方たちから、カティアさんにしきりに催促《さいそく》の話が来ているそうだ。

どのくらい来ているのか聞いてみると、紙の束が寄こされる。中身を確認すると王都の高級料理店のほとんどから注文が入っている。って、王宮からもあるじゃん！

「それは、ララさんが持ってきたものですね」

ニーアさんか……。レーネ様がお魚好きみたいだから、うちに注文したのか？　まさか、ギルベルト宮廷《きゅうてい》料理長の差し金じゃないよな？

でも、これだけ注文があると断り難《にく》いな。仕方がない。ヴィルヘルムに行ったついでに仕入れるか。高級魚狙《ねら》いになるから一人では無理。一時的に仲買人を雇《やと》うか。

その後も今後のことを話し合い、最後にペロたちが戻ってきて妖精族の護衛が着いたら、一度ベルーナとヴィルヘルム間に試験的に商隊を出してみると伝えておく。

三台の荷馬車での商隊を考え、馬はスミレが連れてきた馬たちか新たにバムを購入《こうにゅう》する。そこ辺と荷馬車についてはベン爺《じい》さんと相談だな。

うちはブロッケン山を通ってヴィルヘルムに行くので、道すがら村々で商売をしながら行く。フォルテのブロッケン山寄りの村々は行商人が来なくなって困っていたからね。その村々で日用品などを売って、ワインやエールを仕入れてヒルデンブルグに向かってもらう。

帰りは、向こうの特産品や醤油《しょうゆ》と味噌《みそ》を運んでもらえばカラ荷にはならない。取りあえず、やってみて問題点を洗い出していき、商隊のルートを考えればいい。

問題は時期的に冬になりそうなこと。試験的だからフォルテまででもいいかもな。

話も粗方《あらかた》終わったので、グラムさんの歓迎会《かんげいかい》の準備でもしますかね。

「み～！」

ミーちゃん、涙《なみだ》のご対面を期待していました。

グラムさんの歓迎会《かんげいかい》の料理を、うちの台所を預かるエフさんと作っている。

エフさんは俺《おれ》がいない間、この家の食事を一手に担《にな》っているので、調味料の使い方も料理自体の腕《うで》も上がっている。正直、俺が作らなくてもエフさんで十分なのだけど、俺自身が作りたいものもあるので手伝っている。

今日はペロたち、腹ペコ魔人《まじん》どもがいないので大量には作らない。量より質でいく。

久しぶりに天ぷらを揚《あ》げ、高級肉でとんかつも作ってみた。ベン爺《じい》さんは脂《あぶら》っぽい料理が得意そうではないので、焼き魚と魚の素揚《すあ》げで野菜多めのマリネを作る。マリネも油か……まあ、ワインビネガーが利《き》いていてさっぱりして美味《おい》しいからＯＫってことで。

お腹《なか》に余裕《よゆう》のある人には天丼《てんどん》とカツ丼《どん》も用意してある。少しカツ丼作って味見したけど絶品だった。さすが高級肉。ペロは悔《くや》しがるだろうな。

そして、作りたかったもの、それはデザート。デザートには獣人《じゅうじん》さんの村で手に入れたバニラビーンズを使った本格バニラアイス。時期的に夏を過ぎたのでバニラビーンズ入りのプリンにするか迷ったけど、バニラアイスがどうしても食べたかったのだよ！

せっかく手に入れたバニラビーンズを使わずしてどうする！

バニラビーンズ入りのアイスだけでなく、カスタードもアイスを作ると同時に作った。焼いたパンに少し載《の》っけて食べる。う～ん、この芳香《ほうこう》な香《かお》りが素晴《すば》らしい！　明日の朝ご飯にみんなにもパンに塗《ぬ》って食べさせてあげよう。絶対に喜ぶのは間違《まちが》いない。

もう一つ、アイスにしたのにはわけがある。アイスを作るのに水スキルは最適だからだ。ボールに水を入れアイスの容器を入れて水を凍《こお》らす。後は、ほどよく分離《ぶんり》させないよう攪拌《かくはん》するだけ。ミーちゃん用にバニラビーンズではなく餡子《あんこ》入りの本格アズキアイスも作ってみた。以前、作ったのは牛乳で割ったものを凍らせただけだから、濃厚《のうこう》さはなくさっぱりしたアズキアイスだった。今回は濃厚なアズキアイスになったので、ミーちゃんがどう反応するかが楽しみ。

さらに、アイスを作った理由がある。それは生クリームを手に入れたからだ。以前探した時は見つからなかったけど、宮廷《きゅうてい》料理長が使っているのを見て聞き出した。ただ、高い。もちろん特注品で普通《ふつう》には売られていない。生の牛乳から分離させて作るので、大変なのは仕方がない。

それでも、お金持ちや高級料理店で需要《じゅよう》があるので作られている。生クリームを取った後の残りはただ捨てられるそうだ。それって、低脂肪《しぼう》牛乳？　確か脱脂《だっし》粉乳も牛乳から油脂《ゆし》分を除去したものから作られるはず。栄養価は高いと習った記憶《きおく》がある。いろいろ試《ため》してみる価値はありそうだ。

そろそろ、みんなが帰ってくる時間だ。大広間に行くとルーくんとラルくんが戻《もど》ってきていて、ララさんとヤナさんにブラッシングしてもらっている。ミーちゃんもその中に加わって楽しそう。

と、思ったら、ブラッシングの終わったルーくんをレティさんがもふっていた。いつの間に……。

「義賊《ぎぞく》ギルドから早急に会いたいと言ってきてるぞ。少年」

「何かあったんですか？」

「さあな」

「明日でよければ行きますよ。正直、忙《いそが》しいので明日以外だと厳しいです」

「わかった。明日の午後に迎《むか》えをこさせるように言っておく」

どんな用件だろう？　まあ、明日になればわかるか。

なんて話をしていたらヤンくん一家とクリスさんが帰ってきた。

「「ネロさん、お帰りなさい！」」

ヤンくんとカヤちゃんは元気一杯《いっぱい》だね。

イルゼさんとクリスさんに状況《じょうきょう》を聞くと、とても好調とのこと。最近は男性客も増えているそうで、ウハウハだね。クリスさん目当ての男性客だろうけど、売り上げ貢献《こうけん》ありがとう！

「ネロさん。どうやら、同族の方がおられるようですがどなたですか？」

二階を見上げてクリスさんが言う。ドラゴン同士、気配か何かでわかるのかな？

「会ってからのお楽しみです」

「み～」

「それは、楽しみですね」

最後のベン爺さんも来たので、ヤナさんにグラムさんを呼んで来てもらう。その間に大広間のテーブルに料理を並べてもらう。自由に食べられる立食形式にした。

「今度、神猫商会というより個人的な護衛として働いてもらうことになった、グラムさんです」

二階から下りてきたグラムさんをみんなに紹介《しょうかい》。グラムさんは、クリスさんとラルくんを怪訝《けげん》な表情で見るも、みんなにお辞儀《じぎ》をする礼節は持っていて安心。

　立食会が始まるとすぐにクリスさんが寄ってきた。

「ネロさん。そちらの方をご紹介してくれますか？　島で育った私が知らない同族のようですので、ほかの大陸から来られたのでしょうか？」

「えーっと、違います。グラムさんはヴィルヘルム沖《おき》の島出身です」

「み～」

　グラムさんを見ると天ぷらを咥《くわ》えながら、うんうん頷《うなず》いているので間違いはないっぽい。

「それでは、私が知らないわけがありません」

「クリスさんが生まれる前に島を出たので、クリスさんが知らないのは聞いていないだけでは？」

「島を出た……？」

　クリスさんの表情がすーっと険しくなっていく。Ｗｈｙ？

「ま、まさか……」

「クリスさんとラルくんの叔父《おじ》さんにあたる方ですね」

「み～！」

　言っちゃった。クリスさんが言う前に言っちゃった。

　さあ、涙のご対面だ。

「み～！」

「叔父さま？」

「み～」

そう、クリスさんとラルくんの叔父さんです。

「お母さまの訓練についていけず、修行《しゅぎょう》の旅と称《しょう》して逃《に》げ出したという、叔父さま？」

「ぐはっ……」

「みぃ……」

姪《めい》の言葉で膝《ひざ》をつくグラムさん。あれ？　何が起きている？

「ドラゴンなのに炎《ほのお》のブレスが吐《は》けない、叔父さま？」

「ぐ、ぐはっ……」

「みぃ……」

膝だけでなく両手もついて項垂《うなだ》れるグラムさん。炎のブレス吐けないんだ……。

「お父さまがあいつのような駄竜《だりゅう》だけにはなるなよ、といつも言っている、あの叔父さま？」

「くっ、殺せ……」

「み、みぃ……」

俺には見える。血の涙を流しているグラムさんが……。

しかし、さすが烈王《レオ》さんの娘《むすめ》。俺たちではダメージを与《あた》えられなかったグラムさん相手に、的確なダメージを与えている。それも、聞いているこちらが悲しくなるほどの情け容赦《ようしゃ》ない攻撃《こうげき》。

ミーちゃんが、もう、やめて……これ以上苦しませないで～って、涙ながらにうるうると訴《うった》えている。ミーちゃんの下僕《げぼく》とはいえ、眷属《けんぞく》。優《やさ》しいミーちゃんは見ていられない様子。でも事実では

仕方がない。そんな俺たちの所にラルくんとルーくんがやってくる。項垂れるグラムさんを不思議そうに四つん這《ば》いになっているグラムさんを見て、ラルくんとルーくんは一緒《いっしょ》に遊んでくれると思ったらしく、グラムさんの背中に飛び乗ったりしてじゃれつき始める。

「シュトラール。お母さまに知らないおじさんと遊んじゃ駄目《だめ》と言われたでしょう」

「きゅ～？」

「た、頼《たの》む。もう、ひと思いに殺してくれ……」

「みぃ……」

パリーンっと何かが砕《くだ》ける音が聞こえたような気がした。おそらく、グラムさんの心だね。

「まあ、この辺で許して差し上げますわ。叔父さま」

「……」

目が死んでいるね。ただの屍《しかばね》のようだ。

「どういう経緯《けいい》でミーちゃんとネロさんに仕えることになったのかは知りませんが、ミーちゃんはお父さまに格上と言わしめたお方。ネロさんはお父さまが認めたご友人。まかり間違っても、お二人に無礼は許されません。おわかりですね。叔父さま」

「う、うむ」

「それから、もちろんお母さまへの帰還《きかん》のご挨拶《あいさつ》は済ませたのでしょうね？」

「……」

なんか、ヤバい雰囲気《ふんいき》。雲行きが怪《あや》しくなってきた。ミーちゃんからも助けてあげて～と目で訴えかけられる。仕方がない。

「グラムさんにはずっと俺たちの護衛をしてもらっていたので、そこまで気が回っていませんでした。ごめんなさい」

「ネロさんが謝《あやま》る必要はありません」

「ですけど……」

「本当のことを言うと、お父さまから叔父の話は聞いていて、厳しく対応しろと言われているのです。もちろん、このことはお母さまも周知のことです」

「ま、まじか……」

怖《こわ》っ！　クリスさん、マジ怖っ！　すべて知っていての演技だったのか……。グラムさん、顔面《がんめん》蒼白《そうはく》。大丈夫《だいじょうぶ》か？　いや、大丈夫じゃないね……。

「明日と明後日《あさって》、ヴィルヘルムに行くのでその時に烈王さんの所に寄ってきますね」

「よろしくお願いします。首に縄《なわ》を付けてでも連れて行ってください。後はお母さまが引き受けるでしょうから」

「……」

グラムさん、ダラダラと汗《あせ》をかき始め震《ふる》えている。いわゆる、ガクブルという奴《やつ》だ。

そんなグラムさんの周りを楽しそうに走り回り、グラムさんに元気だせよ～と尻尾《しっぽ》でテシテシしているラルくんとルーくん。ラルくんも叔父さんのこと知っていたの？

「きゅ～？」

知らなかったようだね……。

震えているグラムさんは放っておいて楽しい食事会は続き、みなさん天丼とカツ丼もすべて完食。何気に、グラムさんは涙を流し震えながら天丼とカツ丼を完食している。旨《うま》さ故《ゆえ》の震えか？

そしてある意味、今日のメインディッシュの登場！

ガラスの皿にバニラアイスを載せみんなに配る。見た目もさることながら、ほのかに香るバニラビーンズ特有のなんともいえない甘《あま》い香り。みなさん興《きよう》味《み》津々《しんしん》のようでガラスの皿にくぎ付け。

果汁《かじゆう》のアイスキャンディーは見慣れているけど、バニラビーンズと砂糖、生クリームの高級食材をふんだんに使って作ったアイス。正直、これを売るとしたらいくらの値段を付けていいのかわからないほどの高級品。値段以上に、材料を揃《そろ》えることが難しいだろう。

そのことをみんなに言うと恐縮《きようしゆく》して食べないだろうから言わない。何も気にしないで、美味しく食べて欲《ほ》しいからね。

「「「甘〜い！」」」

女性陣《じよせいじん》から歓喜《かんき》の声が上がる。ルーくんとラルくんもペロペロと一心不乱に舐《な》める。残念ながらベン爺さんは甘い物が苦手なようで、いつものようにルーくんとラルくんに分けてあげていた。

そんななかで一人険しい表情の人がいるんだよねぇ。ルーカスさん、どうしました？

「ネロ様。さすがにこれは我々使用人に与える範疇《はんちゆう》を超《こ》えています」

ルーカスさんの言葉でみんな食べるのをやめてしまった。ルーくんとラルくん、グラムさん、それに、レティさん以外ね。レティさんはおかわりまで要求してきている。

「そんなことはないです。みなさんには感謝してもしきれないほど、頑張《がんば》ってもらっています。これは俺のみなさんへの感謝の気持ちを表したものなので、楽しんで食べてもらいたいです」

「我々は果報者です。使用人を人として見ない主《あるじ》も大勢いるなか、ネロ様は同じ食事を同じ食卓《しょくたく》で一緒に食べてくださる。そして、このような王侯貴族《おうこうきぞく》でさえ食べられるかどうかというほどの食事を、惜《お》しみもなく使用人に与えてくださる……」

「み～」

いやぁ～ん。それほどでも～って、なんでミーちゃんが答えているのでしょう？

「ですが、貴族としては失格です。貴族になった以上、人の上に立つ心構えと威厳《いげん》を持っていただきたい。と、厳しいことを言いますが、追々身につけていただきましょう。ネロ様は貴族としては未熟ですが、人としては素晴らしいお方です。そのお優しい心を今後も忘れずにいていただきたいです。我々、使用人一同は一丸となってネロ様を支えていく所存です」

みなさん、うんうんと頷いてくれている。胸にグッとくるものがある。鼻の奥《おく》がツーンとしてくるじゃないですか……。

「み、みぃ……」

ミーちゃんも、目をうるうるさせてみんなにコクコクと頷いているね。

さあさあ、みなさん溶《と》けないうちに食べよう。おかわりは自由だよ！

「み～」

ミーちゃん、世界中の人々をメロメロにしちゃう？

ちょっと涙腺《るいせん》が緩《ゆる》んでしまったけど、気を取り直してみんなにバニラアイスを勧《すす》める。

さて、みんなも頬《ほほ》を緩めてバニラアイスをまた食べ始めたので、メインディッシュのメインイベントを開始しようではないか！

みんなが美味《おい》しそうにバニラアイスを食べているのを、しっぽをゆらゆらさせて嬉《うれ》しそうに見ているミーちゃん。それでは、お待たせしました。ミーちゃん専用ｎｅｗアズキアイス、満を持しての登場です！

「み、みっ⁉」

ミーちゃんの前には綺麗《きれい》なお皿に盛られた、ｎｅｗアズキアイスを出す。

いつものただ餡子《あんこ》を凍《こお》らせたものとはわけが違《ちが》う。材料も手間暇《ひま》かけた正真正銘《しょうしんしょうめい》の、どこに出しても恥《は》ずかしくないアズキアイス。

さあ、ご賞味《しょうみ》、ご堪能《たんのう》あれ！

ミーちゃん、いつものアズキアイスと違うｎｅｗアズキアイスをスンスンと匂《にお》いを嗅《か》いで、ペロリと一舐《な》め。

「み～」

あれ？　反応、薄《うす》っ⁉

「み～？」

えっ？　いつものアズキアイスはどこ～？　いやいや、ミーちゃん、わかっています？

「み～」

そ、そうね。いつもとは違うアズキアイスだよね……。ちゃ、ちゃんといつものアズキアイス、用意してあるよ……。

「み～！」

ミーちゃん、いつものアズキアイスとｎｅｗアズキアイスを交互《こうご》に舐めているけど、いつものアズキアイスを舐めている時は恍惚《こうこつ》の表情をするのに対して、ｎｅｗアズキアイスを舐めている時はまあまあねって顔をしている……。

ｎｅｗアズキアイスが負けた……ショックだ。

その後、みんなにもアズキアイスをご馳走《ちそう》したら大好評だったことから、ミーちゃんはたんに餡子が好きってだけと理解した……そう、理解しました。はい。

🐾

我《わ》が家のお風呂《ふろ》を堪能してゆっくりと休んだ翌日の早朝、ヴィルヘルムに飛んで港に急ぐ。

スミレがいないので港までは歩き。ベルーナの朝は肌寒《はだざむ》さを感じさせたけど、ヴィルヘルムはまだまだ暖かいというか暑いくらい。着ていたコートを脱《ぬ》いで、活気溢《あふ》れる港までミーちゃんと歩く。

グラムさん？　夜遅《よるおそ》くまでクリスさんとＯＨＡＮＡＳＨＩしていたようなので、朝早く連れ出すのは悪いかなぁと思い置いてきた。まあ、ヴィルヘルムで襲《おそ》われることはないだろうから。

港に着いたところで、前に俺《おれ》の代わりに魚のセリに参加してくれた人を見つけたので、今日と明日のセリをお願いしたら快く引き受けてくれた。ただ、その量を聞いて若干《じゃっかん》引いていた感じだ。ちゃんと仲介料《ちゅうかいりょう》は払《はら》うのでお願いしますよ！　あなただけが頼《たよ》りですから！

その間に、うちで食べる魚や貝に海老、蟹《かに》、こないだ見つけたイカの一夜干しなどを買い込《こ》む。やっぱりタコは見つからない。いないのかな？

今日の分のセリ落とした高級魚を引き取りヴィルヘルム支店に戻《もど》ると、いつものメンバー以外に見知らぬ男女四人がいた。誰《だれ》ですかね？

「み～？」

「おはようございます」

「ネロ。来てたのか」

「そちらの四人は初見ですが、新しい従業員さんですか？」

「そうよ。クリスが抜《ぬ》けたので二人応援《おうえん》で来たわ」

「こっちはベルーナから来た二人だ」

ドラゴン二人はコンラートさんとリーザさん。どちらも二十代前半のイケメンと美女だ……ケッ。ベルーナから来た二人はダミアンとロッテ。まだ、十代半ばくらいかな？　フツメン、フツジョ。二人には悪いが、俺の荒《すさ》んだ心が落ち着きを取り戻す。

クラウディアさんがベルーナから来た二人に、俺とミーちゃんが神猫商会の会頭と副会頭で貴族と説明したら、即行《そっこう》で土下座してきた。なかなか素早《すばや》い動きだ。期待できる。

今日のところは顔見せということで、後日改めて来ると伝えてベルーナに戻る。午後から約束があるので忙《いそが》しいからね。まあ、お互《たが》い様だけど。

うちに戻るとちょうど、朝ご飯の時間。トーストにカスタードを載《の》せ、みなさんにご提供。

「「「甘《あま》～い」」」

女性陣《じょせいじん》とお子ちゃま組には大好評。ベン爺《じい》さんはいつもどおりトーストとスクランブルエッグだけを食べていた。ルーカスさんはうーんと唸《うな》りながらも何も言わずに食べている。あんまり気にしないほうがいいと思うけど？　ペロたちが戻れば毎日こんな感じだし。そうじゃないと、腹ペコ魔《ま》人《じん》どもが反乱を起こしかねないからね。

ミーちゃんにも出してみたけどひと舐めしただけで、猫缶《かん》とお味噌汁《みそしる》に戻り見向きもしない。

うーん。美味しいと思うんだけどなぁ。

朝食を食べ終わった後、ベン爺さんと打ち合わせに入る。

迷宮《めいきゅう》で手に入れたサトウキビの苗《なえ》を、来年までに株分けして数を増やしたいのだ。しかし、今はもう秋。難しいかな？

「金は掛《か》かるが試《ため》してみたいものがあるんじゃが」

「み～？」

なんでしょう？

ベン爺さんが試したいのは温室。総ガラス張りの温室を作って温度管理をすれば可能だと言っている。ただし、ガラス張りの温室は非常に高価なもの。貴族などが屋敷《やしき》の隅《すみ》に建てて季節外れの花を育てるのに使う、いわゆる、超《ちょう》高級贅沢品《ぜいたくひん》。いち平民が持つようなものではない。

「お主も貴族じゃろうて……」

「みぃ……」

そうでした。じゃあ、作っちゃおうか？　ベン爺さん、手配お願いします。お金はルーカスさんにもらってください。

「うむ。それとな、さすがに温室も増やすとなると、儂《わし》一人では手が足りん。一人雇《やと》いたいのじゃがよいかのう？」

ベン爺さんの弟子《でし》の一人が、最近職にあぶれて困っているらしい。どうやら、凄《すご》い人見知りらしくて、以前働いていた貴族の元では上手《うま》くいかなかったそうだ。コミュ障って奴《やつ》だね。

なので、温室と一緒《いっしょ》に温室の傍《そば》にその人が住む小屋を建てたいともお願いされた。全然問題ないけど、食事とかどうするの？　食事については、ここに取りにこさせると言っている。まあ、それでいいなら俺としては断る理由はない。

「み～」

と、ミーちゃんも承諾《しょうだく》を出したのでベン爺さんにゴーサインを出した。

ついでに、カカオと甜菜《てんさい》についても試験栽培《さいばい》してもらう。

さて、午後に義賊《ぎぞく》ギルドに呼ばれているので、ミストレティシアさんへのお土産《みやげ》を作ろう。

「み～」

エフさんにパイ生地《きじ》を作ってもらい、間にカスタードをまんべんなく入れ、パイ生地を網目《あみめ》状《じょう》にかぶせて卵の黄身を塗《ぬ》ってオーブンで焼く。

きつね色になったら、はい出来上がり。カスタードパイだね。本当はリンゴがあるからアップルパイとか、ほかのフルーツパイでもいいのだけれど、時間がないので今回はパス。

取りあえず、二つ焼いて、一つは味見用。お昼にみんなにも食べさせてあげよう。

その前に、ちょうどいたルーカスさんの従姉妹のテレサさんと、エフさんとで一足先に味見。

「美味しいです♪」

「材料さえあれば簡単に作れるね」

そう、材料があればね。その材料が難しい。専属の農場でも作らないと無理だね。

ミーちゃんにも味見するか聞いてみたら、プイっと横を向かれてしまった。美味しいんだよ？

お昼にみんなに出したらもちろん好評だったのは言うまでもないね。

みんなとお昼を食べた後、しばらくすると義賊ギルドからの迎《むか》えの馬車が来た。一緒に行くのはレティさんとグラムさんの二人。ルーくんとラルくんも行きたいと訴《うった》えてきたけど、さすがに連れてはいけない。ごめんね～。

王都の中央街に向かって進む馬車の中で、ミーちゃんのお召《め》し替《か》え。水色のリボンにピンクのレースのスカーフ。お似合いですよ。お嬢様《じょうさま》。

「み～」

義賊ギルドの馬車は中央街を抜け貴族街に入り、前回とは違った屋敷に入って行く。

玄関《げんかん》で執事《しつじ》さんが屋敷に迎え入れてくれ、大広間に行くとミストレティシアさんが待っていた。

「ネロ男爵《だんしゃく》様。ようこそおいでくださいました」

「み～」

ミストレティシアさんが大仰《おおぎょう》な振《ふ》る舞《ま》いで挨拶《あいさつ》してくる。ミーちゃんはノリノリでご挨拶。俺は苦笑いしながらだね。

お土産のカスタードパイを執事さんに渡《わた》して、ミストレティシアさんに挨拶を返す。

「お久しぶりです。今日は何かお話があるとかで伺《うかが》いました」

「男爵様。急《せ》いては事を仕損じますわよ。お座《すわ》りになって。ティータイムにしませんこと？」

そう言われたので席につき、ミーちゃんを用意されていたテーブルの上の、小さめのベルベット地の布が敷《し》かれた所に下す。レティさんとグラムさんは俺の後ろに立つようだ。

「ここで男爵様に危害を加えるような愚《おろ》か者はいなくてよ。レティ。そちらの護衛のお兄さんもお座りになって」

「み～」

と、ミーちゃんが言っているので、二人に頷《うなず》くと二人も席に着く。

執事さんとメイドさんがお茶の用意をして、お土産のカスタードパイも切り分けられ配られる。お土産だから俺たちにはいいのに。ミーちゃんには、俺が皿にミーちゃんクッキーとミネラルウォーターを出してあげた。

「そちらの方は新しい護衛なのかしら？　レティが霞《かす》むほどの凄い方を護衛に連れてらっしゃるの

ね。以前は五闘招雷《ごとうしょうらい》のお三方をお連れでらっしゃったのに、更《さら》に凄腕《すごうで》を雇われるその強運を分けていただきたいですわ」

強運……凶運《きょううん》の間違いでは？　強運なんて持っていないどころか、運気上昇《じょうしょう》と幸運スキルは最近仕事をしてない。そのせいか、厄介《やっかい》ごとだけが増えていく。

「最近、ジクムント様もゴブリンキング討伐《とうばつ》に加わったと聞いています。残りの二人は男爵様が雇っているとか」

レティさんに顔を向けると首を振られる。なるほど、さすがは義賊ギルドの情報収集能力。まあ、最初はジャブってところかな？　じゃあ、こちらはフックをお見舞《みま》いしよう。

「いえいえ、絶剣さんはハンターを引退して正式にうちに仕えてくれ、フォルテの代官をしてもらっているのですよ。ローザリンデさんは暇つぶしにそれに付き合っているだけですね」

「み～」

「……」

軽いフックのつもりが良い所に入ったみたいだ。

「グレンハルト様といえば、品行方正で聖人君子とまで言われるお方。将来はハンターギルドの幹部になるとさえ言われていたお方を仕えさせるとは……その強運と人望が羨《うらや》ましいですわ」

またなんか増えたね。人望？　なにそれ？　美味しいの？

両隣《どなり》の二人を見てみなさい。こちらの話は話し半分でカスタードパイに夢中。あなたたちお昼に食べたよね？　恥ずかしいから、ハムスターみたいに両頰を一杯《いっぱい》に頰張《ほおば》るのはやめて！　これが人望のある雇い主に対する行動か！

「みぃ……」

ミーちゃんも少し恥ずかし気。

ミストレティシアさんはまだジャブが打ち足りないようで、本題に入らず話題を変えてきた。

「最近、貴族の間で猫を飼うのが流行っているらしいですわ。どうやら、王妃《おうひ》様とお姫《ひめ》様がとても可愛《かわい》らしい子猫たちを飼っているそうよ。男爵様は知っていらして？」

「み〜」

ミーちゃん、答えなくてもいいよ。ミストレティシアさん、なんて白々《しらじら》しい。わかって言っているのが見え見えだ。ミストレティシアさんも飼いたいのか？

「ええ。王宮で偶然《ぐうぜん》お会いしましたが、とても可愛らしく行儀《ぎょうぎ》の良い子猫たちでしたね」

「み〜！」

みんなのお姉ちゃんなの〜と鼻高々なミーちゃん。

「そんななか、もの凄く可愛い白い子猫を連れた若者が、王都にいると貴族の間で噂《うわさ》になっているのもご存じ？」

「み〜？」

げっ、マジか。勘弁《かんべん》してくれよ。闇《やみ》ギルドに目を付けられているだけでも厄介なのに、貴族にまで余計なことで目を付けられ……？

ん？ 別にミーちゃんのことじゃなくても、もう既《すで》に貴族連中から目を付けられているじゃない？

俺って。なんだ、デフォルトじゃん！　貴族に一つや二つ目を付けられることが増えたところでまったく気にならない。

「そうなんですか。さすがミーちゃんだね。世界中の人々をメロメロにしちゃえ！」

「み、み～？」

「……」

そ、そうかなぁ～？　とテレるミーちゃんも可愛いね。さすが、みんなの癒《い》やし系アイドル子猫。

ミストレティシアさん、どうかしましたか？

「……男爵様。いえ、ネロくん。私、疲《つか》れましたわ。そろそろ本題に入ってよろしくて？」

必殺アッパーでノックアウト勝ちかな？

本題？　もちろんＯＫです。

「み～」

ミストレティシアさんが立ち直りキリっとした顔で話し始める。

「ネロくんはこの大陸にどれくらい魔王がいるかご存じ？」

「み～？」

さて、この大陸となるとどのくらいいるのだろうか？

「四体よ」

あれ？　意外と少ない。

「み～？」

ミーちゃん、意外と情報通なのです。

ミストレティシアさんの説明によると、元々この大陸に人族が渡《わた》ってきた時に古《いにしえ》の魔王《まおう》と呼ばれる魔王が四体いたそうだ。

大陸の東側にディメール王国が建国され、後に東側を支配していた魔王が勇者に倒《たお》された。ディメール王国が滅《ほろ》んだ後にいくつかの国に分裂《ぶんれつ》し、群雄割拠《ぐんゆうかっきょ》の時代が続く。

そんな時に、どこからともなく現れた勇者が大陸の中央部を平定して国を建てた。それがルミエール王国。こうして考えてみると、ルミエールの初代国王って勇者だけど、魔王を倒していないよね？　それから何代か先の王弟が、南の魔王を竜《りゅう》と共に倒してヒルデンブルグ大公国を建国。

さらに時が過ぎ北の魔王を、獣人族《じゅうじんぞく》、エルフ族、ドワーフ族が中心となって倒し、この時点で古の魔王は西を支配する魔王だけとなる。

南と北は勇者じゃない者が魔王を倒しているけど、復活はしていない。なぜ？

古の魔王を倒しても時が経《た》つと、どこからともなく別の魔王が現れ国々が乱れる。ゴブリンキングやオークキングといった勝手に湧《わ》いてくる魔王だ。突然《とつぜん》どこからともなく魔王として現れ、災害というか災厄《さいやく》が何度もこの大陸を襲《おそ》う。

そのほかにも、倒された古の魔王の部下が自称《じしょう》魔王を名乗り、同じ自称魔王同士で争いを続けている。それに、巻き込《こ》まれるほうはたまったものじゃないけどね。

ごちゃごちゃしてきたところで、ミストレティシアさんがこの大陸の現状を整理してくれた。

話題絶頂のゴブリンキング、オークキングは言わずもがな、最近現れた二体の魔王。そのゴブリンキングが現在ちょっかいを出しているのが、ルミエール王国の西にいる古の魔王の残り一体。ゴブリンキングさん、戦渦を広めるのはやめてください！

そして、最後の魔王の一体はロタリンギア王国の東にいる、この大陸で最初に倒された魔王の部下でディメール王国が滅ぶ原因となった争いで台頭した魔王。こいつも古い魔王なので、今では古の魔王と呼ばれるようになった。確かそいつの部下がその魔王をデルアジーゴとか言っていたな。

ほかにも魔王と名乗っている奴《やつ》らもいるけど自称で準魔王クラス。ヒルデンブルグ大公国の南西と南東にいるのと、それ以外だと北のほうで獣人族たちに倒された魔王の部下が四体ほど自称魔王を名乗り、準魔王同士での群雄割拠状態になっている。

最後に魔王を名乗っていないけど、牙王《がおう》さんも準魔王クラスだ。森で会ったスパイダークイーンもそうかもしれないな。

ということで、この大陸の現状を理解したけど今回呼ばれたことと、どう関係あるのだろうか？

それから、ミーちゃんおはようございます。そろそろ、本題に入るようだよ。

ミーちゃんはミストレティシアさんが説明してくれている間、気持ちよさそうにスピスピとお休みしていた。今のミーちゃんは授業中に居眠《いねむ》りをして、ハッと目を覚ましたけど周りの状況《じょうきょう》についていけない生徒の状況といった感じ。

「みっ⁉　み～？」

執事《しつじ》さんが新しいお茶を淹《い》れ、場の雰囲気《ふんいき》を変える。つまり、ここからが本題になるのかな。

「ロタリンギア王国の東にいる魔王に不審《ふしん》な動きがあるそうなの。それだけならさして問題はないのだけれど、その魔王の動きに呼応して南の自称魔王たちも動き出しているそうよ」

「狙《ねら》いはヒルデンブルグ大公国ですね。以前、知り合いから南の魔王たちに動きがあるので気を付けろと忠告をもらっています。大公様もご存じですので、対策を講じていると思います」

「そう……。その情報提供者とお友達《ともだち》になりたいですわ。どれほど苦労して……ブツブツ……」

「み～」

いやいや、ミーちゃん。さすがに無理だと思うよ？　烈王《レオ》さんにお友達を紹介《しょうかい》するなんて。会いに行くのも俺《おれ》たち以外だと大公様くらいなものだし、島に渡るのも簡単じゃないよ。

「み～」

そうだね。確かに友達は大事だけど、あの暢気《のんき》なペロでさえ烈王さんにビビッて、面と向かって会えないのに、ミストレティシアさんが烈王さんと顔を合わせられると思う？

「みぃ……」

でしょう。それに、烈王さんに必要なのは友達じゃなくて暇潰《ひまつぶ》しだね。お酒とか、戦う相手とか？

烈王さんが本気で戦ったら、この星がなくなりそうだけど。

「ネロくんがなかなかの情報通でびっくり。でもね、もう一つ驚《おどろ》きの情報があるのよ？」

どうやら、ミストレティシアさん立ち直ったようだ。

「良いことですか？」

「み～？」

「残念。悪い話よ」

良い話なら聞きたいけど、悪い話は聞きたくないなぁ。

「帰っていいですか？」

「あら、いいの？　ネロくんにも関《かか》わりのある話よ？」

「むぅ……」

「ロタリンギアの王が亡《な》くなって、ネロくんの知り合いの勇者が王になったわ」

「はぁ～？」

間抜《まぬ》けな声を出してしまった。しかし、マジか？

ここ最近はロタリンギアの前王は王宮に引き籠《こ》もって表に出ることはなかったらしく、病《やまい》に臥《ふ》せっているなどと噂《うわさ》されていたそうだ。それが先日急に前王の訃報《ふほう》が民衆に知らされ、それと同時に前王の王女と恋仲《こいなか》だった勇者こと遠藤《えんどう》勇《いさみ》が一時的に王位を賜《たまわ》った。後に前王の喪《も》が明けたところで王女との婚姻《こんいん》を結び、正式に王に即位《そくい》すると公式に発表されたらしい。

それと同時にヤンキー勇者こと陸山《りくやま》総司《そうし》が将軍職に就《つ》いたことも聞かされた。

優等生委員長勇者こと奥村《おくむら》真《まこと》とおかっぱ勇者くんこと芹谷《せりや》隼人《はやと》はどうなったのだろう？　残念ながら、二人についての情報はミストレティシアさんは何も持っていないようだ。

ロタリンギア王国の国民は新しい王の誕生に沸《わ》いているらしく、亡くなった先王のことなどどこ吹《ふ》く風って感じらしい。まあ、オークキング討伐《とうばつ》の先陣《せんじん》を切る勇者が王になったのだ、国民にとっては心強いことなのだろう。本当の勇者ならね。実際はニセ勇者でしかない。喜びで沸いているロタリンギアの国民には悪いが、ある意味時限爆弾《ばくだん》を抱《かか》え込んだようなものだ。

で、それが悪い話ですか？

「み～？」

どちらかというと、どうでもいい話のような気がする。

「この話にはまだ続きがあるのよ？」

「続きですか？」

「そう続きがね……」

な、なんです？　その意味深な間は？

ちょ、ちょっとトイレタイムを要求します。

「みぃ……」

あ～すっきりした。

手を洗いメイドさんが渡してくれたタオルで手を拭《ふ》き、元の部屋に戻《もど》る。

ミストレティシアさんは優雅《ゆうが》にお茶を飲んでいるのに対して、レティさんとグラムさんは焼き菓《が》子《し》を美味《おい》しそうに頬張《ほおば》っている。まるでハムスターだな。

マドレーヌかなと思って俺も一口食べてみてびっくり。フィナンシェだ⁉　これは紛《まご》うことなきアーモンドの味。アーモンド、あったんだ。

そういえばナッツ系はまったく調べていないな。ピーナッツやカシューナッツなんか久しぶりに食べたいね。ピスタチオも食べるのが面倒《めんどう》だけど好き。今度、ちゃんと調べてみよう。

フィナンシェを味わいお茶を一口飲み、先ほどの話の続きを促《うなが》す。

「それで、続きとは？」

「ロタリンギアの先王は病気と噂されていたけど、それは表向きの話。真実は後宮に籠もって女遊びに興じていたらしいわ。いい歳《とし》こいて好きものよねぇ」

「まあ、俺も男なので否定はしません。それに、先王が女好きというのは有名だったと聞いています。それがどうしました？」

「みぃ～」

いやいや、ミーちゃん。不潔～って、俺も男ですから女性が好きですよ！

「そうね。確かに公然の秘密だったわ。でも、オークキングという魔王が出現した状況で国王としての体面を保つ必要があったのに、女遊びは民衆に受け入れられるわけがないわ。その裏にはね、第一王女が先王に女を当てがい、実質後宮に幽閉《ゆうへい》していたということなのよ」

「ん？　ということは勇者召喚《しょうかん》を指示したのは王女ってことですか？」

「み～？」

「そう。そして、邪魔《じゃま》になった先王を病死と偽《いつわ》り殺して、恋人《こいびと》の勇者を王位に即《つ》けたのよ」

「まあ、よくある話ですね」

「み～」

「よくある話って……普通《ふつう》ないわよ！」

ええ～、ファンタジー系の定番ストーリーだよね？

「み～」

ミーちゃんも知っているくらい……って知っているの？　なんでミーちゃんは知っているの？

「み、み～」

ポンコツ神様と一緒《いっしょ》にラノベやアニメを見ていたとは……。

「み～？」

思わぬ、ミーちゃんのカミングアウト。あのポンコツ神様、何をやっているのやら。仕事しろ！

「ネロくん的には普通の話でも、そのことを他国や民衆に知られることは避《さ》けなくてはならないものなのよ。そこで王女と勇者王は、民衆の目を逸《そ》らすために一つの手を考えたの」

「まあ、ろくでもないことでしょうね」

「み～」

「ちなみに、この前の東辺境伯《へんきょうはく》の反乱にロタリンギアの兵と勇者が手を貸したことが、向こうでどう言われているか知っていて？」

「み～？」

「ロタリンギアを攻《せ》めようとしていたルミエール王国に、正義の鉄槌《てっつい》を喰《く》らわし遠征軍《えんせいぐん》を蹴散《けち》らしたと言われているわ」

「Ｇｏｏｄ Ｇｒｉｅｆ……」

「みぃ……」

犬小屋の上でよく寝《ね》ているビーグル犬の気持ちが、少しわかった気がする。何がどうなればそうなるのだろう……やれやれだぜ。ミーちゃんも呆《あき》れ顔だね。

「その勝ち戦《いくさ》に乗って、今度は憎《にく》きルミエールの同盟国であるヒルデンブルグに、この前の遠征《えんせい》時に手を貸していたとして攻め込むらしいわ。新しき勇者王が新しき勇者将軍に指示を出してね」

なるほど、そういうことか。そこですべてが繋《つな》がるわけだね。毎度思うけど、裏ボスはなかなかにやり手というよりいやらしい奴だな。ロタリンギアは裏ボスの手のひらで踊《おど》らされているようだ。ヒルデンブルグに隣接《りんせつ》する辺りの準魔王二体も、同じく踊らされているのだろう。

亡くなった先王が裏ボスに操《あやつ》られていると思っていたけど、操られていたのは王女のほうだったようだ。操られているのが王女本人なのかその側近なのかわからないけど、絡《から》め手の好きな一癖《ひとくせ》も二癖《ふたくせ》もある奴みたいだ。

でも、裏ボスの真の狙いが見えない。戦渦を広げて疲弊《ひへい》したところを丸呑《まるの》みにするつもりなのだろうか？　それとも、ほかに何か狙いがあるのか？　うむぅ。

「ネロくんが冷静すぎて不愉快《ふゆかい》だわ。少しくらいは驚いた振《ふ》りぐらいしてほしいものね」

「驚くというより、呆れてるかな？　それに、行動自体はある程度想定内なので」

「想定内なの……？」

「ルミエールは国境に第一騎士《きし》団を配置してますし、ヒルデンブルグでも対ロタリンギアの対策は練っています。ロタリンギアが準魔王と同調して動くというのが想定外と言えば想定外ですが、基本的な対策に変更《へんこう》はないでしょうね」

「そうなのね。想定内なのね……」

「み〜」

確かに予想はしていた状況だけど、その情報を掴《つか》んだ義賊《ぎぞく》ギルドの情報網《じょうほうもう》は侮《あなど》れない。ハンターギルドでも情報を集めているようだけど、状況は芳《かんば》しくないようだ。

「進軍はいつ頃《ごろ》になりそうなんですか？」

「早ければ年明け、遅《おそ》くても春かしら。さすがにすぐってわけにはいかないようよ」

年明けっていっても、もう数ヵ月しかない。遅くとも春かぁ。

「上にこの情報を上げても構いませんか？」

「好きにしていいわよ……」

なぜかミストレティシアさん不貞腐《ふてくさ》れている。若く可愛《かわい》い子ならまだしも、おばさ……お姉さんですね。はい。それから、怖《こわ》いのでその目付きやめてください。ミーちゃんがビビッていますよ。

「みぃ……」

その後、大事な話も終わったことから、気兼《きが》ねない談笑《だんしょう》になった。

「そうそう、ネロくんの持っている武器を幾《いく》つか発注したいのだけど、お願いできる？　造った職人を捜《さが》したのだけど行方《ゆくえ》不明らしいのよ。ハンターギルドでも捜しているらしいわよ」

むむ。なぜ、義賊ギルドで俺の使っている銃《じゅう》を欲《ほ》しがるのだ？

「うちのギルドでも大気スキル持ちが多くいてね、ネロくんが開示した訓練方法をやらせているのよ。あとは実戦で鍛《きた》える段階にいるのが数名いるから、その武器が欲しいのよねぇ」

ハンターギルドに開示したからいつかは広がると思ったけど、こんなに早く広がるとは……。

しかし、ハンターギルドでもゼルガドさんを捜しているってことは、義賊ギルド以外にもそれなりの使い手が出てきて、銃が欲しいということなのだろう。

造れるのはゼルガドさんだけだから捜すのは当然か。確かに今現在、行方不明中だしね。そろそろ王都に着くはずなのだけど、どこまで来ているのか俺も知らないんだよねぇ。

「すぐには無理ですけど、その職人がこちらに向かっているので到着次第《とうちゃくしだい》、お引き受けします」

「えっ？　その職人さん、王都で店を開くつもりなのかしら？」

「神猫商会の専属として雇《やと》いました。店は……そのうちですかね」

「み～」

「既《すで》にその職人を囲っているのね。神猫商会……侮れませんわ」

さて、話も済んだのでお暇《いとま》しますか。フィナンシェ、お土産《みやげ》にくれるのですか？　ありがとうございます。特に後ろの二人が喜んでいるようです。

「いつでも、遊びに来てね。ネロくんと子猫ちゃんなら大歓迎《かんげい》よ」

「み～」

さて、情報を得た以上王宮に行かねばなるまい。ペロとセラがいないけど、ルーくんとラルくんは連れていかないとレーネ様が悲しむから連れていこう。

「み～」

ミーちゃん、ツンデレを知る。

馬車で送られて家に着き、ルーくんとラルくんを探す。

そういえば、王宮にはどうやって行こう。

スミレはいないし、ルーカスさんに頼《たの》んで馬車を借りるにも時間がない。馬に乗って行くにしても俺《おれ》一人だと全員を連れていけない。みんなを乗せても全然平気なスミレって、つくづく凄《すご》いんだなと思う。困ったな、誰《だれ》か一緒《いっしょ》に連れていくか。

さて、では誰を連れて行こう？　とはいっても、レティさんかグラムさんだけどね。面倒《めんどう》なので二人とも連れていこう。

「み～」

「……」

「私はパスだ」

グラムさんには拒否権《きょひけん》がないのでまあいいとして、レティさんはなんでパスなのですか？

「わんこたちと敷地《しきち》周辺の見回りをしなければならないからな。大事な仕事だ」

「却下《きゃっか》です。それから、わんこではなく白狼《はくろう》ですからね！」

家の周りを警戒《けいかい》してくれている白狼は、お風呂《ふろ》で体を洗ってあげているので確かにモフモフ。だけど、狼《おおかみ》特有の凛々《りり》しい顔つきなので間違《まちが》っても犬には見えませんから！

「行きたくない……」

「駄目《だめ》です」

「み～」

「ぐ～たらしたい」

「み、みぃ……」

あぁ～、ミーちゃんが呆《あき》れてため息が出ている。本音を言って、ミーちゃんをここまで呆れさせる人ってそうはいないよ。

「王宮にはカイがいますよ？」

「み～」

「むっ……」

おっ、少し反応があった。もう少し揺《ゆ》さぶってみよう。

「王宮にはカイの兄弟もいますよ？」

「み～」

「むむむっ……」

もう一押《ひとお》しかな。

「王宮には、ルカっていうペロに似た可愛《かわい》い子猫《こねこ》もいるんだけどなぁ」

「み～！」

「少年のことが心配だから、仕方なく付いていってやるんだからな！」

「み、み～」

はいはい、じゃあ王宮に行く準備しますよ。それから、こういうのをツンデレって言うんだよ。ミーちゃん。知ってた？

「み～」

へぇ～と感心していることから知らなかったみたい。感心するほどのことではないけどね。

馬たちに鞍《くら》をつけて準備ＯＫ、王宮に向かおう。

レティさんの馬にはルーくん、グラムさんの馬にはラルくんが乗っている。何気に普通《ふつう》にグラムさんが馬を操《あやつ》っていることに驚《おどろ》きを隠《かく》せない。後で聞いたらちょとだけドラゴンの気を強くしたら、馬がおとなしく言うことを聞いたそうだ。

馬からすれば喰《く》われるとビビったに違いない。ちょっと馬が不憫《ふびん》に思える。

王宮に着き手形を見せれば、ニーアさんと馬丁《ばてい》さんがやってくる。馬丁さんはスミレがいなくて残念そう。でも、乗ってきた馬たちも病気が治って、その辺の馬なんかに負けない立派な体格になっている。ベン爺《じい》さんが戦馬にもなれるとお墨《すみ》付きを出したくらいだ。

ニーアさんは二人の見知らぬお供をチラリと見ただけで、いつものテラスへと案内してくれた。

「あら、迷宮《めいきゅう》のほうはもういいの？」

「ペロしゃん……」

ペロがいなくてがっかり気味のレーネ様に、ルーくんとラルくんが慰《なぐさ》めに行ってくれる。

俺は軽く礼をしてから回答をする。

「迷宮探索《たんさく》は終了《しゅうりょう》して、私だけ先に戻《もど》ってきた次第《しだい》です」

「そちらのお二人はネロくんの護衛かしら？」

「ペロとセラがいないので、今日は二人を連れてきました」

「み〜」

レティさんはフード付きローブを脱《ぬ》いで跪《ひざまず》き、無言で頭を下げる。グラムさんは……礼を取る気はないようで俺の後ろで憮然《ぶぜん》と立ったままだ。ははは……うちではちゃんと礼をとってくれたのに。

ニーアさんが王妃《おうひ》様の耳元で何かを囁《ささや》いている。なんだ？

「そう。そちらの女性がネロくんの第二夫人で、この前来たユーリティアさんが第一夫人なのね？」

「み〜」

前にも思ったけど、うちの情報がダダ漏《も》れじゃね？

ニーアさんに促《うなが》され俺とレティさんは席に着くが、グラムさんは立ったまま俺の後ろに立つ。座《すわ》るように促したけど、首を振《ふ》って立ったままだ。

「お座りになられては？」

ニーアさんも再度座るように促したけど、やはりグラムさんは首を振る。

「こうも見られていては落ち着かん。遠慮《えんりょ》させてもらおう」

「み〜？」

ニーアさんが少し驚いた表情を見せたけど、王妃様はしれーっとしている。横のレティさんを見るけど、王妃様と同じようにしれーっとしている。何か暗黙《あんもく》の了解《りょうかい》でもあるのか？

「ネロくん。この方たちはネロくんから見て真に信頼《しんらい》に値《あたい》する方かしら？」

「私がこの世界すべてに敵対しても、この二人は私の味方となるでしょう」

「み〜！」

「そう。ネロくんだけじゃなくて、ミーちゃんも信頼しているのね。わかりました。さがりなさい」

王妃様のさがりなさいは俺たちにではなく、どうやらほかの人に言ったみたいだ。レティさんを見るけど、やっぱり、しれーっとした顔だね。うーん。

「これで、座っていただけて？」

「いいだろう」

おいおい、グラムさん？　王妃様の前なのだから少しは礼儀《れいぎ》をね？　事前にちゃんと説明しておくんだったよ。ミスったな。

ちょっと緊迫《きんぱく》した雰囲気《ふんいき》だったけど、いつもの如《ごと》くニーアさんによってミーちゃんを連れ去られ、王妃様にご挨拶《あいさつ》とスリスリが始まる。

俺の所には代わりにルカとノアそれに、カイが足元にやってきてご挨拶してくれた。三匹《びき》を抱《だ》きあげると、ご挨拶の続きで顔をペロペロされまくる。レアはお仕事中かな？

それを、羨《うらや》ましげに見てくるレティさん……。はいはい、みんなレティさんにもご挨拶してね。

「にゃ〜」

「「みゅ〜」」

レティさんは嬉《うれ》しそうに俺からみんなを奪《うば》っていく。ちょっと寂《さび》しい。

それにしても、少し見ない間にルカは大きくなった。出会った頃《ころ》はあんなに小っちゃくて可愛かった子猫が、今ではミーちゃんより大きくなっている。声も少し成猫《せいびょう》っぽくなってきたね。

それにしても、どんどんペロに似てくる。実は本当の弟だったりして？　パパにゃんのポロの節操無さは折り紙付きだからな。無きにしも非《あら》ず……。

まあ、それはおいといて、すくすく育ち王宮で可愛がられていて、お兄ちゃんは嬉しい限りだよ。

みんなとのふれあいもそこそこにして、本題に入ろう。

「先ほどまで義賊《ぎぞく》ギルドのお茶会に出席していました」

「あらそうなの？　私も一度、二代目の女帝《じょてい》にお会いしてみたいものだわ」

さすが、王妃様。義賊ギルドの女帝が、彩音《あやね》さんからミストレティシアさんに代わったことまでご存じのようだ。

王妃様とミストレティシアさんのお互《たが》いに能面での腹の探り合い……見てみたい気もする。

「それでネロくんは、どんな美味《おい》しい物を食べてきたのかしら？」

そこか⁉　そこなのか！

「フィナンシェという焼き菓子《がし》がとても美味しかったですね」

「そう。フィナンシェという焼き菓子なのね？　もちろん、ネロくんは作れるわよね？」

「えっ？　まぁ……」

「ニーア」

「畏《かしこ》まりました」

あれ？　ニーアさん、俺の襟首《えりくび》を掴《つか》んでどこに連れていくおつもりですか？　調理場？　フィナンシェを今から作れと？　拒否権は？　ないのですね……わかりました。ミーちゃんを連れていくことだけ許可してください。ええ、大事なことですよ。

「み～」

調理場に連行されて来た。

神猫商会に注文の入っていたお魚の納品。宮廷《きゅうてい》料理長にどこに出すか聞いて、ミーちゃんに高級魚を出してもらう。好きなお魚を選んでください。

「しかし、驚くほどに新鮮《しんせん》だな」

宮廷料理長の指示のもとにお魚が選別されていく。

「これらは前の時のように凍《こお》らせてくれ」

宮廷料理長は研鑽《けんさん》の結果、適正な解凍《かいとう》方法を見つけたそうだ。あとで、解凍方法を書いたメモをもらえる約束をしてから、サービスとして選別された全体の八割ほどを直接凍らせる。お客さんのニーズに応《こた》えていくことで商機に繋《つな》がっていくからね。神猫商会のモットーだ。

料理人の中にも水スキルを使える人は何人かいるけど、瞬時《しゅんじ》に凍らせることができる人はいない。訓練はしているそうだけど、上手《うま》くいかないらしい。まあ、そこら辺は訓練あるのみだな。

侍女《じじょ》さんの中には以前の訓練のおかげで、水を過冷却《かれいきゃく》状態にできるようになった人もいるそうで、王様と王妃様は結構フローズンを楽しんでいるみたいだね。

時間がかかりそうなのでミーちゃんはニーアさんと王妃様の所に戻ってもらう。ニーアさんは怪《け》訝《げん》な表情をしていたが、ミーちゃんを抱っこするとニコニコ顔で戻っていった。

「み～」

さすがのニーアさんでもミーちゃんの神の隠蔽《いんぺい》には敵《かな》わない。まさか、ミーちゃんが神猫印の無限収納を持っているとは夢にも思うまい。

さて、お魚を凍らせたらフィナンシェ作りだ。宮廷料理長にお菓子《かし》が作りたいと言うと、見習いの方を補佐《ほさ》につけてくれるという。パティシエ育成計画の一環《いっかん》なのかもしれない。

作業をすること、気づけばもう夕方だ。フィナンシェは大量に作った。それはもう、大量に。

材料はさすが王宮の台所だけあって、アーモンドパウダーもフレッシュバターも揃《そろ》っていた。

宮廷の調理場にあるオーブンはうちのオーブンの五倍はあり、数も五台あるので夕食の準備が始まる前にフル稼働《かどう》で焼き上げた。

作ったフィナンシェの半分は俺がもらい時空間スキルで一時的に収納しておく。残りは王妃様たちの分を取り分け、余った分は料理人と侍女さんたちの味見という名のお裾《すそ》分《わ》けをする。

フィナンシェを盛りつけたお皿を持った侍女さんと一緒に、テラスに戻る。本来の王宮に来た目的をやっと果たせる。忘れていないよ？

「これがネロくんの言っていたフィナンシェ？」

「もともと美味しいですけど、出来立てですから尚《なお》美味しいですよ」

グラムさんは静かにお茶を飲んでいる。レティさんはレーネ様とモフモフに埋《う》もれている。二人とも、フィナンシェは十分に食べたのでもう興味はないようだ。

モフモフに埋もれていたレーネ様も、モフモフたちと一緒にテーブルに戻ってきてフィナンシェを食べ始める。

レティさんはモフモフたちにフィナンシェの欠片《かけら》を与《あた》えているけど、与えるのはほんの少しだけですからね。やりすぎないでくださいよ。

「美味しいわね」

「おいちぃでしゅ」

さて、そろそろ本題に入っていいでしょうか？

「そういえば、そんな話だったわね」

「……」

酒だけではなく、お菓子も人を駄目にする……。うん。勉強になった。

「みぃ……」

そうなのよねぇ……。と言っているミーちゃん！　あなたの餡子《あんこ》もそうですからね！

「みっ⁉　み、み～♪」

誤魔化《ごまか》すミーちゃんはさておき、義賊ギルドで聞いた話を聞かせた。

「節操のない国ね。それに、あの好色爺《じじい》が死んだのは意外ね。それだけ、王女が優秀《ゆうしゅう》なのかしら？」

「ロタリンギアに王子はいないのですか？」

「み～？」

「公式上、王位継承権《けいしょうけん》を持つ男子はいないわね。庶子《しょし》はたくさんいるらしいわ。でも自分の立場を脅《おびや》かす存在を擁立《ようりつ》することが、あの狭 量《きょうりょう》な好色爺にはできなかったのよ」

「みぃ……」

「跡継《あとつ》ぎのことは考えていなかったのでしょうか？」

「どうかしら？　性格に難はあったけど、執政者《しっせいしゃ》としては優秀だったわ。オークが現れる前までは。何かしらの案はあったのでしょうけど、その前に第一王女に潰《つぶ》されたってところかしら」

それだけ、真の黒幕は優秀ってことだろう。国のトップを堕落《だらく》させ、自分の都合のいいように舵《かじ》を取らせる。相手の姿、目的が見えないから尚更恐《なおさらおそ》ろしく感じる。

「それにしても困ったわね。今の状 況《じょうきょう》ではお父様の手助けができないわ」

「み～？」

王妃様？　そのチラッチラッと俺を見るのはなぜですか？　嫌《いや》な予感がするのですが？

「新興貴族が手柄《てがら》を立てる絶好の機会だと思わない？」

「み～？」

「まったく思っていませんが」

さらに、嫌な予感が大きくなっていく。

「相手が攻《せ》めて来るのは年が明けてからなのでしょう？　レーネの誕生会で集まった貴族に有志を募《つの》りましょう。もちろん、その義勇兵をまとめるのはネロくんね」

本気ですか⁉

「み～！」

ミーちゃん、山田《やまだ》くんの出番ですよ！

第四騎士《きし》団を急造で創設している今、国から出せる兵がない。国軍の歩兵部隊も王都を守る最低限度の兵以外、ロタリンギアとの国境である東の国境とゴブリンキング討伐《とうばつ》に出されている。

確かにヒルデンブルグに出せる兵がないわな。

そこで王妃《おうひ》様は貴族が持つ金と私兵を出させ、急造の部隊を作りヒルデンブルグに援軍《えんぐん》を出そうと考えたわけだ。別にそれはいい。だけど、どんなにミーちゃんが乗り気でも、それを俺《おれ》が指揮するというのは話が違《ちが》ってくる。というより無理がある。

部隊を指揮した経験なんてゲームでしかないし、戦術なんてものはそれこそゲームでしか知らない。まあ、戦略ゲームは得意分野なのだけど、ゲームのようにはいくとは思えない。

それに、一番の問題は俺が指揮を執《と》ることを、ほかの貴族が許すとは思えないからだ。

「あら、それは問題ないと思うわよ。護国の剣《けん》の献上《けんじょう》にブロッケン山の牙王殿《がおうどの》との同盟による街道《かいどう》の整備と安全。ゴブリンキング領域の偵察《ていさつ》による状況《じょうきょう》調査。表には出す気はないけど、反乱軍やロタリンギア軍の討伐の功績。いろいろとあるわね」

「み～！」

ミーちゃん、そこはドヤ顔いりませんから。

「そういう問題ではなく、援軍に向かうのが男爵《だんしゃく》では対外的に問題があるのではないですか？」

「なら、伯爵《はくしゃく》にでもなる？」

「み～！」

「なりません！」

「みぃ……」

伯爵？　面倒事《めんどうごと》を押《お》しつけられるだけだよ！

それにだ、功績云々《うんぬん》はいいとして貴族たちの心情のほうが問題だと思う。足を引っ張ることしか考えていない貴族連中がまともな兵を出すか？　まあ、まともな貴族もいるのだろうけど、あわよくば兵士に暗殺者を紛《まぎ》れ込《こ》ませて、俺を殺そうとする貴族がいないとも限らないのが現状。

それくらい俺はこの国の貴族に嫌《きら》われている。気にはしていないけど。

「兵士に関してはそんなに期待はしていないわよ。代わりに彼《かれ》らには戦費を負担してもらうの。そのお金で兵士を雇《やと》うつもりでいるわ。貴族の私兵なんかより何倍も力になるわ」

「兵士といってもどこにそんな兵士がいるのですか？　まさか、傭兵《ようへい》ですか？」

「み～？」

「そうね。手っ取り早いのは傭兵ね。でもね、傭兵といっても傭兵崩《くず》れの盗賊《とうぞく》ではなく、他国から兵士を雇うの。優秀《ゆうしゅう》な兵士をね。まあ、実際には傭兵崩れも必要なのだけど」

どういうことかというと、北方連合のエルフ、獣人、ドワーフの国は現状戦争もなく落ち着いている。兵が余っているというわけではないけど、同盟国への援軍という名目で、外貨を稼《かせ》ぐ手段で傭兵のようなことをするそうだ。

「二千は欲《ほ》しわね」

「み～」

「それに、捨て駒《ごま》の傭兵崩れも二千というところかしら？　貴族の私兵を加えれば四千五百ほどね。補給部隊を入れると五千の部隊になるわ」

五千人規模となると旅団クラスか……大部隊だな。そんな人数を指揮なんてやっぱり無理。

「ちゃんとネロくんを補佐《ほさ》する者はつけるわよ。軍監《ぐんかん》だってこちらで用意するわ」

ヤバい。どんどん逃《に》げ場を塞《ふさ》いできている。そんな俺に反してミーちゃんは王妃様の前でフンッスとやってやるわよ～って顔しているし……。今度は神猫将軍に憧《あこが》れを抱《いだ》いているのか!?

「取りあえず、保留でお願いします……」

心疲《つか》れた俺は宮廷《きゅうてい》料理長の解凍《かいとう》の秘訣《ひけつ》を書いたメモをもらって王宮を後にする。

いつの間にかレーネ様と仲良くなって、モフモフ談議に花を咲《さ》かせているレティさんを連れ出すのに苦労した。それにしても、三歳《さい》のレーネ様とモフモフ談議って……。レティさんのモフモフ談議は三歳児《さいじ》程度なのか？

今日は疲れたからもう家に帰って休む。明日も早起きしてヴィルヘルムでお魚買いが待っている。明後日《あさって》辺りに商業ギルドで高級魚の受け渡《わた》しを行い、それ以外のお魚をこの前のように露天《ろてん》売りしよう。商業ギルドも嫌《いや》とはいわないはずだ。


次の日は朝早く出発。今日はグラムさんを連れて港で爆買《ばくが》いをする。昨日も来て爆買いしたせいか、市場の人が俺を見かけると声を掛《か》けてきて店の品を薦《すす》めてくる。

ちょっとした有名人になっているようだ。でも、良いものしか買う気はない。

仲買人さんから品物を受け取りお金の精算。いい買い物ができた。また、頼《たの》みたいので名前と連《れん》絡《らく》先を聞いておいた。仲買人、ゲットだぜ！

買い物を終えて神猫商会ヴィルヘルム支店に顔を出す。

「よくもまあ、私の前に顔を出せましたわね。グラム」

「ク、クラウディア⁉」

「み～？」

な、なんだ？　クラウディアさんがオコオコなのだけど？　二人は知り合いなのかな？　でも、なにやら不穏《ふおん》な空気が漂《ただよ》い始めているような気が……。

近くにいたアレックスさんに小声で聞いてみた。

「あの二人はお知り合いですか？」

「はぁ……。ネロ、なんてものを連れてきたんだ。最悪だ」

「み～？」

アルベルトさん、コンラートさんは俺を見てやれやれと首を振《ふ》り、リーザさんはオロオロしている。ダミアンとロッテは何が起きているかわからずとも、ヤバい雰囲気《ふんいき》を察し逃げ出している。

お、俺が悪いの？

「で、あの二人はどんな関係ですか？」

「婚約者《こんやくしゃ》……だった」

「だった？」

「み〜？」

二人は婚約者同士だったけど、グラムさん失踪《しっそう》事件が起きてご破算になったそうだ。もちろん、グラムさんは知らないことらしい。はぁ……なるほど、最悪だぁ。

「みぃ……」

ミーちゃん、あちゃ……って顔してグラムさんを見ている。どうやら、間に入って仲裁するか迷っているみたい。夫婦喧嘩《ふうふげんか》は犬も食わないって言うけど、恋人《こいびと》同士の喧嘩は猫も食わないって感じ？

「み〜！」

ん？　山田くん？　ミーちゃん用座布団《ざぶとん》、ネロくんに一枚！　ってなに？　山田くんってどこの誰《だれ》？　俺の苗字《みょうじ》は根路《ねじ》だよ？　それに、なんでミーちゃん用座布団なのかな？

「み、みぃ……」

な、なぜかミーちゃんに白い目で見られているのですけど……。

これも俺が悪いの？

「み〜」

座布団のことはさておき、グラムさんとクラウディアさんとのやりとりは続いている。

「すぐに戻《もど》るつもりでいたんだ」

「そう。あなたにとって二百五十年はすぐなのですわね」

「いや……そういう意味ではなくて、帰るに帰れなかったんだ」

「もう帰ってこなくてもよかったのですわ」

「……」

「みぃ～」

グラムさん駄目駄目《だめだめ》です。ミーちゃんもはぁ～って感じ。

「済まなかった。クラウディア。許してほしい」

「許すも許さないも、私とあなたは元々赤の他人ですわ」

「お、俺たちは婚約者同士だろう？」

「あなたのお姉様から正式に婚約破棄《はき》の話があったわ。私の前で土下座までして謝《あやま》ってくれたわ」

「くっ……」

グラムさんには悪いけど昼ドラを見ている気分だ。ミーちゃんもこればかりはお互《たが》いの話なので口出しはしないようだ。でも、話の内容には興味があるようで、聞き逃《のが》さないぞとばかりにピクピクとお耳が忙《せわ》しなく動きうんうんと頷《うなず》いている。

耳年増《みみどしま》か⁉
ミ、ミーちゃん。じょ、冗談《じょうだん》だって。そんな怖《こわ》い顔で睨《にら》まないで……ねっ？
グラムさんとクラウディアさんは置いといて、神猫商会ヴィルヘルム支店の現状について話を聞いておく。この前買い取った隣《となり》の敷地《しきち》はまっさらな状態で、近々工事が始まるらしい。売り上げも上々で醤油《しょうゆ》と味噌《みそ》の売り上げも上がってきているそうだ。村からももち米や小豆《あずき》が定期的にヴィルヘルム支店に納品され、村に新しく作った蔵で醤油と味噌の製造も始まったそうだ。順調だね。

ベルーナから来たダミアンとロッテは、セスト近くの農村出身で幼なじみ。農家の四男三女なので家を出て王都の商会で下働きをしていた。そんな時に商業ギルドから神猫商会の話があり受けたそうだ。ただし、神猫商会で働く条件があり、毎日日記を書いて三ヵ月ごとに王都の商業ギルドに送らなければならないらしい。

二人はそんなことで商会員になれるならと承諾《しょうだく》したそうだ。

商業ギルドめ上手《うま》いやり方をするものだ。こうやって情報を手に入れるのだな。日記では文句も言えない。なので、二人には商業ギルドがなぜ日記を書かせるかの理由を説明して、更《さら》に釘《くぎ》を刺《さ》しておく。ニクセで働いている人たちも同じだろう。向こうにも早めに釘を刺しておこう。

となると、ヴィルヘルムの商業ギルドから紹介《しょうかい》された人たちも何かしらの指示を受けていると考えたほうがいいかも。家に帰ったらうちにいる二人にも聞いてみよう。それによってフォルテに行くか決めればいい。

ダミアンとロッテは神猫商会での仕事にはまだまだ慣れが必要だけど、先輩《せんぱい》ドラゴンとも仲良くやっているようだし問題ないようだ。頑張《がんば》ってくれたまえ。

「み～」

と、会頭も激励《げきれい》をしております。二人にモフモフされながらね。

グラムさんとクラウディアさんの話はまだ続いているようなので、ブロッケン山の駐屯地《ちゆうとんち》に届ける食料品や日用品を買いに行こう。

お供はアルベルトさんだ。なぜかといえば、マダムキラーだからだ。もちろん、護衛の意味でも付いてきてもらうのだけどね。

マダムキラー。俗《ぞく》に言うおばさん受けのいい人。

今から行くのは露店街《ろてんがい》。店の売り手は七割近くが女性。そしてそのうち八割がマダムに属するお歳《とし》の女性になる。マダムキラーのアルベルトさんを使わない手はない！

「み～」

ミーちゃんも立っている者は親でも使え～って言っています。なかなか博識なミーちゃんにびっくり。どこで、覚えてきたのだろう？

「み～」

前に俺が言っていた？　そうだっけ？　でもそれをちゃんと使いこなすのは凄《すご》いと思うよ。

露店街に着くとマダムキラーの効果が早々に発動。

野菜売りのおばさ……もとい、マダムがアルベルトさんに声を掛けてきて売っている野菜を無理やり押しつける。どうやら、アルベルトさんの常連さんらしい。悔《くや》しくなんかないんだからな！

「みぃ……」

ミーちゃんも神猫商会はまだまだだね……って、個人の常連さんだからねぇ。神猫商会の知名度をもっと上げなければならぬな。

とはいえ、タダで貰《もら》うわけにもいかないので、こちらも無理くりにお金を受け取ってもらう。それでも、売値の半額程度だ。ここまで凄い効果を発揮するとは、マダムキラーを侮《あなど》りすぎた。

「み～」

そんな風にして、露店街を歩くと両手の指の数では足りないほど声を掛けられ、品物がミーちゃんバッグに収まっていく。恐《おそ》るべし、マダムキラー効果。是非《ぜひ》とも俺も身に付けたいスキルだ。

それでも足りない物はマダムキラーの甘《あま》いマスクとダンディーボイスでマダムを籠絡《ろうらく》して、格安でミーちゃんバッグに入ってくる。く、悔しくなんかないんだからな！

「みぃ……」

ミーちゃん、そんな憐《あわ》れむような目で見ないで……。

しかしまさか、ここですべてが揃《そろ》うとは思っていなかった。ベルーナに戻って、足りない分は買い足そうと思っていたので嬉《うれ》しい誤算だ。

このまま、牙王さんの所に飛んで駐屯地に行けるじゃないか。時間もあるし、ロデムさんに頼まれていた冬用の毛布も買って行こう。

神猫商会ヴィルヘルム支店に戻ると、グラムさんが正座させられていた。ほかのメンバーはいつもどおり販売《はんばい》と製造に分かれてのお仕事。

「あれからずっとですか？」

「あぁ、ずっとだ……」

ミーちゃん、どうします？

午前中に駐屯地への物資搬入《はんにゅう》を終わらせて、午後には烈王《レオ》さんの所に行く予定なのだけど……。

「みぃ……」

ミーちゃん、修行《しゅぎょう》します。

クラウディアさんには悪いけど、グラムさんを無理やり連れ出し牙王《がおう》さんの洞窟《どうくつ》に飛ぶ。クラウディアさん、本当にごめんなさい！

「みぃ……」

「た、助かった……」

グラムさんはぐったりとお疲《つか》れモード。自業自得《じごう》だけどね。

だけど、ここで遊んでいる暇《ひま》はない。さあ、騎竜《きりゅう》隊の中継地《ちゅうけいち》である駐屯地《ちゅうとんち》に出発！

あれ？　そういえば、スミレがいないよね？　セラもいないな。どうやって駐屯地まで行けばいいのだ？　俺《おれ》、道わからないよ？

「みぃ……」

ミーちゃんが冷めた目で見てくる。俺が悪いの？　しょうがない、牙王さんに相談しようか。

「ああ、いいぜ。好きなの連れて行け」

牙王さんに駐屯地まで道案内してくれる者をお願いしたら、即答《そくとう》でＯＫがでた。なので、近くにいた白狼《はくろう》にお願いしたらウォンと快く引き受けてくれた。ありがとね～。

白狼の案内の下、道中モンスターに襲《おそ》われることもなく無事、駐屯地に到着《とうちゃく》。今回は一悶着《ひともんちゃく》もなくすぐに門の中に入れてもらえた。

「やあ、ネロくん。待っていたぞ」

「お待たせしました。マーティンさん」

「ずいぶん前から飛竜《ひりゅう》たちがそわそわと緊張《きんちょう》していたので、悪い感じではなかったが何かあると思っていた。まさかネロくんだったとはな」

ははは……。それ、グラムさんのせいだな。現に飛竜たちは伏《ふ》せて顔も地面につけ、グラムさんを見ないようにしている。グラムさんは疲れているせいか飛竜にはまったくの無関心だけど。

「み～！」

そういえば、関心のある方がここにいましたね。

ミーちゃん、俺の肩《かた》から飛び降りて飛竜にまっしぐら！　猫缶《ねこかん》じゃないのにね。

ミーちゃんが近くに寄っても飛竜たちは伏せたまま頭を上げない。上司の前でおとなしくしている部下ってところかな？

でも、そのせいでミーちゃんは不満顔でプンプンとご機嫌斜《きげんなな》めに。

ミーちゃんのご機嫌を直すために、ここは一考を案じる。

「マーティンさん。飛竜にエサをあげてもいいですか？」

「食べんと思うが、好きにするといい」

ということで、ご機嫌斜めのミーちゃんの耳元でごにょごにょ。

「み～！」

飛竜たちの前にどさどさっとミーちゃんバッグから出てきて飛竜の前に置かれる。

今まで伏せていた飛竜たちが顔を上げ、目の前のものに戸惑《とまど》いながらも目が離《はな》せない。

「グルル……」

「み～」

飛竜とミーちゃんとの間で何かしらの会話があった後、飛竜たちは一斉《いっせい》にミーちゃんが出したものに貪《むさぼ》りつく。凄《すご》い食いっぷりだ。

「なっ⁉」

「おいおい、嘘《うそ》だろう……」

近くにいた騎竜隊員さんたちが驚《おどろ》きの声を上げる。

「君には驚かされてばかりだな。いったい何が起きたんだ？」

「別にたいしたことじゃありません。ミーちゃんが美味《おい》しいお肉を差し入れしただけです」

「美味しお肉？」

「オーク肉です」

「「「オーク肉だと⁉」」」

こんなこともあろうかと、グラムさんがぐちゃぐちゃにしたオークをちゃんと回収し、水スキルで洗浄《せんじょう》して回収していた。人は食べられなくても、モンスターのエサにはなるかなって思ってね。

飛竜たちは喜んで食べているから回収しておいて正解だった。ミーちゃんとグラムさんの差し入れだからちゃんとお礼を言っておいてね。

「「「グルァッー！」」」

「お、おぅ。な、なんだお前ら？」

「み～」

オーク肉を食べて落ち着いた飛竜たちは、ミーちゃんを頭に乗せて上下に振《ふ》ったり、隣《となり》の飛竜にミーちゃんを橋渡《はしわた》ししたりと大盤振《おおばんぶ》る舞《ま》い。

「はぁ……私の常識がどんどん崩《くず》れていくな」

まあ、ミーちゃんにかかればこんなものですよ。

さあ、ミーちゃんそろそろ行きますよ。

「み～」

ミーちゃん、飛竜たちにバイバイをして俺の肩に戻《もど》ってくる。さっきとは打って変わって満面の笑《え》みだね。飛竜たちと遊んでもらって満足したみたい。

マーティンさんに案内されて、物資係の人に受け渡《わた》し証を作成してもらう。物資は指定の場所に出していく。ついでにエールも多めに置いていく。

「酒は助かる。ここでは娯楽《ごらく》がないから酒を飲むのが一番の楽しみなんだ」

もちろん非番の者たちが、とマーティンさんは笑いながら話していた。

帰り際《ぎわ》、マーティンさんに年明けにロタリンギアや魔王《まおう》が動き出すみたいですと言うと、

「あぁ、厄介《やっかい》だな」

と、頷《うなず》いていたのでヒルデンブルグのほうでも何かしらの情報を得ていると思われる。

また来ますと言って駐屯地を後にした。ミーちゃんは後ろ髪《がみ》を引かれる思いのようだけどまた来

るから今日は諦《あきら》めてもらう。

「みぃ……」

一旦《いったん》、牙王さんの元に戻りロデムさんに買ってきた毛布を渡すと、白狼や黒豹《くろひょう》などのお子ちゃまが集まってきて毛布にダイブすると、ロデムさんの雷《かみなり》が落ちたのはご愛嬌《あいきょう》。

しゅんとしたお子ちゃまたちのためにお魚を焼き始めると、お子ちゃま以外も集まってくる。必然的に宴会《えんかい》へとなりエールも出す羽目になる。

「いつも悪《わり》ぃな」

「海の幸《さち》にお酒は至福。ミー様、ありがとうございます」

「み～」

って、ミーちゃんだけですか？　いえ、別にいいのですけどね……。

俺たちは宴会には参加せず、洞窟から烈王《レオ》さんの所に向かう。

「どうやら、無事に戻ってきたみたいだな」

「はい。おかげさまで、いろいろと神人から話を聞けて有意義でした」

「み～」

「そうか。じゃあ、まずはエール！　と言いたいところだが……グラム」

「なんでしょう？　長《おさ》」

烈王さん真面目《まじめ》な顔してどうしました？

グラムさんに用事でも？

「み～？」

「言わずともわかっているはずだ。例の場所に行け。あいつが待っている」

「うっ……わかりました」

「み～？」

グラムさん、項垂《うなだ》れてトボトボとどこかに歩いて行った。

「よし！　用件は片付いた。飲むぞ！」

「み～？」

ミーちゃん、深く考えたら駄目《だめ》。ドラゴンの考えることなんて俺たちにわかるわけないよ。と思いながらも、おおよその予想は付いている。家族関係に口出しするほど野暮《やぼ》じゃないだけ。

肉を焼く前に、取りあえず、エールの樽《たる》ごと水スキルで冷やして烈王さんに渡す。手酌《てじゃく》でお願いします。お相手はミーちゃんがしてくれますので。

「そんじゃ、駆《か》け込《こ》み一杯《ぱい》で頂くぜ！」

「み～」

ミーちゃんが召《め》し上がれ～って言うと、グビグビとエールをジョッキで何杯《ばい》もあけてゆく。駆け込み一杯って言っていませんでした？　いや、突《つ》っ込んだら負けだな。

肉と魚を焼いて烈王さんの前に置き、ミーちゃんのために魚の身をほぐしてあげる。生を捌《さば》いてお刺身《さしみ》も皿に盛る。

「うめぇ～」

「み〜」

そこでいつもと違《ちが》うお酒を出す。

「おいおい、俺に和《やわ》らぎ水はいらないぞ？」

和らぎ水を知っているんだ。なかなかの酒通、次元竜、侮《あなど》れぬ。

「水じゃないですよ。それもお酒です」

烈王さんグラスに入った液体をクンクンと嗅《か》いだ後、一気に呷《あお》る。

「ほう。芳醇《ほうじゅん》な香《かお》りといい、こいつは上品で美味《うま》い酒だな」

「お米から造られるお酒で、日本酒っていいます」

管理者である神人からもらった、お酒製造機で造ってみたお酒第一号。少しアルコール度数が低いけど、間違いなく日本酒。お酒製造機は設定がいじれるので、もっと良い美味しい日本酒にするには試行錯誤《さくご》が必要かな。

「こいつは肉にも魚にもよく合う。おかわり！」

と言いますが、それほど量はないんだよねぇ。お酒製造機で一度に造れる量は五リル。一升瓶《いっしょうびん》で三本弱。どんなザルな酒飲みでも一人で三本は普通《ふつう》無理だろう、が相手はドラゴン普通じゃない。ポロの分はまた今度仕込もう。まあ、十分に間に合うだろう。

「それで、神人から何を聞いた？」

酒が旨《うま》いのか肉や魚が旨いのかは、わからないけど満足していただけたようだ。

「この世界が出来た経緯《けいい》を」

「そうか……」

烈王さんに神人から聞いた話を要約して聞かせたら、なんかビミョーな顔で聞いていた。

「あのシステムか……この大陸を含《ふく》めてまだ四つ稼《か》働《どう》している。ほかは魔王に潰《つぶ》されたな」

「みぃ……」

でも、四つは残っているわけだ。まずは、この大陸にあるヴァルハラ・システムに接《せっ》触《しょく》したい。何があるかわからないけど、俺たちには使う資格もあるので自由に使っていいと言っていた。

「そういえば、神人が時空間スキルのような時間を引き伸《の》ばす能力を使っていましたが、あれは良いのですか？」

「セーフだな。前にも言ったが、この世界に影《えい》響《きょう》を与《あた》えることがアウトだ。ある一定の空間だけの時間を操《あやつ》るなら問題はない」

どのくらいで、この世界に影響を与えるのかわからないけど、できるようになるかは別としてミーちゃんバッグみたいな時間の止まった空間を作れるってことだね。

「み〜？」

「今、グラムが向かっている場所が同じような空間だ。この世界から空間を切り離し、時間を遅《おそ》くしてある。向こうで一年経《た》ったと感じても、実際はこちらでは一日だ」

「み〜！」

おぉー。でも、こちらの世界にいる人より一歳《さい》歳《とし》を取るってことだよね？

「違う。時間軸《じかんじく》自体は同じなんだ。向こうの空間とこちらの世界は時間の流れる速さが違うが、同一時間軸の上にある世界だと思えばいい。だから向こうで一年経とうが、こちらに戻ればこちらでは数分しか経っていない。その空間の時間の流れを支配するのが時空間スキルだ」

「完全に時間を止めるのは駄目なんですか？」

「駄目だな。入ったが最後、出て来れなくなる。時間が止まった空間ではすべてが止まる。意識もだ。一生どころか永遠にそのままだな」

要するに、俺がミーちゃんバッグに入った時と一緒《いっしょ》だ。時間と共に自分自身も止まって動けなくなるってことだね。

「烈王さんもですか？」

「やったことがないからわからん」

「やってみます？」

「ネロの熟練度ではできないぞ」

「ミーちゃん、出番ですよ！」

「み〜！」

ミーちゃん、任せなさ〜いと烈王さんに顔を向けた瞬間《しゅんかん》、烈王さんが消えた。さすがミーちゃんバッグ……烈王さんが瞬殺。恐《おそ》ろしや〜。

じゃあ、忘れる前に出してあげてミーちゃん。

「み〜」

「ば、馬鹿野郎《ばかやろう》！　どのくらい時間が経った！」

「ほんの数秒ですよ？」

「やるなら、許可取ってからやれ！」

「みぃ……」

ほんの数秒なのに怒《おこ》られた……。

烈王さんは別の空間とこの世界を繋《つな》ぐ門を守っている。普通なら分体を使って本体は門を守っているのだけど、島の中だから今ここにいるのは本体なのだそうだ。まかり間違えばこの世界が崩壊《ほうかい》していたかもしれないらしい。ははは……やっちまったな！　ミーちゃん。

「みぃ……」

ミーちゃん、上目遣《うわめづか》いで烈王さんにごめんなさい……と平謝《ひらあやま》り。

「しかし、この俺がなんの抵抗《ていこう》もできずにやられるとは……神の眷属《けんぞく》、恐るべし」

ははは……ミーちゃん、誉《ほ》められていますよ。

「み～」

「それで、どんな感じでした？」

「何もできない以前に、完全に意識がなくなった。時空間スキルを超《こ》えた神の領域だ……」

時空間スキルを超える力……さすが神猫。

俺も負けていられない。時空間スキルの修行をしなければ！

「修行か？　ああ、いいぞ」

「うっす。師匠《ししょう》。よろしくお願いします！」

「……みっ！」

ミーちゃんも俺の修行とは別にフライングボードを使いこなす修行を始めるようだ。頑張《がんば》れ！

「よし。では、始めよう。まず、ギューとして、ザザーンとなったら、バーンとするんだ！」

「……」

ま、まさかの大当たり!?　一番恐れていた天才肌《てんさいはだ》のレクチャーパターンとは……。

「どうした？　こう、ギューとするんだ！」

「ギューだけで、わかるわけないでしょう！」

「だろうな。冗談《じょうだん》だ。これでできたら面白《おもしれ》ぇーってな」

冗談かい！　この酔《よ》っ払《ぱら》いが！

「収納はできるんだろう？」

「はい」

「大きさは？」

ミーちゃんバッグには到底及《とうていおよ》ばない。ミーちゃんバッグは無限収納だからね。それでも、

「四メル四方ぐらいです」

「うーん。意外と狭《せま》いな。時空間スキルなら最初からでももっと広くなると思うんだが……」

そうなの？

「ネロは何かしらの固定概念《がいねん》に囚《とら》われているのかもしれないな。まあいい、それは別の話だ。じゃ

あ、まずはその中に入れ」

「へっ？」

「屁《へ》は必要ない。必要なのはネロ自身だ。まずは、その空間にネロが入れるようになれ。空間把握《はあく》は基本中の基本だ」

なるほど、これは盲点《もうてん》だった。自分で作った空間に自分で入るなんて、まったく考えていなかった。これは、いろいろ応用ができそうだ。やりがいがありそう。

「なあ、ネロ。その前にだ。眷属殿《どの》は何をしてるんだ？」

「修行です」

「はっ？」

「修行です！」

ミーちゃん、フライングボードに乗って曲がる練習中。真《ま》っ直《す》ぐは得意中の得意なのだけど、まったく曲がることができない。将来の夢はゼロヨンチャンプだ！　なんてね。

現に練習中の今も曲がれずに木と正面衝突《しょうとつ》。

「みぃ……」

今度は曲がろうと体を傾《かたむ》けるけど、コテンとフライングボードから転げ落ちている……。

「そ、そうか。修行は大事だな……」

が、頑張れ、ミーちゃん。努力は裏切らないぞ！　たぶん。

「みぃ……」

ミーちゃん、浮《う》く⁉

うーん、わからん。

考え、行動し、また考え、実行するを何度も繰《く》り返すけど、まったく上手《うま》くいかず悩《なや》んでいる。どうやれば自分の収納の中に入れるのだろうか？

体全体が無理なら腕《うで》だけでもと思ったりしてやっているけど、上手くいかない。

ミーちゃんの修行《しゅぎょう》も上手くいってない様子。

右にコテン。左にコテン。目の前の木にぶつかってコテン……。

「みぃ……」

俺《おれ》もミーちゃんも行き詰《づ》まっている。なのに、烈王《レオ》さんは酒を飲み、肴《さかな》に舌鼓《したつづみ》を打っているだけで、助言の一つもない。薄情者《はくじょうもの》！

なにか、助言はないのですか！

「ん？　なんだその恨《うら》めしそうな目線は……眷属殿《けんぞくどの》まで」

「みぃ……」

「眷属殿は自由に空を飛びたいのか？」

「み～」

「うーん。おそらく……いや、たぶんできるようになる方法はある」

「み～？」

「だがそれは、とても辛《つら》く苦しい修行だ。やってみるか？」

「み～！」

なんだなんだ、空を飛べるようになるだとぉー！　俺も空を飛びたい！

「ネロは時空間スキルを鍛《きた》えれば転移できるようになるから必要ないだろう？　さっさと自分の空間に入れるようになりやがれ！」

「転移と空を飛ぶのは別！　俺も飛びた～い～」

「ちっ、仕方ねぇな。だが、眷属殿ならいざ知らず、ネロは覚えられるかわからねぇからな。これから覚えるスキルも非常に稀有《けう》なスキルだ」

駄目《だめ》でも挑戦《ちょうせん》したい。空を飛ぶのは浪漫《ロマン》だからね！

「そうか、じゃあ始めるぞ」

烈王さんがパチンと指を鳴らした瞬間《しゅんかん》、

「ふみゅ……」

「ふぎゃ……」

ミーちゃんと俺は何かに押《お》し潰《つぶ》されたかのように、地面に張り付けられてしまった。

う、動けないし声も出せない。ミーちゃんも同じようだ。

「スキルってのはなぁ。体で覚えるのが手っ取り早いんだ。ちなみに覚えるスキルは重力って知ってるか？」

「じってまぅ……」

「ふみぃ……」

「なんだ、知ってるのか。博識だな。ネロのいた世界は科学の進んだ世界なんだな。いいか、重力ってのはな……」

それから一時間ほど潰れたカエル状態で、烈王さんの講釈《こうしゃく》を聞かされた……。ミーちゃんも俺もぐったりだよ。正直、烈王さんの話を半分も聞いていない。

そして、烈王さんが重力スキルを解くと、体が羽でも生えたかの如《ごと》く軽くなる。

そして、満を持して鑑定《かんてい》してみる。

重力スキルゲットだぜ！　ミーちゃんがね……。

「み～！」

「眷属殿は覚えたか。ネロは駄目だったようだな。だが、眷属殿が覚えたからな、毎日さっきの要領で重力スキルを使ってもらえば、ネロもいつか覚えるかもしれないぞ」

その、いつかっていつなのでしょう……。それ以前に覚えられない可能性もあるわけで……。

それよりミーちゃん、重力スキルを使ってみてよ。

「み～？」

ミーちゃん、真面目《まじめ》な表情でうむーとすると、ふわふわと浮き上がったじゃあ～りませんか！　いいな～、ミーちゃん。羨《うらや》ましい～なぁ。

でも、思ったようには動けないようで、猫《ねこ》かきで泳ぐようにしか移動できないみたい。なんか想像と違《ちが》う。ミーちゃんもそう思っているみたい。

「み、みぃ……」

「ま、まあ、練習あるのみだな。当分はそっちの板切れで練習するんだな」

「フライングボードで、ですか？」

「み～？」

フライングボードなしでも飛べるようになるために、重力スキルを覚えたのになぜ？

「なに言ってるんだ。その板切れ自体が重力発生装置じゃないか」

「「……」」

言われてみれば……そうなのか？

「自分の左右どちらかに重力をかければ、重力側に引っぱられ曲がっていく」

「み～！」

ミーちゃん、またフライングボードの修行に入った。じゃあ、俺も時空間スキルの修行に戻《もど》ろう。

でも、こっちもどうすればいいのかわからない。

「ヒントください！」

「ヒントっていってもなぁ……初歩中の初歩だからなぁ。うーん。空間に入るんじゃなくて、自分のいる場所を空間にすればいいんじゃねぇ？」

ほう。なるほど、考え方を変えるわけですな。収納空間に入るのではなく収納空間を袋《ふくろ》と考えて、自分に被《かぶ》せるというイメージでやってみよう。

おっ⁉　ここはどこだ？　何もない薄暗《うすぐら》い空間にぽつんと立っているぞ。

「ここがネロの空間か」

「烈王さん？」

なぜ、あなたがここにいるのでしょうか？

「俺を誰《だれ》だと思ってる。相手の空間に干渉《かんしょう》するなんて、寝《ね》ながらでもできるぞ」

さ、さすが次元竜《りゅう》というべきか。

「これを繰り返し行って時空間スキルの熟練度を上げろ。完全にものにしたら次のステップに移る」

それで転移は？　と、烈王さんに問うと、この空間に入った場所とは違う場所に出ること。と、烈王さんから簡単な答えが返ってきた。なるほど、応用なのだね。

「ネロが使っている転移装置は、出入り口をあのプレートで固定してある。それをネックレスの鍵《かぎ》で開いている。だから、誰でも使えるようになっている」

「やけに詳《くわ》しいですね」

「当たり前だ。あれは俺が作ったんだからな」

「えっ⁉　ＡＦ《アーティファクト》って烈王さんも作れたんですか⁉」

「馬鹿野郎《ばかやろう》。神人如きに作れて俺に作れないわけはないだろう！」

そ、そ～なんですね……次元竜、半端《はんぱ》ねぇっす。

「で、どうやってここから元の場所に戻ればいいのでしょう？」

「それも、修行の一つだ」

そう言って烈王さんは消えたね……。

ミーちゃん、助けて～！

さて、どうしよう。

烈王さんは帰っちゃったし、自分でどうにかしないと駄目なのだろうね。

この空間に入った時が夕暮れだったから急がないと、家の人たちが心配してしまう。

うむー、と考えて思いついたことを一つ一つ実行していく。ここに入った時と反対のことをやってみるけど出られない。自分で作った罠《わな》に自分で嵌《はま》った感じ。

これは本格的に下手《まず》い。体感時間で二時間は過ぎた気がする。

ミーちゃんの所に帰りたいよう～。ミーちゃん、プリ～ズ！

「み～？」

あれ？　ミーちゃんが目の前で、どうしたの～？　って首を傾《かし》げて俺を見ているね。

「戻ってきたか。冷えたエールくれ」

周りはまだオレンジ色の風景だね。あれ？

「二の鐘《かね》以上、あの空間にいたような……」

「み～？」

「ネロが自分の空間に入ってから、それほど経《た》ってないぞ。時間を引き伸《の》ばした空間だったんだろうな。最初にしては上出来だ」

「まったく意識してやってないんですけど？」

「ま、まあ、これから練習していけばいいんじゃねぇ？」

そうですね。結果良ければすべて良しだ。

さあ、家に帰ろうか？

「み～？」

ん？　何か忘れてないかって？　なんかあったかな？　……あっ!?　グラムさんはどこだ？

「み、み～」

誤魔化《ごまか》しているけど、ミーちゃんも忘れていたでしょう？

「みぃ……」

「あいつなら当分戻らないから気にするな」

そうなの？　まあ、家族水入らずだから、しょうがないか。

「み～！」

「迷宮《めいきゅう》での貸しの分の蒸留酒、置いてけよ」

ちっ、忘れていなかったか。

「み、み～」


家に帰るとルーカスさんに荷物が届いていますと言われたので、倉庫に向かうと大量の荷が積み重ねて置いてあった。頼《たの》んでいた大型のテントや日用品の類だ。

獣人《じゅうじん》さんたちの先遣隊《せんけんたい》がニクセの村に行くので、カティアさんに頼んで商業ギルドに無理を言って集めてもらっていたものだ。さすが、商業ギルド。やる時はやるね。

予定日までいろいろと雑務をこなし、前の日の夕食を食べ終えた後、レティさんに明日は獣人さんの村に行きますからねと言ったら、子猫～と、ルーくんとラルくんを抱《だ》きしめながら言われた。だから、子猫はペロが戻ってきてからだよ。

ちなみに、ミーちゃんはカヤちゃんに抱っこされながらも餡子《あんこ》を舐《な》めています。とても必死です。


翌朝、蒼竜《そうりゅう》の咆哮《ほうこう》のホームにある転移プレートを回収してから迷宮の村へ移動。

獣人さんたちは準備ができているようで、大勢集まっている。

ニクセの村に転移する前に狐《きつね》獣人の長老に、この転移が終わったら村の祠《ほこら》に転移プレートを置くように頼んだ。これからはギルドの転移ゲートを使わず、直接獣人さんの村に転移する。

「じゃあ、出発しますので一ヵ所に固まって手を繋《つな》いでくださ～い！」

「み～！」

もちろん、一度では全員転移出来ないので何度か転移を繰り返す。総勢二百人の大所帯だ。最後の組の転移する時、狐獣人の赤ちゃんを抱っこしてニヘラと笑っていたレティさんの首根っこを掴《つか》んで、無理やり引っ張ってきたのはお約束。

全員が転移し終わったので、ミーちゃんバッグから荷物を村の中央に出すと、おぉー、という声が上がる。正直、俺も声を上げそうになった。それくらいの大荷物。こんなに量があったんだね。

「み～」

獣人さんたちに村の中を案内した。というより、自分で作っておいてなんだけど、村は広い。とにかく広い。ちょっとやりすぎた感じがある。あの時は、少し広いかな？　程度に思っていたけど、こうして見ると広すぎたかも？　まあ、大は小を兼《か》ねるっていうから問題ない……よね？

「広すぎないか？　少年」

「そ、そうですか？」

「み～？」

ミーちゃんはそう思っていないようだから良しとしよう。そうしよう。

獣人さんたちは何組かに分かれてさっそく動き出す。でも、あちこちでヘンな声が上がっているけどなんだろう？

ヘンな声を上げている獣人さんの所に行くと、どうやら用意した道具の高品質さに驚《おどろ》いていたようだ。これといってたいした道具じゃないのだけど、長年迷宮に閉じ籠《こ》もって外の世界と隔絶《かくぜつ》していた獣人さんたちからすれば、もの凄《すご》い価値ある道具に見えるらしい。

ビビりながら使っている姿に苦笑いしながら、俺は獣人さんの一組と街道《かいどう》側に村の入り口の門を作るために移動。壁《かべ》は作ったけど、誰も入ってこられないように入り口は作っていなかったからだ。

土スキルで作った壁の一部を崩《くず》せば入り口の完成。後は獣人さんたちが用意してきた部材や、ブロッケン山の街道整備で出た木材を使って門を作ってもらう。お任せだ。

俺とミーちゃんが外に出て日向《ひなた》ぼっこをしていると、東のほうから商隊らしき馬車の一団が街道をやってくる。東の鉱山町からか、ブロッケン山を大回りして来た商隊かな？　護衛のハンターらしき人が商隊から離《はな》れてこちらに馬を走らせてくる。

「すまないが、ここは村か？」

「まだ、作っている途中《とちゅう》ですけどね」

「み～」

「そうか……作っている途中か。もしよければ少し休んでいってもいいかな？」

「み～」

「中に入らなければいいですよ」

「助かる」

そう言って商隊に戻って行った。

ルミエール王国からブロッケン山を大回りしてヒルデンブルグ大公国に入ると、鉱山町とニクセの真ん中に出ることになる。鉱山町とニクセの間には村がないのでその間は野宿となる。ハンターさんたちがいるといっても気を休める余裕《よゆう》はない。ここで休憩《きゅうけい》を取りたいようだね。

村の中に入れなくても、これだけ大勢の人がいるから、モンスターに襲《おそ》われることはまずないだろう。ニクセまでは商隊のスピードだと、あと一日半から二日はかかる。百里の道も九十九里をもって半ばとすっていうから、ここでしっかりと休んでいけばいいよ。

そろそろ、ブロッケン山の街道が使えることを大々的に公表したほうがよさそうだ。

帰って王妃《おうひ》様に相談かな？

「み～」

ミーちゃん、レベルUPしました。

「マルタ商会のアデルと申します。ここで休ませていただけるとお聞きしましたが、明日の朝までよろしいでしょうか？」

「み～」

「構いませんよ。これだけ人がいればモンスターも寄って来ないでしょうから」

商隊のみなさんが野営の準備をしている間アデルさんと世間話をしたところ、マルタ商会はセッティモに本店がある商会だそうだ。昔からヒルデンブルグの町々を廻《めぐ》って交易をしているらしく、ブロッケン山が通れなくなり大変に不便と困っているそうだ。

「もうすぐブロッケン山の街道《かいどう》が使えるようになりますよ」

「み～」

「ほう。どこで聞いた情報ですかな？」

「ここの領主様が言っていたそうです」

「新しい領主様のことですね。フォルテとニクセを治めるとか。お会いになったことは？」

「み～」

そうだね。鏡があればいつでも会える。なんて、言えるわけがない。

「まさか。あるわけないじゃないですか。ですが、この話はニクセの代官様に聞いたことなので間《ま》違《ちが》いないと思いますよ」

「なるほど、リンガード様からお聞きになったことであれば、間違いないでしょうな」

「み〜」

アデルさんといろいろと話していたら、もうお昼近くになっていた。村の中に戻《もど》るといくつものテントが設営されている。寝床《ねどこ》は大事だ。

村の中央で昼ご飯を作っているけど、なんとも野性味あふれる豪快《ごうかい》な料理になっている。興味があり、ちょっと味見をしてみる。

うん。食べられなくはない。スパイシーな味と言えば聞こえはいいけど、悪く言えば辛《から》いだけ。食べたいか？　と聞かれたらノーと答える。

「みぃ……」

しょうがない、ちょっとだけ手を加えよう。寸胴鍋《ずんどうなべ》のスープに瓶詰《びんづ》めのホールトマトを加え、塩で味を調《ととの》える。お肉が入っているので出汁《だし》は出ているけど少しコクが足りない。牛乳で味を壊《こわ》さないように少量ずつ加えてまぜまぜ。いい感じに出来上がった。味も申し分ない。

獣人《じゅうじん》さんたちの主食はお芋《いも》。せっかくなのでそれ以外に小麦粉があるので、塩などを加えてナンっぽいものも作った。スープに浸《ひた》して食べればベストマッチ。

匂《にお》いに誘《さそ》われて作業していたみなさんがやってくる。食事を受け取り各々《おのおの》適当に座《すわ》って食べ始める。最初は静かに食べていたけど、時間が経つにつれてわいわいと楽し気な雰囲気《ふんいき》になってきた。

食事は楽しくとらないとね！

「み～」

じゃあ、俺《おれ》とレティさんもご相伴《しょうばん》に与《あずか》ろうかと思ったら、寸胴鍋の前に列が……。お、おかわりですか？　みなさん、首を縦に振《ふ》る。

ミーちゃん、先にご飯食べていていいよ……。

「み～」

結局、俺とレティさんの分は残らなかった。

仕方がなく、ミーちゃんバッグからクアルトのドガさんが作った料理を二人で食べた。そんなドガさんが作った料理も残り少ない。みんな元気かなぁ～。香辛料《こうしんりょう》を届けに行きたいなぁ～。きっと喜ぶと思うんだ。ついでに料理を作ってもらって、ミーちゃんバッグに保存したいなぁ～。あっ、本音が出てしまった。

「み、み～」

それより、ここの食事事情をどうにかしないといかんばい！　食事は元気の源。美味《おい》しくない料理ばかりでは、みなさんのモチベーションにも関《かか》わってくる。

これは一度獣人さんの村に戻って相談しないと。それにレティさんが暑さでバテ気味。ご飯は少量しか食べず、フローズンばかり要求してくる。お腹《なか》壊すよ？

「みぃ……」

先遣隊《せんけんたい》の代表の方に一度迷宮に戻ることを伝え転移する。朝に転移した場所ではなく、狐獣人《きつねじゅうじん》さんの村の倉庫前に着いた。

村の中央に行くと、長老さんがお子ちゃまたちと日向ぼっこをしていたので声をかけた。日向ぼっこっていいよねぇ。レティさんは目敏《めざと》く長老さんが抱《だ》っこしていた赤ちゃんを素早《すばや》く奪取《だっしゅ》。

おいおい、レティさんや。長老さんがびっくりして腰《こし》が抜《ぬ》けて動けなくなっているじゃないか。ってミーちゃんまで赤ちゃんの所に行ってスリスリ、ペロペロと。早！　いつの間に？

「す、すみません。大丈夫《だいじょうぶ》ですか？」

「こ、これは、ネロさん。大丈夫です。ちょっと驚《おどろ》いただけですから。それより、どうしました？　何か問題でも？」

「大問題です！」

「そ、それほどの大事ですか⁉」

「ご飯が不味《まず》いです！」

「……」

「不味いんです！」

長老は目が点になっている。レティさん、いつの間にかミーちゃん一緒《いっしょ》にお子ちゃまたちにミーちゃんクッキーを配っている。ついでに、公然とお子ちゃまモフモフを堪能《たんのう》している。羨《うらや》ましい。って、今はそれどころじゃない。

「そんなに不味いのですか……」

「何度も言いますが、不味いです！　あれだと、いつか反乱が起きます！」

「そ、それは大変ですね。長《おさ》に相談してきましょう」

よろしくお願いします。待っている間、俺もお子ちゃまたちにフローズンを作ってあげ、ついでにモフモフを堪能する。お子ちゃまたちは、お日様の匂いがした。

長老が戻ってきたので話を聞くと、料理をする人を部族から一人ずつ出すようにと村々に人を出してくれたそうで、集まるまで待っていて欲《ほ》しいとのこと。

時間がかかりそうなので、大人たちの手を借りてお風呂《ふろ》を作ろう。お子ちゃまたちにねだられてしまったからしょうがない。

浴槽《よくそう》は土スキルでちょちょいと作り、水は大人たちの人海戦術。溜《た》まったら水スキルでお湯にすれば、さあお風呂の完成だ。狐獣人さんの大人たちにも水スキルで温度変化する方法を教えているけど、ここまでの量を変化させることができる人はまだいない。教え方が悪いのか？　熟練度が低いのか？　理由はよくわからない。少ない量ならできるので、たんなる慣れの問題かもしれない。

さて、今回もお年寄りとお子ちゃま優先。お子ちゃまたちは俺とレティさんでミーちゃんシャンプーを使って洗ってから入らせる。青りんごのいい匂いだからみんな喜んでいる。

赤ちゃんはレティさんが一緒に入れると息巻いていたので任せる。みんなの前ですっぽんぽんになった時は驚いたけどね。本人が気にしていないようなのでいいのかな？

ミーちゃんもすっぽんぽんで一緒に入って楽しそう。ミーちゃんはいつもすっぽんぽんか。

レティさん、目のやり場に困るので隠《かく》す所は隠してくださ～い～♪

ムフフ……♪

「み、みぃ……」

料理部隊が集まるまでの間、何度かお湯を沸《わ》かし直してみんなお風呂に入った。

「ネロさん。皆《みな》、揃《そろ》いました」

「み～」

十人の恰幅《かつぷく》のよいおばちゃ……お姉さんたちが集まっている。これから当分向こうで生活することになるから、このくらいタフじゃないと無理かもね。

じゃあ、出発しま～す。

「み～！」

村作りのほうは順調に進んでいるようだ。テントの設置が終わり、木材加工や井戸《いど》を掘《ほ》る人たち、畑を作る人たちに分かれ作業が進んでいる。

家も大事だけど早めに畑を整備して、香辛料の栽培《さいばい》を始めることは重要度が高い。この村の特産品兼《けん》収入源になるからね。

「み～」

楽しみだね～って神猫《かみねこ》商会の会頭も仰《おつしや》っています。うちの次期主力商品だから頑張《がんば》ってほしい。

そろそろ、うちに帰ろうか。みなさんには数日後にまた来ま～すと言って村を後にした。


「お客様がお見えです」

「み～？」

家に戻るとルーカスさんから来客を伝えられる。誰《だれ》だろう？

「ネロは本当に金持ちだったんだな……ネロ様って呼ばねぇと下手《まず》いか？」

「ネロでいいですよ。ゼルガドさん」

「み～」

「お、おぉ。久しぶりだな。ネロがいいってんならそうするぜ」

しかし、来ているのはゼルガドさん一人。家族を連れてくるって言ってなかった？

「後から来る。オーアから呼んだからな、ベルーナに着くには時間がかかる」

オーアというのはルミエール王国のずっと北にあるドワーフ族の国の名前。そりゃあ遠いね。

「み～」

ゼルガドさん、妙《みょう》に身軽なんですけど荷物はどうしたんです？

「家の裏の小屋に住まわしてもらう。爺《じい》さんには許可を取ってるぜ」

「こちらの部屋を用意しますが？」

「いや、いい。こっちじゃ落ち着いて酒が飲めねぇ。それにどこかに連れていかれんだろう？」

「わかりました。それでは、道具や資材を集めたら一度、目的の場所に行きます。職人ギルドで必要な物を集めてください。特に銅が大量に必要になりますので手配をお願いします。支払《しはら》いは神猫商会でしますので言ってください」

「お、おぉ。ご、豪儀《ごうぎ》だな……」

「み～」

ミーちゃん、そうでもないよ～って言っている割に、ドヤ顔ですよ？

銅は蒸留装置を作るのに必要。模型を作って試行錯誤《さくご》で作るしかない。完成するまでどのくらいお金がかかるかわからないけど、これは先行投資だ。実際に完成形を見て知っているので成功するのは間違いない。

宗方姉弟《むなかたきようだい》が帰ってきたら手伝わせよう。家が酒造会社だから役立つはず。役立つよね？　不安。

「まあ、当分は旅の疲《つか》れを癒《い》やしてください。その後は存分に腕《うで》を振るってもらいますので」

「み〜」

「任せておけ。俺を雇《やと》ったことに損はなかったと証明してみせるぜ」

「では、最初の仕事ですが、うちで雇っている鍛冶《かじ》職人に銃《じゆう》の作り方を教えてください」

「ぐっ……俺の発明を寄こせってか？」

「まあまあ、話を聞いてください」

「み〜」

そう、大気スキルを使った銃を大量生産しようと思っている。大気スキル持ちは意外と多い。でも、役立たずと言われ使う機会がなかった人が多くいる。でも、クイントで俺が実践《じつせん》してみせて、セリオンギルド長が報告書を本部に上げたおかげで、本部も重い腰を上げた。

ハンターギルドで訓練が始まれば銃を欲しがる人が増えるのは必定。義賊《ぎぞく》ギルドからも注文が入っている。忙《いそが》しくない今のうちに、大量生産しておくというわけだ。ウハウハのためにね。

正直、一人で作って調整も一人でするのは生産性とコストが悪すぎる。なので、銃の部品を分業制で作らせ、最後の組み立てと調整は信頼《しんらい》の置ける者にやらせるつもりと説明する。

「で、最後の工程は誰がやるんだ？　俺か？」

「ゼルガドさんは今後動き出したら、寝《ね》る暇《ひま》もなくなるぐらい忙しくなるので駄目《だめ》です」

「マジ……か？」

「み～！」

「マジです。なので、ゼルガドさんのご家族にお任せしたいと思っています。どうせ店を作るのでそっちもお任せしようかと」

「そうか、そいつはありがてぇ」

「み～」

いいってことよ。従業員は家族同然だよ～って……今日のミーちゃん、なんか会頭のレベルが上がっているような気がする。それとも、悪い物でも食べた？

「みっ⁉　みぃ……」

ま、まあ、それはいいとして、ゼルガドさんに数枚の紙を見せる。

「こ、これはっ⁉」

「ロタリンギアで作られている武器の設計図です」

宗方姉弟が書いたものをヒルデンブルグで作製し、改良したものを設計図に落とし込んだものだ。王妃《おうひ》様に渡《わた》したものの写しになる。

「すげぇな……」

ゼルガドさん、設計図に穴が開くのではないかというほど魅入《みい》っている。

「その設計図の中にはありませんが、ロタリンギアも銃の開発をしているはずです」

「なにっ⁉」

「スキルに関係なく誰にでも撃《う》て、ゼルガドさんが作った銃よりも強力な銃になります」

「そんなものが作れるのか？」

「作れます」

向こうに残っているニセ勇者の遠藤勇《えんどういさみ》、陸山総司《りくやまそうし》はおそらく火縄銃《ひなわじゅう》のような銃を開発していると思っている。おかっぱ君はそういうのは興味なさそう。

それはいいとして、火縄銃には欠点が多い。同じような物を作っても意味がない。痛み分けで終わるか、より多く数を揃えたほうが有利になる。ならばどうするか？　いかれ頭の本領発揮だ。何世代も後の銃の開発をしてもらい、向こうの銃を圧倒《あっとう》する。

最低でも雷管《らいかん》と後装式の銃は欲しい。コッキングレバーと弾倉《だんそう》もあれば尚《なお》良し。

いかれ頭の実力とやらを見せてもらおうか！

「み～！」

さて、ゼルガドさんのことは、ほかの職人さんを集めたカティアさんに任せる。カティアさんが職人さんたちと面通ししてくれるだろう。

俺たちは王宮に行かないといけない。

「み～」

ミーちゃん、ブロッケン山の主だけによくわかってらっしゃいます。


嫌《いや》がるレティさんの首根っこを掴《つか》まえて、王宮に行ってきますとルーカスさんに言うと、

「何度も申し上げておりますが、王宮に行かれるのであれば、王宮に事前にお伺《うかが》いの使者を出さねばならないのですよ。はぁ……馬車の手配は如何《いかが》いたしますか？」

「ははは……馬で行くのでいいです。ごめんなさい……」

「みぃ……」

ミーちゃんと一緒《いっしょ》にルーカスさんに平謝《ひらあやま》り。ルーくんとラルくんを誘《さそ》って馬で王宮へ出発。ルーくんとラルくんはレティさんの馬に同乗。レティさん不機嫌《ふきげん》そうにしているけど、口元の端《はし》が吊《つ》り上がっていて嬉《うれ》しさがダダ漏《も》れ。素直《すなお》になればいいのに。

さて、王宮に向かう途中《とちゅう》に商業ギルドに寄ろう。

「これはこれは、神猫《かみねこ》商会様」

「み～」

いつもの担当者さんがニコニコ顔でお出迎《でむか》え。

「今日はどのようなご用件でございますか？」

「明後日《あさって》にまた鮮魚《せんぎょ》を卸《おろ》したいと思いますので、声掛《が》けをお願いできますか？」

「ほう。以前のあれをやるのですな」

大手の料理店には直接高級魚を卸すけど、中小の料理店では高級魚には手が出ない。なので、大手の料理店で売れ残った魚を以前の方法で売ろうと思う。

ついでに、一般《いっぱん》のお客さんにも売ろうかと思っている。前回売れ残りの魚を町の奥様《おくさま》方が喜んで買っていってくれたからね。

今回は事前に商業ギルドで話を広めておけば一般の人も大勢集まるだろう。ウハウハだね。

「み～！」

ミーちゃんも明日も市場に行ってお魚買うよ～！　とやる気満々。明日も買いに行くんだ……。

「テントはこちらで用意します。氷は神猫商会さまが用意する、でよろしいでしょうか？」

「み～」

「はい。それで構いません。あと、その場で焼いて売るなんてどうですか？」

「み～？」

「それは面白《おもしろ》いですね。焼き手と道具はこちらで手配しましょう」

意外と大きなイベントになりそうだ。担当者さん以外の人たちも出てきてメモを取っている。中央広場で、なんて不穏《ふおん》な言葉も聞こえてくる。そこまでしなくてもいいんじゃないですか？

さあ、用事も済んだし王宮に向かおう。

王宮に着くとすぐにニーアさんと馬丁《ばてい》さんがやって来た。馬丁さんはスミレがいないので残念顔。

そんなに早く帰ってきませんから。

「ペロしゃん……」

「がう」「きゅ～」

「ルーきゅん。ラルきゅん」

ここにも残念顔がいた。レーネ様はルーくんとラルくんをギュッと抱《だ》きしめて、ペロがいない寂《さび》しさを紛《まぎ》らわしているのだろう。

「何事もなければ、もうすぐペロたちは帰ってきますよ」

何事もなければね。迷子《まいご》の迷子の猫親子、がいるのがとても不安。

「はいっ！」

「そうなの？　私もペロちゃんとセラちゃんに早く会いたい！」

今日はエレナさんもご一緒だ。

「み～」

「こんにちは、ミーちゃん。いつも艶々《つやつや》で羨《うらや》ましいわ」

ミーちゃん、王妃《おうひ》様の前に行ってご挨拶《あいさつ》。ご挨拶が終わるのを待っていましたとルカ、ノア、レア、カイがミーちゃんにお姉ちゃ～んと突進《とっしん》！　猫団子へと変わる。

レティさんが王妃様に軽く会釈《えしゃく》をしてニーアさんが用意した俺《おれ》の左の席に着く。

「ネロくん。そちらの女性は？」

そういえば、レティさんとエレナさんは初対面だったね。

レティさんがいつもどおり着ていたローブのフードから顔を現すと、

「ま、魔族《まぞく》……」

「彼女《かのじょ》はネロくんの第二夫人よ」

「だ、第二夫人⁉　第一夫人は！」

そっちですかい！　魔族はどこ行った⁉

「氷族と紅霊族のハーフでネロの妻のレティと申します」

「ま、負けた……」

エレナさんは何を勝負して何に負けたんだ？

「それでネロくん。今日来た用件は何かしら？」

「ブロッケン山の街道《かいどう》の件です。街道整備も終わりましたので告知をお願いします」

王妃様にニクセで獣人さんの村作りが始まり、そこで通りかかった商隊のことを話した。

王妃様に話している間にルカが俺の膝《ひざ》に乗ってきてスリスリとご挨拶してくれる。と思ったらいつの間にか俺の右側に座《すわ》ったエレナさんと、俺の左側に座ったレティさんとの間でルカの奪《うば》い合いが始まった。

何やってんのよ。邪魔《じゃま》なので向こうに行ってやってください！

取りあえず、俺に睨《にら》まれたレティさんと王妃様に睨まれたエレナさんは休戦協定を結び、ミーちゃんにペロペロされていたノア、レア、カイを引き剥《は》がしレーネ様の所にすごすごと移動していった。テーブルの上にあったお菓子《かし》も一緒に持っていくところはちゃっかりしている。

急に弟妹を連れ去られ唖然《あぜん》として固まって動かないミーちゃんを、ニーアさんがひょいと抱っこして王妃様の元に連れていく。

王妃様にモフモフされてやっとミーちゃんのフリーズが解けた。

「み、みぃ～⁉」

こ、ここはどこ～⁉　って困惑顔《こんわくがお》のミーちゃんも可愛《かわい》いね。

「そう。もう、通れるのね。予想より早かったわね。どうやったの？」

「フォルテの住人には街道整備は断られました。麦の収穫《しゅうかく》時期と重なることと、モンスターが怖《こわ》くて作業なんて出来やしないと。なので、知り合いの妖精《ようせい》族のみなさんに協力してもらいました」

「そういえば、ネロくんにはそんな味方がいたわね。でも、優秀《ゆうしゅう》すぎない？」

「妖精族は多彩《たさい》なスキル持ちが多いです。それに、普段《ふだん》から大自然の中で暮らしているので適材適所。ちゃんと報酬《ほうしゅう》も出していますよ？」

「み～」

妖精族が少しずつ外の世界に出ていくための第一歩だ。労働には対価が必要という人族の常識を覚えてもらわないと、人の良い妖精族では悪い人に簡単に騙《だま》されそうだからね。少しずつ常識を覚えてもらわないといけない。

そのためにも早く神猫商会の商隊を動かしたい。

ペロたち早く戻《もど》ってこないかなぁ。ペロというよりルーさんなんだけどね。

「それで、完成した街道の状況《じょうきょう》はどうなのかしら？」

「荷馬車が二台すれ違《ちが》えられる幅《はば》があります」

「み～」

ほかにも中間地点に壁《かべ》で囲った野営地を作ったことなどを話した。

ミーちゃんが王妃様の前でドヤ顔。ここはドヤ顔しても問題ない。とても誇《ほこ》れることだからね。

「牙王殿《がおうどの》はなんて言っているの？」

「以前交《か》わした盟約どおり、こちらが約束を違《たが》えない限り協力すると言っています」

「み～」

「端的《たんてき》に言えば、どういう形で協力してもらえるのかしら？」

現状、ヒルデンブルグ大公国に騎竜《きりゆう》隊の駐屯《ちゆうとんち》地の場所を貸している。これはヒルデンブルグだけでなく、ルミエール王国にも利があることだ。それは王妃様もわかっている。

「商隊がブロッケン山に入った時点からブロッケン山を出るまでの間、牙王さんの配下の者が護衛に付いてくれます。牙王さんの配下の者がいれば、イレギュラーなことがない限り安全が保障されます。たとえ、はぐれの野良《のら》モンスターが現れても、集団でもない限り、白狼《はくろう》の敵ではありません」

「み～」

「それは事前に連絡《れんらく》が必要なのかしら？」

「必要ありません。ブロッケン山に人が入れば彼《かれ》らは気づきますので」

「ずっと商隊の護衛をするのは大変じゃなくて？」

「み～」

ミーちゃん。みんな暇《ひま》だから～って、そんなこと王妃様に言えない。本当のことでも。

「彼らはこの同盟を重んじています。それを誠意ある行動で示してくれるのです」

「わかりました。それでは来月行われる、レーネの誕生日の式典の日に発表しましょう。宝剣《ほうけん》の献《けん》上《じょう》とネロ男爵《だんしゃく》の正式なお披露目《ひろめ》に添《そ》える良い実績になるわ」

「み～」

ミーちゃんとニーアさんがうんうん頷《うなず》いている。正直、考えるだけで胃が痛い。

「レーネへの誕生日プレゼントも期待しているわよ」

「私も欲《ほ》し～い～」

エレナさん、誕生日を迎《むか》えるということはひとつ歳《とし》を取るということですよ？

「……いらない」

じゃあ、そういうことで問題ないですね？

「……はい」

「み、みぃ……」

乙女《おとめ》のエレナさんは置いといて、レーネ様へのプレゼントかぁ。候補はいくつかある。まあ、まだ時間があるからゆっくり考えよう。

そして、誕生日といえばケーキ。こっちの常識ではどうなのだろう。そもそも、ホールのケーキを見たことがない。焼き菓子《がし》やタルトは見たし食べてもいる。だけど、生クリームでデコレーションされたケーキは見たことがない。

これは試《ため》してみる価値ありかな？　膨《ふく》らまし粉は義賊《ぎぞく》ギルドで確認《かくにん》している。それがあればスポンジケーキは作れる。生クリームは高いけど手に入るし、果物はヴィルヘルムに行けばいくらでも手に入る。問題は白砂糖かな。生クリームに黒砂糖だと真っ白にならないと思う。

そこら辺は俺ひとりでやるより、宮廷《きゅうてい》料理長を巻き込《こ》もう。材料も人手も使い放題だ。

「どうしたの？　ネロくん。ひとりでニヤついて気味が悪い」

「み〜？」

エレナさん、失礼ですよ。レーネ様のために秘策を考えていたというのに。

思いついたが吉日《きちじつ》。宮廷料理長の所に行って相談してみよう。


「ケーキ？　なんだそれは？」

宮廷料理長に説明したけど、いまいち伝わらない。

「ただのお菓子と違って夢にあふれているお菓子なんですよ！」

「……」

駄目《だめ》だ……このあふれる熱い思いが伝わらない。

「要は見栄《みば》えのいいお菓子ってことだろう？　考えは面白い。手伝ってやる。宮廷料理長としてレーネ様に贈《おく》り物をしたいと思っていたところだ」

材料を揃《そろ》えるのに少し時間がかかるので、用意ができたら実際に作って検証することになった。

「しかし、男爵になったんだろう？　仕事せんでいいのか？」

「俺の下で働いてくれている人たちが優秀ですので問題ありません！」

実際、俺がやることなんて報告書を読んで判を押《お》すことくらいしかない。なんなら、ミーちゃんに任せて肉球をペタペタ押してもらっても問題ない。

「み～！」

えっ⁉　やりたいの？　やりたいんですね。神猫商会の分は会頭として任せていますがもっとペタペタしたいらしい。

さて、そろそろ帰りましょうか。みなさん満足しましたか？

王妃様はエレナさんとラルくんをモフモフ、ニーアさんはルーくんをレーネ様と一緒にモフモフ、レティさんは侍女《じじょ》軍団とミーちゃんとその弟妹たちをモフモフしながらのモフモフ談議。

まったくもって、カオス……いや平和だな。

レーネ様に悲しい顔をされたけど、近いうちにまた来ますと約束して笑顔《えがお》になってもらったところで、レティさんの首根っこを掴んで帰る。

家に戻ると陽《ひ》あたりの良い場所でゼルガドさんがベン爺《じい》さんとお酒を飲んでいる。

「プハァー。昼間に飲む酒はうめぇー」

「みぃ……」

ミーちゃん、そんな姿を見てやれやれと首を振《ふ》る。まあまあ、忙《いそが》しくなるまでのほんの一時《ひととき》だから大目に見ようよ。

「み～」

ベン爺さんが俺とレティさんの馬を連れて馬舎に行ったので、ゼルガドさんに道具作成のお願いをする。この道具があるのとないのとでは、使う労力が全然違ってくるからだ。

「早急に作ってもらいたい道具があります」

「うん？　どんなものだ？」

紙に作ってもらいたい物の絵を描《か》いてゼルガドさんに説明する。

「ふむ。この歯車を回すと下の部分が回転する仕組みだな。水車の小型版ってところだな。で、これはなんに使う道具なんだ？」

「料理などで使う攪拌機《かくはんき》です。クリームなどを泡立《あわだ》てるのにへらを使ってやると時間が掛《か》かるし疲《つか》れるでしょう？　これなら誰《だれ》にでも簡単に泡立てられます」

「ネ、ネロ⁉　おめぇ、天才だな！　これは売れるぜ！」

はいはい、ゼルガドさんは試作品をいくつか作ってください。それを量産して売るのは神猫商会で行うので。ゼルガドさんに商才がないのは明白ですから。

「み～！」

「お、俺の取り分は？」

「売れたら考えます」

「よ、よし。すぐ作る。こんなもの作るなんて朝飯前よ！」

「み～」

腕《うで》の良い職人がいると便利だね。ミーちゃんも頑張《がんば》れ～って応援《おうえん》しています。

これからもいろいろなものを、どんどん作らせよう。

「み～♪」

ミーちゃん、ハンマープライスです。

桶《おけ》で氷を作ってはミーちゃんバッグに収納する、を繰《く》り返す。

前回同様、氷の皿の失敗作でルーくんとラルくんが遊んでいる。冷たくないのだろうか？　風邪《かぜ》ひかないようにね。一応、風呂《ふろ》は沸《わ》かしているのでこれが終わったらみんなで入ろう。

「み〜」

陽《ひ》が暮れるまで作り続けていたら、ヤンくん親子とクリスさんが帰ってきた。

「明後日《あさって》、商業ギルドでイベントを行うので、神猫《かみねこ》屋も参加してください」

「今度はどんなイベントをやるのですか？　ネロさん」

ヤンくんがカヤちゃんとバムを屋台から外しながら興味深げに聞いてきた。

「町の人に海の魚を売るんだよ。ルミエールの王都では海の魚はなかなか手に入らないだろう？　喜んでくれると思うんだ」

「み〜」

カヤちゃんはキョトンとした顔をしている。うちでは普段《ふだん》から魚料理が出るのでカヤちゃん的にはなんで？　って感じなのだろう。

「カヤ。ネロさんの所にお世話になる前に、海の魚なんて食べたことがなかったろう？　この町に住むほとんどの人も海の魚なんて食べたことなんかないんだよ」

「そうなの？」

貴族やお金持ちなら高級レストランで食べることができる。あるいは商隊や旅などで海のある国に行ったことがある人なら食べたことがあるだろう。だけど、この王都に住む人だと一生涯《いっしょうがい》食べないで終わる人も多いだろうね。

「神猫商会って凄《すご》いんだね～」

「み～！」

「ミーちゃんもね♪」

ミーちゃん、嬉《うれ》しそうにカヤちゃんの顔をペロペロ。なんといっても神猫商会の会頭ですから。

さて、氷の準備は整った。明日の朝、また早起きして魚を買いに行こう。会頭がお望みなので。

「み～」

イルゼさんとクリスさんに明日の午後に、一度神猫商会本店に来るように言っておく。お店部分の改装は終わっているので、一度みんなで中を確認《かくにん》したいと思っていた。実際に使う人の意見は大事だからね。そこで確認してもらい、使いやすいように改修する。まだ、店舗《てんぽ》部分以外は改修工事中なので、今なら手直しをしてもらえる。

氷の皿の製作も一段落ついたので、みんなでお風呂に入ろう。みんなといってもミーちゃん、ルーくん、ラルくんとだ。クリスさん？　烈王《レオ》さんの娘《むすめ》ですよ？　恐《おそ》れ多いです。

風呂から上がったところで、ゼルガドさんをみんなにちゃんと紹介《しょうかい》した。腕《うで》の良い職人なのでして欲《ほ》しいことがあったら、なんでも頼《たの》んでいいよと言っておく。

さっそく、クリスさんが神猫屋の屋台のメンテナンスを頼んでいた。美人にお酌《しゃく》をされて、ゼルガドさんは鼻の下を伸《の》ばし承諾《しょうだく》していた。奥《おく》さんが来たらチクってやろう。

翌朝、ヴィルヘルムで魚を仕入れ帰ってくると、ゼルガドさんに捕《つか》まった。

「取りあえず、試作品だ。使ってみてくれ。俺《おれ》は寝《ね》る……」

「み～？」

目の下に隈《くま》を作ってまで徹夜《てつや》して作ったみたいだ。渡《わた》された物を見れば、手回し式の泡立《あわだ》て器。ハンドルを回すと歯車に連動して泡だて器が回る。ちょっと不格好だが性能には問題なさそう。

それにしても、これを徹夜とはいえ、この短時間で作ったのか⁉　いかれ頭は化け物か！

せっかくなのでマヨを作ろう。うちの台所を預かるエフさんとマヨ作りをしてみる。

「「……」」

「み～？」

声が出ないとはこういうことを言うのだね。

文明の利器って、すんばらすぅぃー！

あれだけ苦労したマヨ作り。本来なら需要《じゅよう》が高いので大量に作りたいところだけど、誰《だれ》も攪拌《かくはん》を手伝ってくれないので少量しか作れなかったマヨ。そのマヨが大量に作れた。

売れる！　売れるぞ、ミーちゃん！　手回し式の泡立て器もマヨもだ！　これはウハウハだ！

「み、み～」

試作品だから作りが粗《あら》いし、不格好で重い。でも、そんなのはどうとでもなる。カティアさんに言って、早急に職人に改良させ販売《はんばい》用の物をいくつか作ってもらおう。

せっかくなので、お昼はマヨをたっぷり使ったサンドイッチにしてもらった。大好評だったね。

昼過ぎになるとうちの外に多くの人が集まってくる。神猫商会に高級魚の買い付けを依頼《いらい》していた、王都に店を構える高級レストランの料理人や貴族の専属料理人たちだ。

今日、うちで高級魚を販売することを事前に連絡《れんらく》してもらっていたのだ。

先払《さきばら》いで頂いていた分の魚以外に、ちょっとしたイベントを行うことにしている。

ミーちゃん、どうやら競《せ》りをやってみたいのだとか……。そのために、今朝行った市場でミーちゃんたってのお願いで仕入れた魚がいくつかあるのだ。

カティアさんは身重なので、それ以外のうちの人総出でお手伝いに駆《か》り出す。レティさんはルーくんとラルくんを連れて孤児院《こじいん》に逃《に》げたけどね。チッ。

大きなテーブルを表に出してシートを被《かぶ》せておく。後でここに大きな氷の皿を置いて、競りに出す魚を載《の》せるために必要だからだ。

来ているみなさんは多くの買い手が集まったことで、自分の店が良い魚を仕入れられるか心配になりイライラしているように見える。

神猫商会に依頼を出した方たちが全員揃《そろ》ったようなので始めますか。

「み～！」

「本日はお忙《いそが》しい中、お集まりいただきありがとうございます。と会頭が仰《おっしゃ》っております」

「み～」

周りから穏《おだ》やかな笑《え》みを浮《う》かべる人や、クスクスと笑う人で場の雰囲気《ふんいき》が良くなる。

掴《つか》みは良い感じだね。

さあ、ミーちゃん。始めましょうか！

「み～！」

来てくれた方にはちゃんと説明する。注文された分の魚は別に用意してあると。

その上で、いくつかの珍《めずら》しい魚介類《ぎょかいるい》を売りたいが、数が少ないのでセリ形式で売りたいと伝えた。

面白《おもしろ》そうだと多くの人が賛同してくれたけど、現金の持ち合わせがない人がほとんどだった。

まあ、ここに来ている人たちは王都の指折りのレストランの料理人や、貴族の台所を預かる料理人なのでお金は後日払いで構わないことにした。

なぜって？　それは神猫商会の会頭であるミーちゃんが、競りをやりたくてお金なんてどうでもいいから早くやろう～よ～ってせっついてくるから仕方がない。

会頭の意見には逆らえません。はい。

ミーちゃんがそわそわして、俺をテシテシしてくる。

しゃーない、それじゃあ始めますか。

商品を載せるテーブルの上に小さい木箱を置いてミーちゃんを乗せる。ハンマーは無いけど即席《そくせき》のオークショニア用の壇《だん》ってことで。

ミーちゃんもわかったようで、ハンマーの代わりに可愛《かわい》いお手てで壇をテシテシ。練習らしい。

「それでは最初の商品です」

出す商品の順番はミーちゃんにお任せ。

出てきたのは大きな海老《えび》。周りからおぉーっと驚《おどろ》きの声が上がる。

出てきた海老は伊勢《いせ》海老に似ているけど大きさが半端《はんぱ》ない。一メル近い大物。名前を市場で聞いたけど忘れた。まあ、伊勢海老でいいや。

ヴィルヘルムの市場の人も、これだけ大きい海老は滅多《めった》に見られないと言っていた。だけど、ここだけの話、大味であることと調理し難《にく》いことから人気がないらしく安く手に入れている。

ミーちゃん的には最初の品として、インパクト狙《ねら》いが上手《うま》くいったって感じかな。

「み～！」

まだ、最初の商品だというのに、競り値が飛び交《か》う。あまり高くなりすぎるのもなんなので、切りの良いところでミーちゃんの可愛いお手てハンマーがテシっと鳴る。練習の成果が出ている。

競りはお遊び。それでも、ウハウハの値段で競り落とされる。ぐふふふ……やめられまへんなぁ。

二つ目の品は大きな貝。シャコ貝に似ている。これも一メルを超《こ》える大きさだ。生で食べても美《お》味《い》しいし、焼いて食べてもいい。これだけの大きさだと何人分になるのだろう？

また、値の上がったところでミーちゃんハンマーが鳴る。お買い上げありがとうございました。

次に出てきたのはテーブルから頭と尾《お》が飛び出すほどの大物。カジキマグロだ！　たぶん。

鋭《するど》い角から尾びれまでの全長は三メルを優に超える。角部分は加工して銛《もり》の先端《せんたん》に使われるくらい鋭く硬《かた》い。食べてもよし、身を取り出した後ははく製にするも良しの品だ。

これはミーちゃんが選んだ、本日の競りの目玉商品になる。みなさん、目をギラギラさせ、固唾《かたず》を呑《の》んで競りの始まりを待つ。

「み〜」

ミーちゃんの声が始まりの合図となり競りが始まる。

凄い早さで値が上がっていく。ミーちゃん興奮しながらも競りを見守り、ハンマーを鳴らす機会を見定めている。ワクワクドキドキだ。

この魚、市場でも久しぶりに揚《あ》がった大物で、ちょうど俺とミーちゃんが市場に行った時に競りにかけられるところだったので、仲買人さんにセリ落とさせた。

それを見て、ミーちゃんがどハマり。

商業ギルドに入っていれば競りに参加できることは以前に聞いていたけど、素人《しろうと》なのであの中に入って競りに参加するのはちょっと無理。なので、仲買人なのだ。

競り値をどんどん上げていく。ミーちゃんの指示で、俺が仲買人さんに値を上げるように手を振《ふ》る。最後は三組だけでの競り合いになった。相手も必死に競り落とそうとするけど、その度《たび》にミーちゃんから値を上げてと催促《さいそく》が入る。

正直、どんどん競り値が上がっていき、血の気が引いていく思いだった。

競り落とした時は、久しぶりにミーちゃんが雄叫《おたけ》びを上げていたね。

おっと、競り値がミーちゃんが競り落とした額を超えた。競りに参加している人も三人だけに絞《しぼ》られた。赤字にならなくてほっとしている。

ミーちゃんもこの白熱した競り合いに、どこで止めるか悩《なや》んでいる。まあ、ほかの人たちから見れば顔を洗ったり、首を傾《かし》げたりと可愛い動作にしか見えないけどね。

「み、み～！」

競り合いが二人に絞られミーちゃんが競り落とした値の二倍になったところで、やっとミーちゃんハンマーが振り下ろされた。

いやー。ミーちゃんもなかなか粘《ねば》ったね。まさか、ここまでの値段になるとは……ウハウハだよ。

さて、競り落としたのはどこかの貴族のお抱《かか》え料理人らしく、執事《しつじ》らしき人にはく製にすれば周りに自慢《じまん》できるぞと言って競り落とさせたようだ。

確かにこれほどの大物をはく製にすれば自慢できるね。特に貴族ならほかの貴族が持たない逸品《いっぴん》を欲しがるはずだ。

うちの壁《かべ》にも作って飾《かざ》ろか？

「み～！」

冗談《じょうだん》だからね。ミーちゃん。

「みぃ……」

残りの競りも好評のうちに終わり、ミーちゃんも満足してくれたようだ。

「み～」

ミーちゃん、やり切ったよ～って、お気に入りの座布団《ざぶとん》を出してゴロゴロしている。

お疲《つか》れさん。

「みゅふぅ～」

ミーちゃん、神猫《かみねこ》商会本店の改修工事に顔を出す。

その逆に、競《せ》りを手伝ってくれたルーカスさんの弟のベルティさんたちは、今回初めて神猫商会の仕事を手伝い大金が飛び交《か》うのを見て驚《おどろ》きの表情。

「兄さん。神猫商会って凄《すご》いんですね……」

「なにを今さら。ネロ様は平民から身を立て貴族となり、陛下、王妃《おうひ》様から信頼《しんらい》厚きお方。そのネロ様が立ち上げた商会だぞ。まともなわけがないだろう」

ララさん、ヤナさんがうんうん頷《うなず》いていますが、それって誉《ほ》めているのですよね？　誉めていますよね？　間違《まちが》ってもディスっていませんよね！

さて、競りが終わったからといって終わりじゃない。

今日の本題である高級魚を卸《おろ》す作業が残っている。

馬車を順番に倉庫の前に並べてもらい、わざと倉庫を出入りして魚を馬車に出していく。

ミーちゃんバッグは容量無限なので、怪《あや》しまれないように倉庫の中で俺《おれ》の時空間スキルの収納に移し替《か》えて馬車に出している。

今さらだけど、ミーちゃんを表に出すのは下手《まず》いので、用心は必要だ。

うちにいる白狼《はくろう》たちも、知らない連中が大勢いるので、ずっと俺……いえ、ミーちゃんの傍《そば》で睨《にら》みを利《き》かせている。

貴族は言わずもがな、高級レストランのほうでも護衛を連れてきている。この王都の中で盗《ぬす》もうとする奴《やつ》はいないと思うけど、それだけ高級品ということだね。

ベルーナで海の高級魚なんていったら、高級肉より値が張るくらいだから。

だけど、そのせいで白狼たちが警戒《けいかい》している。そんな護衛に就《つ》く者でも白狼たちの存在感に緊張《きんちょう》している。王都の中にいるだけでも異常なのに、主人である俺……もとい、ミーちゃんの傍に付き従う姿は、悪いことを考えていない者でも恐怖《きょうふ》以外の何ものでもない
この人たちは違うだろうけど、最近多いんだよね。うちのこと嗅《か》ぎ回っている連中。レティさんは一線を越《こ》えない限りは無視と言っている。しかし、俺とミーちゃんならなんとでもなるけど、うちにいる人たちに何かあっては困る。みんな、俺やミーちゃんの家族同然なのだから。

「み～」

こうして、大勢の人前で白狼が存在感を示せば抑止力《よくしりょく》になり、そういう連中は手を出し難《にく》くなる。馬鹿《ばか》な奴はそれでも手を出してくるのだろうけど、白狼の防衛網《ぼうえいもう》を破るのは一筋縄《ひとすじなわ》ではいかない。捕《つか》まるのがオチ。そんな奴がいれば、見せしめにする予定だ。

白狼たちは今は警戒しているせいで怖《こわ》い顔しているけど、本当は可愛《かわい》い奴らだよ？　普段《ふだん》は孤児《こじ》院《いん》でアニマルセラピーに一役買っているしね。まだ、体調を崩《くず》して寝《ね》ている子やぐずっている子の傍に行って寄り添《そ》ってくれているそうだ。院長のアイラさんが助かっているとよく言っている。

白狼族は仲間意識が強いので、うちの敷地《しきち》内にある孤児院にいる人たちも仲間と認識《にんしき》しているのかもしれない。あるいは、ボスのモフモフ好きで、お子ちゃま好きのレティさんの教育の賜《たまもの》かも。

そんなこんなで、みなさんに高級魚を配り終えると、次の高級魚の予約も入る。次は二ヵ月後くらいでいいかな。こちらの後片づけはルーカスさんたちに任せて、神猫商会本店に向かう。途中《とちゅう》でヤンくん親子とクリスさんと合流だ。

「み～」

トンテンカン、トンテンカンと音のする中、神猫商会本店に入る。

さすがに王都でも一、二を争う大店《おおだな》だっただけあって、造りが立派だ。棟梁《とうりょう》が修繕《しゅうぜん》なんかしなくても十分に使えると言っていたけど、ちょっと古くさく使い勝手が悪いので改修を頼《たの》んだ。

今回修繕を頼んでいるのは店側の造り、そして調理場の設置、従業員の生活空間の改善をお願いしている。特に従業員の生活空間には力を入れている。

修繕前はいわゆるタコ部屋で寝起《ねお》きするだけの部屋がいくつもあった。なので、狭《せま》いタコ部屋三つ分をひとつの部屋に改造してもらっている。奥《おく》側の荷馬車を置く倉庫も解体して風呂《ふろ》と食堂を作る。荷馬車はうちのほうに置くし、護衛の人の宿舎もうちの横なので本店には必要ない。

通りに面した店側の雨どいを外して、実際の店舗《てんぽ》部分を確認《かくにん》してみる。

「大きいな～」

「広いね～」

「み～」

ヤンくんとミーちゃんを抱《だ》っこしているカヤちゃんが、店の中を走り回りはしゃいでいる。イルゼさんとクリスさんは店舗部分を見て回り、改修したい部分を考えメモを取っている。

「大通りに面したほうが神猫屋ですよね？　もう一つの通りに面したほうはどうするのですか？」

クリスさんの言うように本店は角地にあるので、店舗部分が二面あることになる。神猫屋には大通りに面した部分で十分な大きさ。正直、大きいくらいだ。

神猫屋の前は中央広場になるので、中にテーブルを二つ、外にオープンテラスカフェっぽく二つテーブルを置くのもありかな。

「そうですねぇ。将来的には神猫商会の販売《はんばい》ブースにしようかと思っていますが未定ですね」

「もったいないですね」

イルゼさんの言うように、店舗活用できないのはもったいない。販売ブースとして使いたいところではあるが、神猫商会には定期的に仕入れができて販売できるものがまだないのが現状。味噌《みそ》、醤油《しょうゆ》、香辛料《こうしんりょう》は生産が軌道《きどう》に乗るまでは難しい。

神猫商会で無理して使うか、貸店舗《かしてんぽ》にして家賃をもらうのもありか？　考えどころだな。

帰る前に大工の棟梁と改修について打ち合わせをしておいた。完成が待ち遠しいね。

「み～」

夕飯まで時間があるのでニクセの獣人《じゅうじん》さんの村建設現場に顔を出す。獣人さんのおばさんたちが夕飯の支度《したく》をしていたので、魚を出してぶつ切りにして寸胴鍋《ずんどうなべ》で水と一緒《いっしょ》に煮《に》る。灰汁《あく》をこまめに取ってもらい野菜も入れて最後に味噌を入れれば完成。いい匂《にお》いが周りに立ち込《こ》める。

ミーちゃん、味見をしてみる？

「み～！」

魚自体から出汁《だし》がよく出ていて美味《うま》いの一言。ミーちゃんも納得《なっとく》の出来。だけど、俺たちは食べないよ。うちで夕飯を用意してくれているからね。ミーちゃんはちょっとだけ後ろ髪《がみ》を引かれているみたい。

「みぃ……」

ふと思う。これっていけるんじゃねぇって。急いで家に戻《もど》り、ルーくんとラルくんをモフっているレティさんを無理やり連れて、商業ギルドに急ぐ。

「スープの販売ですか？」

いつもの担当者さんに明日の魚売りの時に焼き魚の販売のほかに味噌汁《しる》も提供もしたいので、寸胴鍋とコンロ、食器の用意をお願いする。

得心のいかないような顔をしている担当者さん。論より証《しょう》拠《こ》ということで獣人さんのところで作った味噌汁を、集まってきた商業ギルドのみなさんに一口程度になってしまったけど振《ふ》る舞《ま》う。

「こ、これは美味い。確か神猫商会様で取り扱《あつか》っている調味料の味ですな」

「はい。味噌といいます」

「ですが、これはそれだけではありませんな。なんともコクがあり深みのある味になっています」

「味噌だけでも美味《おい》しいですが、出汁が入ると格段に味が良くなります。本来は海藻《かいそう》の干した物や、小魚を干した物を使いますが、これの出汁は魚そのものです。身や骨、内臓から良い出汁が出ています。これを明日、来てくださった方に無料《タダ》で振る舞おうと思っています」

「み、み～⁉」

周りから驚きの声が上がる。なぜかミーちゃんからも。

「しょ、正気ですか？　一杯《ぱい》、二千レト……下手をすれば五千レトは取れますが……」

「ベルーナに住んでいる方々に神猫商会で扱う味噌の良さを知ってもらう、いい機会だと思いました。まだ一般《いっぱん》の方には認知度が低いので」

売れていないわけではない。高級レストラン以外にも、庶民《しょみん》の食事を提供するお店でもこの頃《ごろ》売れ始めている。味噌玉はヴィルヘルムと同じでハンターさんに人気がある。

でも、一般のお客さんには売れていない。値段も張るし、買えるのが神猫屋の屋台なので神猫屋を利用しない人はまったく知らない。だけど近日中に神猫商会の本店をオープンする。売り場も広いのでヴィルヘルム支店と同じように、神猫屋の横にスペースを作り少量だが一般販売する。

なので、今回のイベントは販促《はんそく》のいい機会になる。販促ってのは販売促進のことね。

「なるほど。神猫商会様の知名度を上げ、本店開業の後押《あとお》しにするのですな。さすが神猫商会様。損して得を取れとはよく言いますが、それを実践《じっせん》できる者は王都の商人のなかにも数えるほどしかおりません。もちろん、有名な大店の方々です。その観点からすれば神猫商会様も将来、大店に成り得ますな。はっはっはっ」

「み～！」

当然よ～！　ってミーちゃん、神猫商会を大店にするつもりなの？　スローライフはどこに行ったのかな？

「み、み～？」

今日は商業ギルドさんとの約束の日。場所は中央広場の一画。

朝ごはんを食べた後、ベルティさん、フランツさん、テレサさんを手伝いとして連れて向かう。カティアさんは身重なので今回は家でお留守番。ヴィルヘルムから来た二人は見習い中なのでルーカスさんの指導のもと勉強中なのでこれもお留守番。

中央広場では午後から行われる魚の直売市の準備が始まっている。商業ギルドの担当者ほか二名があーでもない、こーでもないと作業員さんと話をしているなかに加わった。

それより、本気で中央広場でやるのだね。

「ちゃんと王宮に許可は取っていますのでご安心を。神猫商会様の名を出したところ、すぐに許可がおりました。夏場のお祭りといい、王宮に伝手《つて》のある神猫商会様は違いますな～」

おいおい、勝手にうちの名前を出すなよ。中央広場でやるのを決めたのは商業ギルドでしょうが。

また、王妃様にいじられる話題を提供してしまった感がある……。

ため息しか出ないなか、俺たちも直売市設営のお手伝いを始める
お昼ご飯を食べ終わった頃《ころ》、イルゼさんたちがやって来て、直売市の横で神猫屋をオープン。俺はミーちゃんと一緒にテント下のテーブルに氷の皿を並べその上に魚を出していく。値段は前回を踏《ふ》まえて適当につけていく。どうせ、値段なんてあってないようなものだ。

商業ギルドのほうでも焼き魚の用のグリルに火が入り、無料提供される味噌汁の大鍋二つにも火が入り野菜とぶつ切りにされた魚が投入されていく。

お祭りの時に好評だった、お子ちゃま預り所も設置。ルーくんとラルくん、白狼とバムたちに来てもらっている。

そんな準備をしていたら、既に多くの籠《かご》を持った人々が集まっている。商業ギルドが雇《やと》ったハンターさんたちが、順番整理してくれているので騒《さわ》ぎを起こす人はいない。

まあ、来ている人の多くが奥様方で残りは中小の仲買人や食堂や酒場のご主人なので、問題を起こすような人たちじゃないのでやりやすい。

「本日はお集まりいただき、誠《まこと》にありがとうございます。本日ご提供される本物の新鮮《しんせん》な海の幸《さち》は、商業ギルド全面バックアップによる神猫商会様ご提供になります。神猫商会様をよく知る方も、よく知らない方も、近々あそこに見えます改装中の店舗で開店が決まっておりますので、足を運んでいただき御贔屓《ごひいき》にしていただければと思います。それでは、鮮魚直売市の開店です！」

「み～！」

ミーちゃんの挨拶《あいさつ》が掻《か》き消えるほどのお客様の拍手《はくしゅ》のなか、直売市が始まった。

始まった早々に高～い、まけてーと声が飛び交う。商業ギルドの職員さんも、うちからの応援《おうえん》のベルティさんたちもタジタジ。完全に奥様方の押しに怯《ひる》んでいる。

俺はそんな彼《かれ》らを横目に味噌汁当番と魚の補充《ほじゅう》係。味噌汁のほうもいい感じに出汁が出てきたので火を弱めて味噌で味付け、まわりに味噌の芳醇《ほうじゅん》な香《かお》りが漂《ただよ》う。

待っている人や預り所のお子ちゃまにご提供。みんな初めての味に驚きつつも笑顔《えがお》で完食。手ごたえは十分だね。

「み～」

そんななか、俺は腰《こし》をツンツンされる。振り向くと、フードを深く被《かぶ》った小柄《こがら》な少年みたい。

「おい、お前。区長の知り合いなんだろう？　ちょっと顔貸せや」

少年かと思っていたけど、何だ、このイケてるボイスは⁉

「み～？　み～！」

猫の区長さんって、北と南に分かれている子猫四匹《ひき》の親元のこと？

「み～」

味噌汁を商業ギルドの人に代わってもらい、フードを被ったイケてるボイスに付いていく。神猫屋の裏に連れてこられると、カヤちゃんが老猫をモフモフしていた。

「区長。連れてきたぜ」

「にゃ⁉　にゃ～」

「なになに、神猫様につきましては、ご尊顔を拝し恐悦至極《きょうえつしごく》にございますだ～？　この白いちみっ子が神猫様だって～？」

カヤちゃんにモフモフされていた区長さんと思われる老猫が、イケてるボイスをシャーシャー言いながら猫キックを喰《く》らわせている。

「ミーちゃん。ちみっ子で神猫様なんだ～」

カヤちゃん、ミーちゃんにあんまり追い打ちをかけないでね。

「みぃ……」

ほら、ちみっ子じゃないも～ん……って落ち込んじゃったから。

区長さんとの間に入って通訳してくれているイケてるボイス。フードを脱《ぬ》ぐと猫耳《ねこみみ》が現れる。

サバトラにゃんこのケットシーだ。

まあ、おそらくそうだとは思っていたけどね。

「み～」

ミャーミャー鳴く区長さんの言葉を通訳してもらうとこんな感じ。

レアとカイのお母さんが病《やまい》で臥《ふ》せっているらしい。病状もどんどん悪化しているらしく、今では水しか口にできない状態。区長さんの孫にあたるらしく、なんとかならないかと、神頼《かみだの》みならぬ神猫頼《だよ》りでミーちゃんを訪ねてきたそうだ。

そりゃ大変だ。レアとカイのお母さんとなれば、ミーちゃんの家族も当然。助けなければならぬ。

「み～！」

ミーちゃんのミネラルウォーターを飲ませるように渡《わた》し、魚を包むように用意していた大きな葉に、猫缶《かん》の中身を出して包んで渡す。急いで戻ってミネラルウォーターを飲ませるように指示した。

なのに、このサバトラケットシー、何か言いたそうにもじもじしている。カヤちゃんに肉球をぷにぷにされて、嬉《うれ》しいのか？　もじもじしながら、何かを訴《うった》えるようにミーちゃんと俺を交互《こうご》に見上げてくる。だから、なんなのよ？　レアとカイのお母さんが苦しんでいるのだから早く行けよ。

「いや、わかっているけどよぅ。ちょっとだけ、ちょっとだけでいいから魚食わしてくれ～！」

「み～？」

ミーちゃん、神猫《かみねこ》集会と命名する。

よく見ればサバトラケットシー、鼻をクンクンさせ涎《よだれ》がだらだらと……いや、もう一匹《ぴき》いた、区長さんあんたもかい！　今は、レアとカイのお母さんの命が大事。なので、今日の夜に魚を食べさせてやるからうちに来いと言っておいた。

「絶対だからにゃ！」

「み〜」

なんか一瞬《いっしゅん》ペロに見えた。イケてるボイスだけど。ケットシーってみんなあんな感じなのか？

直売市のほうは陽《ひ》が沈《しず》みかけた頃《ころ》、ようやく最後のお客さんが帰っていった。用意した魚の四分の三を捌《さば》き、商業ギルドの人たちも今日の売り上げに期待の表情。間違《まちが》いなくウハウハだ。

直売市だけでなく周りで屋台を出していた人たちも、相乗効果で大きな利益を出しているとイルゼさんが言っていた。神猫屋もいつもの倍以上の売り上げになったそうだ。

みんなで家に戻《もど》ると口をあんぐりと開け固まる。

「み〜！」

「もふもふ、いっぱい！」

ミーちゃんとカヤちゃんは喜んでいるけど、これはなんの冗談《じょうだん》だ？　猫がいっぱい……いや、猫の絨毯《じゅうたん》が広がっている。ヤンくん、ビビってカヤちゃんの後ろに隠《かく》れるけど、逆じゃね？

俺《おれ》たちが屋敷《やしき》のほうに進むと猫の絨毯に道ができる。

玄関《げんかん》まで来るとルーくんとラルくんを侍《はべ》らせたレティさんと、イケてるボイスのサバトラケットシーと区長さんがいた。

「少年。これはどういうことだ！　一面猫だらけじゃないか！　けしからん！　むふぅ〜♪」

「みぃ……」

けしからんとか言いながらも、凄《すご》く嬉《うれ》しそうに見えるのは気のせい？

「こんな楽しいことを黙《だま》っているなんて酷《ひど》い奴《やつ》だな。少年」

「がう」「きゅ〜」

「みっ⁉　み〜？」

そっちかい！　ミーちゃんも、えっ⁉　な〜に？　って困惑顔《こんわくがお》。

「魚、食わせろ！」

区長さんがまた、サバトラケットシーの足に猫キックを何発も入れている。

「食わせるのはいいけど、この猫の絨毯はなんなのよ？」

「俺が魚を食うって言ったらよ。みんなついて来て、いつの間にかこんなになった」

区長さんがミーちゃんを見上げて、にゃ〜にゃ〜鳴いてしゃべっている。

「み〜！」

まかせなさ〜い！　ってミーちゃん、何かをいつものように安請《やすう》け合いしているけど、もの凄く嫌《いや》な予感しかしないのですけど……。

「み～♪」

ミーちゃん、見惚《みと》れるほどの満面の笑《え》み浮《う》かべて俺を見て、みんなとお魚食べるの～♪　って言ってきたもんだ。なにか幻聴《げんちょう》が聞こえたような？

えーと、ミーちゃんがお魚食べるのはわかったけど、誰《だれ》と食べるのかな？　よく聞き取れなかったのだけど？　というより、一瞬、俺の耳はストライキを起こしたみたいなんだよねぇ。

「み～」

だ～か～らみんなと～って言っていますね。

うーん。俺の聞き間違いかな？　みんなとって聞こえたけど、サバトラケットシーと区長さんとじゃないのかな？　と一応聞いてみる。

「みっ！　み～！」

ミーちゃん笑顔からぷんぷん顔になって、み～ん～な～！　って可愛《かわい》い顔で睨《にら》んできた。ミーちゃんはどんな表情でも可愛いと再度認識した。

それはさておき、本当にやるの？　魚はこの猫絨毯どもに食べさせても間に合うと思う。思うけど……誰が焼くのかな？　いっそのことラルくんとクリスさんの炎《ほのお》のブレスで……消し炭、いや炭さえ跡形《あとかた》も残さず消滅《しょうめつ》するのが目に浮かぶので却下《きゃっか》だな。下手をしたら王都がぺんぺん草も生えない焼け野原になるおそれがある。危険だ。

台所のコンロと野営用の携帯《けいたい》コンロ、足りないだろうから即席《そくせき》の石の竈《かまど》をいくつしょうがない。

か作ろう。こんな時に土スキルは役に立つ。

家のみんなには悪いけど手伝ってもらうしかない。いや、逃《に》がさない。

そうと決まれば準備開始だ。

「み〜」


俺が日本にいたときに全世界で爆発《ばくはつ》的に売れたゲームがあった。

『infinity world』というフルダイブ型VRゲームだ。

制作元はsyber elemental Co.; Ltdで住所から電話番号、果ては社長からクリエイターまですべてが非公開とした謎《なぞ》の会社。こっちの世界に来る少し前に宮城県の仙台《せんだい》市にある株式会社フロンティアオメガという会社と、セキュリティー部門において提携《ていけい》したと新聞の大見出しになるほど話題になっていた。

なぜこんな話をするかって？

実はこのゲームにとても有名なNPCの猫姫《ひめ》というのがおり、その猫姫が町に現れ町中の猫や、旅のケットシーを集めて食事を振《ふ》る舞《ま》うという猫集会なる突発《とっぱつ》イベントがたまにあるのだ。それに運良く参加できたプレイヤーは、幸せが訪《おとず》れるとさえいわれるイベントなのだ。

まさに、今の俺の目の前の光景がそれじゃない？　猫の絨毯にケットシー、猫姫の猫集会そのものじゃん！　ミーちゃんだから、神猫の猫集会で神猫集会になるのかな？

「み〜！」

神猫集会ではカティアさん以外、総出で魚を焼いてもらっている。

レティさんがあまりに汚《よご》れている猫を桶風呂《おけぶろ》に入れて洗っている。よくおとなしく洗われているなと思ったら、ルーくんの魅了眼《みりょうがん》でおとなしくさせられているようだ。

それにしても凄い数だね。町中の野良《のら》猫を集めたんじゃないだろうか？

「ほんの一握《ひとにぎ》りだぜ。それに北区の奴らは来てねぇしな。あいつらプライド高《たけ》ぇから、南区の奴らの施《ほどこ》しは受けねぇっていつも言ってるからよ」

「み～？」

区長さんも焼き魚を頬張《ほおば》りながら、ミーちゃんにそうなんですよ～とばかりににゃ～にゃ～鳴いている。食べるか鳴くかのどちらかにしてください。区長なのに行儀《ぎょうぎ》が悪いですよ。

そういえば、カイとレアのお母さんはミーちゃんのミネラルウォーターを飲んで体調が回復してきたそうだ。猫缶《かん》もちゃんと食べたそうなので大丈夫《だいじょうぶ》だろう。

「み～」

焼き魚を食べながらどこからともなくワインを出して飲み始めるケットシー。ワインを飲んでいるし、イケてるボイスだから大人のケットシーなのかな？　ペロはお酒を飲まないからなぁ。

見た感じはペロとあまり変わらない愛くるしい姿をしているので年齢不詳《ねんれいふしょう》だ。ポロもそうだけど、ケットシーってみんなこんな感じなのだろうか？

「俺はネロ。こっちはミーちゃん。ケットシーさん、あなたのお名前は？」

「俺か？　俺は自由を愛し、それ以上に雌猫《おんにゃ》を愛するケットシー、カロだ」

なんか、デジャヴュを感じる。ミーちゃん、そのケットシーに近寄っちゃ駄目《だめ》だからね！

「み～？」

「安心しろ。俺は雌猫《おんにゃ》好きだが、ちみっこには興味ねぇ」

「み、み～♪」

そ、そうなんだ～。ミーちゃんお子ちゃまだから意味わからな～い♪　って頬《ほほ》を引きつらせた表情で誤魔化《ごまか》し笑いをしている。かまととか⁉

「み～」

ちなみに～、かまととって～、蒲鉾《かまぼこ》が魚から出来ているとわかりきっていることを知らないそぶりで聞いた様子から生まれた言葉なんだよ～と博識を披露《ひろう》するミーちゃん。

へぇー、知らなかった。って違《ちが》うから！　そういう話じゃないですから！

カロに寝《ね》る場所や食事やお金に困っていないかと聞くと、

「寝る場所は区長の所で十分だ。ハンターギルドで依頼《いらい》を受けてるから金にも困ってねぇ」

「み～？」

ハンターギルドで依頼を受けている？　ってことはハンター証明書を持っているってこと？

「ハンター証明書か？　持ってるぜ。テルツォのヴィッシュって奴が作ってくれた。そいつ、ケットシーの友人がいるらしくてな、町で会った時に声を掛《か》けられたんだ。あいつはいい奴だ」

「ヴィッシュさんかぁ」

「み～」

ヴィッシュさんといえば、テルツォのハンターギルドの統括《とうかつ》主任の方だ。ペロ以外にもケットシーに会ったと言っていた、そのケットシーがポロだった。友人というのはポロのことだろう。カロの姿はロビンフット風の狩人《かりゆうど》姿。得物《えもの》も弓なんだそうだ。

「狙《ねら》った獲物は逃がさねぇ。雌猫《おんにゃ》もモンスターも百発百中だぜ！」

はいはい。こいつはポロの同類だ。間違いない。

「み、み～」

さて、カロというケットシー、衣食住は十分に足りているようだけどこれも何かの縁《えん》、これからうちの商会でヴィルヘルムとの間で商隊を組むことになり、その護衛を妖精《ようせい》族に頼《たの》むことを話して加わらないか聞いてみた。

「誘《さそ》ってくれるのはありがてぇが、俺は自由を愛しそれ以上に雌猫《おんにゃ》を愛する旅のケットシー。定職に就きたくにゃ～い！」

「み、みぃ……」

ニートか!?　それともヒモ狙いなのか!?

ケットシーって、こうも一癖《ひとくせ》も二癖《ふたくせ》もある奴しかいないのか!?

「それにしても妖精族が人族の護衛ねぇ。ケットシー族は好奇心旺盛《こうきしんおうせい》だから外の世界に出るのは多いが、ほかの妖精族は保守的な奴が多いから珍《めずら》しい奴らだな」

保守的？　そうなのだろうか？　パトさんもほかの妖精族のみなさんも良い人ばかりだ。いつ行っても笑顔で迎《むか》え入れてくれ、一緒《いっしょ》に飲んで食べて騒《さわ》いでくれる。

それとも、パトさんたち以外の妖精族が保守的なのだろうか？　だとしてもやっぱり外の世界に出るべきだ。妖精族の生活が良くなるし、隣《となり》に住んでいる者同士協力し合い仲良くするべきなのだ。

「そうだな、その意見に賛同するが……。得てして妖精族は人が良すぎるんだよなぁ。人族に騙《だま》されるんじゃないかと不安だな」

「みぃ……」

そうなんだよ。でも、だからこそ外の世界を見てほしい。良い人族も悪い人族もいることを理解したうえで、人族との付き合い方を学んで欲《ほ》しい。

「世間慣れしているケットシーのあなたも協力してください。ケットシーだって、町に堂々と入れるようになったほうがいいでしょう？」

「み～！」

「この町には簡単に入れたぞ？　ハンターギルドでも食べ物くれたり、酒に誘われたりしたなぁ」

「それこそが、先達《せんだつ》のおかげでこの町においてケットシーが認知《にんち》されている証《あかし》です！」

「み～！」

「へぇ、この町にご同輩《どうはい》がいるのか、会ってみてぇな」

そういえばカロはペロたちと同郷なのだろうか？　聞いてみた。

「知らねぇな。別の里のもんだろう」

ケットシーの里はいくつもあるようだね。

「み～」

ミーちゃんバッグの中のお魚がほとんどなくなったところでお開きとなった。

区長さんには明日も来てミネラルウォーターを持っていくように言っておく。レアとカイのお母さんだからミーちゃんの家族も同然。ちゃんと元気になるまではミーちゃんのミネラルウォーターを飲むべきだ。いや、飲まなければならないのだ。

ということでちゃんと来てくださいよ。

カロにも、困ったことがあったらいつでも家に来るといいよと言っておく。妖精族は大歓迎《かんげい》だ。

「ああ、そん時はよろしくな。同胞《どうほう》の先輩に今度一緒に飲もうやって言っといてくれ」

「み～」

猫たちが帰るとき、みんなミーちゃんの前に来て頭を下げていったのがとても印象的だった。

ミーちゃん、いいよ、いいよ、気にしないでまた来てね～♪　なんて言っちゃっているけど、俺は気にする。できればもうやりたくないので、勘弁《かんべん》してほしい。

さすがにみんなお疲《つか》れモード。疲れていないのは椅子《いす》に座《すわ》って猫を撫《な》でていたカティアさんと、猫を見ながらお酒を飲んでいたベン爺《じい》さんとゼルガドさんくらいなもの。

これから夕飯を作るのも大変なので、ミーちゃんバッグに入っている料理を出して食べた。

疲れたね～。ゆっくりとお風呂に入って寝よう。

「み～」

ミーちゃん、ぽかぽか陽気に誘《いざな》われて、モフモフに埋《う》もれて眠《ねむ》る。

最近は、朝食を食べてから牧場で時空間スキルの修行《しゅぎょう》。ミーちゃんは重力スキルの練習だ。牧場には馬たちとバロたちが放され、ルーくん、ラルくんと駆《か》けっこをしていて楽しそう。

俺《おれ》は自分の作った空間に入る出るを繰《く》り返している。入る感覚は掴《つか》めたけど、出る感覚がなかなか掴めない。空間内で長い時間、あーでもないこーでもないと試行錯誤《さくご》。それでも、置いておいた時計を見ると、中にいたのは数分程度なのだが、正直、精神的にとても疲《つか》れる。

なので、ミーちゃんがプカプカ浮《う》いている姿をゆっくり眺《なが》めながら、神様のお酒のお供になっているミーちゃんジャーキーを食べて癒《い》やし時間を満喫《まんきつ》。心もお腹《なか》もリフレッシュしたところで、もう一度空間に入る練習を繰り返す。

ミーちゃんジャーキーは体力回復、精神力回復効果ありだから効果は抜群《ばつぐん》。俺はグリルチキン味が好きかな。ルーくんとラルくんは残りのチーズカツオ味とバジルサーモン味を喜んで食べていた。

ミーちゃんは何も食べずに練習一筋。プカプカ浮いたミーちゃんを馬たちが鼻でツンツンするたび、あっちへふらふら、こっちへふらふらと大変そう。

ラルくん、飛べるんだからミーちゃんに飛び方教えたら？

「きゅ〜？」

そうだよねぇ。飛び方が違《ちが》うから教えられないよね。でも、ラルくんの翼《つばさ》って小っちゃいよね？

その翼で飛んでいるのだろうか？　ドラゴン、不思議生物だな。

などと修行をしていると、畑のほうに何台もの荷馬車がベン爺《じい》さんとやってきた。

「温室が届いたんじゃが、どこに建てるかのう？」

ベン爺さんが職人ギルドに頼《たの》んでいた、硝子《ガラス》張りの温室が届いたようだ。本来であればもっと時間がかかるはずだったようだけど、職人ギルドの在庫でダブついていたのをベン爺さんが安く買い叩《たた》いて手に入れた。やるな、ベン爺さん。

聞けば、どうやらロタリンギアの反乱騒動《そうどう》に加担していた貴族が注文していた物なのだそうだ。しかし、お家取り潰《つぶ》しのうえ財産没収《ぼっしゅう》。当主は斬首《ざんしゅ》、一族は鉱山町に送られた。こんな高価な物、そうそう売れるわけがない。職人ギルドとしても困っていたと思われる。

そんな噂《うわさ》を聞きつけたベン爺さんが一計を講じる。在庫の温室より小さい温室を職人ギルドに注文。職人ギルドとしては在庫の温室をどうしても売りたい。こうして、職人ギルドとベン爺さんとの値段交渉《こうしょう》の攻防《こうぼう》が始まる。

硝子はドワーフの国の重要な産業で、ドワーフ以外に作れる者がいないそうだ。当然、ドワーフの国はルミエール王国のずっと北にあるので、運んで来るのも大変な上に壊《こわ》れやすいので非常に高価な品物となる。輸送費、護衛代だけでも馬鹿《ばか》にならない額になるそうだ。

今回、ベン爺さんが買ってきた温室は二十メル四方で、本来二千万レトプラス組み立て工賃がかかるところを組み立て工賃込《こ》みで千五百万レトまで値下げさせた。職人ギルド、泣いていただろうな。

とは言っても、千五百万レト……高いね。

「み～」

そうだねぇ～ってミーちゃんも言っているけど、これもすべて投資。この温室でサトウキビと甜《てん》菜《さい》、カカオ、そしてウコンの試験栽培《さいばい》をする。どれも、今後の神猫《かみねこ》商会の主力商品になり得るものなので、とても重要な試験栽培となる。

ベン爺さんと話をして温室はベン爺さんが家庭菜園程度にしか使っていない、広い畑の隅《すみ》に建てることに決めた。牧場も畑も日陰《ひかげ》を作るようなものが、土地の端《はし》にある町の防壁《ぼうへき》しかないので陽《ひ》あたりはばっちり。今後も日差しを遮《さえぎ》るものを建てる予定はない。

場所が決まったので早速《さっそく》職人さんたちが組み立てを始める。見れば全員ドワーフだ。硝子は素人《しろうと》に作業させると破損するおそれがあるので、職人ギルドでドワーフの職人さんを急遽《きゅうきょ》集めたらしい。

でも、みんな親方クラスの方々なので、誰《だれ》が頭になるかで揉《も》めている……大丈夫《だいじょうぶ》なのか？

どうやら、職人ギルドのほうでも最近噂になっている神猫商会と聞いて、無理してドワーフの職人を集めてくれたらしいね。

神猫商会としても、現在カティアさんが職人の囲い込みをしているので、職人ギルドとは仲良くしていきたいと思っている。

「み～」

ミーちゃんも仲良きことは良いことなの～と申しております。薬師《くすし》ギルドとは訣別《けつべつ》したけど、職人ギルドとはそうなりたくないね。一度、挨拶《あいさつ》に行ったほうがいいかな？

組み立てのなか、暇《ひま》なゼルガドさんも見学に来て一言、

「ネロって、本当に金持ちなんだな……」

そんなボヤく暇があるなら、組み立てを手伝え～。同じドワーフの職人なんだから、ガラスの扱《あつか》いには慣れているだろう？　手伝えば、その分、工期の短縮が見込まれ、人件費を値切れる。

「おいおい、無理言うなって。ガラスはさすがに触《さわ》りたくねぇ。一枚でも割ってみろ、借金で首が回らなくなるぜ」

「既《すで》に回らなくなって身売りしたのは、どこのどいつだ？」

「……」

「み、み～」

そんなこんなでミーちゃんと数日修行を続けていたら温室が完成していた。

ベン爺さんに連れられて建設場所に向かうと、立派な温室が建っていた。一メル四方の硝子を錆《さび》止《ど》めに白く塗装《とそう》された鉄製の枠《わく》に填《は》め、薄《うす》い鉄製の板で十字に挟《はさ》み隙間《すきま》をなにかの樹脂《じゅし》できっちりとシーリング処理されている。それがいくつも組まれて温室が出来ている。

「り、立派ですねぇ」

「み～」

「とても良い物じゃが、金喰い虫じゃのう」

どういうことかベン爺さんが温室の中に入り説明してくれた。温室なのでこの中は一定の温度以下にはならないように、暖房《だんぼう》器具が設置されている。ほかにも外の外気から地面の温度を守るため

に、内側の四方にパイプが埋められていて温水を循環《じゅんかん》させる装置も設置されているそうだ。それはすべてエナジーコアで賄《まかな》われ、とてもお金が掛《か》かるらしい。

まあ、それも必要経費だから仕方がない。

さあ、準備は整った。ってことで、ベン爺さん、よろしくお願いしますね。

「み〜！」

そういえば、さっきからベン爺さんの指示で動き回っている人がいるのですが、誰？

「うむ。忘れとった。前に言っとった儂《わし》の弟子《でし》じゃのう」

「……」

痩《や》せ形のっぽのお兄さんがぺこりと頭を下げて、すぐに温室の確認《かくにん》作業に戻《もど》ってしまう。そういえば、そんなこと言っていたね。温室の横にその人が住むための小屋も建てたからね。

「腕《うで》は良いのじゃが、あのとおり人見知りのうえ口下手でのう。すまんのう」

「み〜」

ちゃんと仕事をしてくれるなら問題ないね。でも、うちは動物が多いですけど大丈夫かな？　と思った矢先に温室の開いていた入り口から、ルーくんとラルくんが入ってきて、見知らぬ人を見つけて飛びかかる。あぁ、そうなるよね〜。

飛びかかるといっても、遊んで〜遊んで〜って感じなのだけどね。この子たちは番犬にはならないな。まあ、家の周りは白狼《はくろう》三頭が見回りしているから問題ないけど。

ベン爺さんのお弟子さんの名前はスキニーさん。痩せ形のっぽのせいでだいぶひ弱《よわ》に見える。ちゃんとご飯食べていますか？　健康は食事からっていうからね。

「み～？」

「前に働いていたところの貴族はスキニーが無口なのを気に入らなかったようでのう。飯もちゃんと食わせなかったそうじゃ。嘆《なげ》かわしいのう」

貴族すべてが悪い人ではないのだろうけど、貴族だというだけで平民を見下す人が多いのも事実だからねぇ。うちは成り上がりの新興貴族だからそういうのないし、なんといってもエフさんの作る料理はとても美味《おい》しいから、いっぱい食べてもっと太ったほうがいいね。

「み～」

温室の中はもうすぐ冬だけど暖房をつけていなくてもぽかぽか。ルーくんとラルくんは陽あたりの良い場所で寄り添《そ》ってお昼寝《ひるね》を始めた。ミーちゃんもぽかぽか陽気に誘われて、モフモフの中に割って入って一緒《いっしょ》にお昼寝をするようだ。そこは最高の寝心地《ねごこち》に違いない。間違いない。

ベン爺さんとスキニーさんは母屋《おもや》の陽あたりの良いテラスでプランターで育てていたサトウキビの苗《なえ》と、芽が出た甜菜の苗、カカオの苗、そしてウコンの苗を温室に運んできた。

サトウキビは少し伸びて土に根を張りつつあり、青々とした葉が伸《の》び始めている。これほど早く成長しているのは、俺のスキル百花繚乱《ひゃっかりょうらん》のおかげ。

ただ、彩音《あやね》さんの桜の接《つ》ぎ木と同じで、ベン爺さんにやりすぎは駄目《だめ》と釘《くぎ》を刺《さ》されている。やりすぎると、本来の生命力を削《けず》ってしまうおそれがあるらしい。

無理やり成長させているのに、順調に育っていることをベン爺さんは不思議がっている。

考えられる理由としてはミーちゃんのミネラルウォーターを与《あた》えているからだと考えられる。彩音さんの桜の接ぎ木も、ずっとミーちゃんのミネラルウォーターを与えているせいか、病気になったり枯《か》れたりすることなくとても元気に育っているからね。早く花見がしたーい。

さて、ベン爺さんたちはプランターから温室内の土に運んできた苗の植え替《か》えを始めた。俺は植え替えの終わったものにミーちゃんのミネラルウォーターを与えていく。元気に大きくなれよ〜。

砂糖はいうまでもなく、早くターメリック（ウコン）を大量に育ててカレーが食べたいのだ。黄色くないカレーはカレーじゃない！　カレーを作るうえでの香辛料《こうしんりょう》はまだ足りない物もあるけど、色さえ黄色ければカレーに見えるはず。まあ、なんとかなるだろう。

それらしくなればそれでいいのだ。この世界でカレーを知っているのは偽《にせ》勇者たちくらい。香辛料を育てていた獣人《じゅうじん》さんたちでさえ知らないのだから。香辛料同士を混ぜて使うという発想がなかったのだろう。南の国のほうは情報がないので知らない。もしかしたら、カレーに似たものがあるかも。いつか調べてみたいと思っている。

それと、俺は本格的なインドカレーより、昔ながらの小麦粉とカレー粉で作る日本のカレーが好き。辛《から》すぎるのは苦手なので中辛くらいがいいね。オーク肉を使えば絶対に旨《うま》くなるはず。ヤバい、涎《よだれ》が出てきた。カレー、食いてぇー！

あと、カカオにも頑張《がんば》ってほしい。迷宮《めいきゅう》管理者である神人に、神の食べ物と言わしめるカカオだ。この世界にはまだ無い植物と思われる。チョコレートにココア、あー待ち遠しい。

そんなことを考えていたら、植え替えがすべて終わっていた。慌《あわ》ててミネラルウォーターも掛け

て回る。これからはスキニーさんがこの温室を管理するそうだ。頑張って立派に育ててください。ルー

寝《ね》ていたルーくんとラルくん、それに挟まれて寝ていたミーちゃんを起こして外に出る。ルーくくんとラルくんはお馬さんたちがいる牧場のほうに走っていった。元気だね。

ミーちゃんは俺の腕の中で可愛《かわい》らしく欠伸《あくび》をしている。まだ、お眠《ね》むのようだ。

俺の腕の中で丸くなって寝ているミーちゃんを抱《だ》っこして家に入り、ミーちゃんをそっとソファーに下ろしてあげる。

今日の午後の予定は宮廷《きゅうてい》料理長の所に行って、レーネ様の誕生会で出すケーキの相談と試作をすることになっている。

今回はちゃんとアポ取りしたのでルーカスさんも怒《おこ》らない。馬車も手配してもらったので完璧《かんぺき》。御者《ぎょしゃ》はベン爺さんがしてくれる。

連れていくのはレーネ様とモフモフ談議ができるレティさんと、みんなの人気者のルーくんとラルくんだ。最近は王妃《おうひ》様たちだけでなく侍女《じじょ》さんたちも、狼とドラゴンなのだけど猫可愛がりしている。もう、モフモフは正義って感じで、仕事そっちのけで可愛がっているが、王妃様やニーアさんはそのことに関して注意することはない。まあ、二人が一番のモフラーだからなにも言えないだけなのかもしれないね。

お昼ご飯を食べたら出掛《でか》けよう。

そういえば、ペロたちはいつ戻ってくるのだろう？　まさか、迷子《まいご》になってないよね？

「すぴぃー」

ミーちゃん、あまりの寒さに体を震《ふる》わします。

「み〜」

みんな〜遊びに来たよ〜。とミーちゃんが一鳴きすれば、ルカ、ノア、レア、カイが走って寄ってくる……いや、突進《とっしん》してくる。

ルーくんとラルくんはお友達認定《ともだちにんてい》しているレーネ様に飛びついて、猛烈《もうれつ》にペロペロ挨拶《あいさつ》。レティさんもレーネ様に挨拶している。これならペロがいなくても寂《さび》しくないね。

「ごきげんよう。ネロくん」

王妃《おうひ》様、美しいお顔でニコニコと笑ってらっしゃるけど、なんか目が笑っていないのですが？　これは、君子危《あや》うきに近寄らずという場面ではないのだろうか？

「ははは……宮廷《きゅうてい》料理長に用があるので、俺《おれ》はこれで……」

なぜか、侍女《じじょ》さんたちに周りを囲まれ逃《に》げ場を塞《ふさ》がれた。な、なんですか？

「あら、ネロくんは、私《わたくし》などとお茶を飲めないと仰《おっしゃ》るの？」

ぐっ……逃げられないのか？　嫌《いや》な予感がひしひしとする。ど、どうする？　転移プレートを使って逃げるか？　それとも、時空間スキルで自分の空間に逃げ込《こ》むか？

どちらも悪手で問題ありありなので諦《あきら》めがっくしと肩《かた》を落とした俺は、ニーアさんが引いた椅子《いす》に座《すわ》るしかないようだ。

「ねぇ、ネロくん。ルーくんのお嫁《よめ》さんってどうするの？」

「はいっ？」

唐突《とうとつ》に何を言っているか理解出来ず、素《す》っ頓狂《とんきょう》な声が出てしまう。

そんな王妃様の言葉にルーくんが自分が呼ばれたと勘違《かんちが》いして、王妃様の元に行き王妃様を見上げてハフハフ。何かもらえるのかなぁ？　くらいの感じだね。

「ルーくんのお嫁さんと言われても、ルーくん、まだこんなお子ちゃまですよ？」

「そんなことないわ。ルーくんだって数年もすれば立派な白狼《はくろう》族の一員になるわ。そうしたらお嫁さんが必要でしょう？」

いや、まあ、そうなのですけど、それがどう繋《つな》がるのでしょうか？

「白狼族のところから将来のルーくんのお嫁さん候補を連れてきて、ルミエールの王族の一員として育てるの。そして、将来ルーくんに降嫁《こうか》させるのよ。ブロッケン山の主との関係強化のためにね。良い考えだと思わない？」

「で、本音は？」

「ルカたちのモフモフも良いけど、ルーくんの大きなもふもふも抱《だ》っこしていたいの！　これはここにいる全員の総意《ふくい》よ！」

ニーアさんを含め、俺を囲んでいる侍女さんたち全員から強い目力で見られているのですが……。

「基本ルカはレーネと一緒《いっしょ》でしょう。ノアとレアのどちらかはユリウス様が連れていくことが多いの。今はカイちゃんがいるから良いけど、カイちゃんが帰ったらノアかレアだけになるでしょう？

足りないのよ。モフモフが！」

いやいや、何を言っているのでしょうか、このモフラー王妃様。

「さすがに、ラルくんのほうは……無理でしょう？」

やっぱり、王妃様は薄々《うすうす》ラルくんのことに感づいているようだ。というより、ラルくんを犬と言うほうが無理があるのは重々承知。

「ブロッケン山の主なら同盟相手だし、今後のことを考えればお互《たが》いにとって悪い話じゃないと思うの。ルーくんは族長の息子《むすこ》だし。どうかしら？」

「少年！　私も欲《ほ》しい！」

あぁ……また厄介《やっかい》な人が首を突《つ》っ込んできたよ。

「レティさんは子猫《こねこ》がいいって言ってましたよね。それに白狼族は物じゃないので、ホイホイとあげられません！」

「私もルーくんのお嫁さんを育てたい！　ルーくんも私が育てたお嫁さんのほうがいいよな？」

「あら、私たちが育てたお嫁さんに不服でも？」

「がう？」

おいおい、まだ育ててもいないのに、ルーくんの嫁取《よめと》りの話は早いんじゃねぇ？

「歴史あるルミエール王家の娘《むすめ》となれば品格も良く育つうえ、ブロッケン山の主の子息との結婚《けっこん》に、家格も問題ありませんわ！」

「いやいや、歴史あるというのであれば、ルミエール王国が建国する前からこの世界の平和を担《にな》ってきた義賊《ぎぞく》ギルドのほうが格上なのでは？　それに、ルミエール王国はモンスターを蹴散《けち》らして起こした国。ルーくんの父上は準魔王《まおう》級の方なので敵の嫁を娶《めと》るなど、どうかと思いますが？」

「はぁ……これだから義賊ギルドの者は頭が固く古臭《ふるくさ》いと言われるのです！」

「その頭が固く古臭い義賊ギルドがいなければ、滅《ほろ》んでいたかもしれないルミエール王国が何を言っているのですか？」

はぁ……レティさんも王妃様も珍《めずら》しくエキサイトしている。さて、本来であれば触《さわ》らぬ神に祟《たた》りなしなのだけど、どうしようか？

と悩《なや》んでいたら、おぉっと、ここで真のブロッケン山の主の登場です！

ミーちゃんがルカ、レア、ノア、カイを引き連れ、お尻《しり》をふりふりして歩いてくる姿は、まさに主の風格。いや、神猫の風格だ！。

「み～？」

何が起きているの～？　って首を傾《かし》げるミーちゃん。それにつられて、ルカたちもみんな一緒に首を傾げる。な、なんて爆可愛《ばくかわい》い光景。カメラがあったら連写している。カメラが無いのが悔《くや》しい。

周りにいた侍女さんたちも、ミーちゃんたちの姿を見て頬《ほほ》を上気させ身悶《みもだ》えしている。

それより斯々然々《かくかくしかじか》、ミーちゃんに事情を説明。

「み～♪」

で、でましたよ。ミーちゃん、お得意の任せなさ～い♪　が！　そんな安請《やすう》け合いしちゃって大《だい》丈夫《じょうぶ》なの？　俺はどうなっても知らないからね。

「み～」

一人に決められないなら二人にすればいいの～って、パンがなければケーキを食べればいいじゃない的な考えでいいのだろうか？　不安だ……。

それに、この場の雰囲気《ふんいき》を考えると、

『無理でした。テヘペロ♪』

ってわけにはいかないよ？

「み～」

はぁ……ミーちゃん、自信がおありなのね。じゃあ、お任せしますよ。

「み～！」

王妃様とレティさんはまだ机上の空論というか、水掛《みずか》け論を続けている。

「結婚する時にはルーくんに爵位《しゃくい》を授《さず》けますわ！」

「そんなものもらったところで、ルーくんが喜ぶとでも？」

いつまで続くのかね？　それにしても、ルーくん、爵位もらうんだ。騎士《きし》爵かな？　男爵だったりして？　俺と同格になっちゃったりしてね。

「では、持参金として王都に土地と屋敷《やしき》を用意しましょう」

「はあ……ルーくんは白狼族。そんなのありがたくもなんともない」

「さっきからあなたは否定ばかりですわ！　それでは義賊ギルドはルーくんに対して何ができるというのですか！　はっきりと言ってみてください！」

「決まっている。誰《だれ》でも一人、消してやる」

「……」

ははは……さすがに王妃様も、じゃあ私もとは言えないご様子。

レティさん、さすがにそれは物騒《ぶっそう》すぎますよ。

「な、なら……」

「はーい。そこまで～」

「み～！」

ミーちゃん、両者の間に割って入ってレフリーストップ！　立ち上がってみ～み～言いながら両手をパタパタさせている。それを真似《まね》する子分軍団。なんて可愛い光景。

「ネロくん！」

「少年！」

はいはい、不毛な争いは何も生みませんよ。それに、これからミーちゃんが和解案を提示してくれるそうです。双方《そうほう》、納得《なっとく》のいくものらしいです。

さて、子分軍団はまとめてレーネ様に預ける。両者の争いに固まっていたレーネ様が我に返って子分軍団を抱きしめる。子分軍団、ちょっと苦しそう。ニーアさんがルカ以外を救出。ルカは人身御供《ごくう》にされたか……強く生きろよ。

「にゅぅ……」

その間にラルくんが一人の侍女さんに捕《つか》まってモフモフされている。それを恨《うら》めしそうに横目に見る残りの侍女軍団。怖《こわ》いよ。

ミーちゃんが間に入りやっと落ち着きを取り戻《もど》した両者。それでもまだ、見えない火花が散っているのが、ヒリヒリと肌《はだ》に感じる。正直、うざい。

ということで、両者にミーちゃんの和解案を説明。

王妃様とレティさんにそれぞれルーくんのお嫁さんを育ててもらう。これで解決。どちらが正妻になるかまでは知らんけど。

「ミーちゃんがそう言うのであれば仕方ありませんわ。矛《ほこ》を収めます」

「こちらも異存はないぞ。少年」

「み〜」

「がう？」

ルーくんの意見はさておき、将来のお嫁さんが二人に決まった。ルーくん、おめでとう。何がなんだかさっぱりって感じで首を傾げているけどね。ごめんな、俺には止められなかったよ。止めようとも思わなかったけどさ。

「が、がぅ……」

という一幕があり、やっと本来の目的である、宮廷料理長の所に来られた。

「で、どうする？」

宮廷料理長に問われたけど、何を作ろうかな？

取りあえず、材料を食材庫から見繕《みつくろ》って並べてみる。

小麦粉、黒砂糖、牛乳、バター、生クリーム、卵、など色々。あとは俺が持ってきた果物類。

小麦粉は薄力粉《はくりきこ》を用意してもらった。ケーキを作るのに薄力粉を使うのは、前にケーキ屋さんでバイトしていたときに経験して知っているからだ。

ちなみに、強力粉でも作れるけど、ふっくらと膨《ふく》らまず固いケーキが出来上がる。嫌でしょう？

では、基本のスポンジケーキを作ってみよう。

薄力粉をふるいにかける。これは異物の除去とダマにならないようにするためだね。実際にやってみると、殻《から》の破片《はへん》などの異物が多く混入している。日本でこんなのが小麦粉から出てきたら大問題だけど、こっちでは普通《ふつう》。というか、使う前に必ずふるいにかけるのが常識なのだ。面倒《めんどう》だね。

さて、ケーキを焼く銅の型にクッキングシートがないので、ほかの料理で使っている油紙を使用。バターもしっかりと塗《ぬ》っておくのを忘れない。

次は、卵を泡立《あわだ》てる。料理番組だと、黄身と白身を別々に泡立てたりするけど、俺が教えてもらったのは両方一緒に泡立てるものだった。こっちのほうがふんわりと仕上がるらしい。

さて、ここで登場！　ゼルガドさん特注泡立て器～。卵を一気に泡立てて見せるけど、宮廷料理長は良い顔をしていない。ありゃ？

宮廷料理長曰《いわ》く、そのくらいそんな道具に頼《たよ》らず己《おのれ》の腕《うで》でやれということらしい。泡立てる力加減や材料の状態など、自分で感じて調整できねば一流の料理人ではないとのこと。俺、料理人じゃないから、ノープロブレム。

そこで、俺はマヨ作りが楽になりますよと言ったら、顔を引きつらせながら、

「マ、マヨなら仕方がないか……」

などと小さい声で言っていたのを、俺のデビルイヤーは聞き逃《のが》さない。勝ったな。

軽く泡立てたところで湯せんしながら砂糖を加え、ここで秘密兵器を投入。

「今、何を入れた」

宮廷料理長に今入れたものを少量渡《わた》す。

「苦いな。だが、なんという芳醇《ほうじゅん》な甘《あま》い香《かお》り」

秘密兵器とはバニラビーンズ。スポンジケーキにもバニラエッセンス入れるけど、エキスを抽出《ちゅうしゅつ》してないからそのまま入れた。香り付けだから問題ないだろう。

ここまできて、やっとふるいにかけた薄力粉と膨らまし粉を投入。木べらで切るように混ぜ込んでいく。最後に牛乳と溶《と》かしバターを入れ、混ぜ込んだら完成。

型に流し込んだら百八十度のオーブンに入れて焼けば完成。百八十度？　適当適当。だいたいこのくらいかなって温度になったら入れただけ。ケーキ屋で経験した温度に近いと思うからいけると思う。試作なので失敗したって、どーってことない。

オーブンの中を確認しながら三十分くらい放置。いい感じに膨らみ、表面がきつね色からこげ茶になる寸前にオーブンから出す。

すぐにほかの料理人が作っていたものがオーブンに入れられる。

焼き上がったスポンジケーキを型から外して実食。本当は冷ましてから食べたほうがいいけど、最初だから温かいうちに食べてみる。

「ほう。これがケーキか。パンとは違《ちが》い、なんとも言えん上品な美味《うま》さだな」

ほかの料理人さんたちも、スポンジケーキの美味《おい》しさに驚《おどろ》きながら味わっている。

パンとは違うのだよ。パンとは！

俺的にはもう少し焼いたほうがいいと感じたので、今焼いたものは時間を変えて取り出すことにした。こうしたデータを取りながら試行錯誤《さくご》するのが、美味しさを追求する秘訣《ひけつ》だね。

「次に焼けたものは冷まして、デコレートしましょう」

「なるほど。味は良いが見た目は地味だから装飾《そうしょく》するということだな。面白《おもしろ》い」

チョコレートがあれば良かったのだけど、無いものはしょうがない。

早く栽培《さいばい》できるようになりたいね。

次のケーキが焼き上がり、冷めたところでスポンジケーキを真ん中から平たく二つに切る。中もちゃんと冷めていて、ちょっとだけしっとりとしている。バターを入れたからだろう。

ボールに生クリームと黒砂糖を入れ、ゼルガド製泡立て器で角が立つくらいまで泡立てる。超簡《ちょう》単！　さすが文明の利器は違うね。宮廷料理長は良い顔をしていないけど。

それをスポンジケーキに満遍《まんべん》なく塗っていく。綺麗《きれい》に塗り終わった後に、いくつかの果物の皮を剥《む》いて薄《うす》めにカットしたものを隙間《すきま》なく下段のスポンジケーキに並べていく。そこにまた生クリームをたっぷりと塗る。

「見事なものだな。果物の食感と味わいを加えて楽しませるか。これは儂《わし》の料理人としての想像力を掻《か》き立てさせるな」

「果物を使うので砂糖の量を控《ひか》えめにして、甘さを抑《おさ》えるほうがいいですね」

周りに集まっている料理人さんたちが熱心にメモを取っている。王宮に勤めるエリートたちだけど、貪欲《どんよく》に知識を得ようとする姿勢は見習うものがある。

上段も重ねて上部の飾《かざ》りつけも彩《いろど》りよく飾る。しかし、如何《いかん》せん使っているのが黒砂糖なので、泡立てた生クリームが少し茶色っぽい。それはそれで、良い感じなのだけど、誕生日ケーキとしてはどーなのだろう？　やっぱり真っ白な、純白のケーキが良いよね。

でも、現状では無理。正直、ここまで色が付くとは思わなかった。何か考える必要がある。

残りのスポンジケーキは宮廷料理長以下、料理人さんたちでデコレートされていく。

見た目はやっぱり経験者である俺に一日の長がある。宮廷料理長の悔しそうな表情が見られて、ちょっとニンマリ。まあ、すぐに追い抜《ぬ》かれると思うけど。

宮廷料理長たちが作ったケーキを切り分け、みなさんと試食。美味しいね。

「儂は甘いものが得意ではないが、これは素晴《すば》らしい出来だ。ひとつの芸術と言ってもいいだろう」

「ケーキや菓子類《かしるい》は多種多様。お菓子専門の料理人がいるくらいですからね。奥《おく》が深いですよ」

「たんなる菓子と馬鹿《ばか》にできんな。早急に菓子専門の料理人を育成するべきだろう」

「王妃様たちが喜ぶと思いますよ」

その王妃様たちに運ばれるケーキはもちろん、一番見た目が良い俺が作ったケーキ。宮廷料理長自ら出向いて切り分けるようだ。

純白のケーキが作れない以上、ほかのケーキも視野に入れないと駄目《だめ》だ。もう少し考える時間がほしい。なので、今日のところはこれにて解散。宮廷料理長たちも思案すると言っている。また今度集まっていろいろ試作することで話が決まった。

「綺麗ねぇ」

「綺麗でしゅ～」

「み～」

切り分ける前のケーキを見せてから、宮廷料理長が切り分け皿に載《の》せていく。

「食べられる宝石箱みたいね」

「ねぇ～」

「み～」

王妃様もレーネ様も切り分けられたケーキを前にわくわく。作ったかいがあったってもんだよ。ミーちゃんも綺麗だね～って見ているけど、味には興味なさげ。

そして、そのおこぼれを狙《ねら》うレティさん。目をキラキラさせてケーキをガン見。ニーアさんもちょっと顔を引きつらせつつ、レティさんの前にケーキの載った皿を置く。ちょっと恥《は》ずかしい。

「み、み～」

俺はニーアさんに目配せをしていらないと合図。代わりにほんの少しずつルーくんとラルくんに配ってもらう。可哀《かわい》そうだけどルカたちにはあげられない。代わりにミーちゃんクッキーを皿に載せてルカたちの前に置いてあげた。

ミーちゃんもやはりケーキは食べる気がないようで、ルカたちとクッキーを食べている。

「美味しいわ……」

「おいちぃでしゅ～」

ケーキは王様の分が切り分けられ、残りは侍女さんたちに下賜《かし》された。俺が作ったケーキと宮廷料理長が作ったものがあるので一ホール半くらいはある。ニーアさん含め侍女さん軍団には十分な量だと思う。ただ食べすぎると太り……いえ、なんでもありません。気にせずお食べくださいませ。

侍女さん軍団の目がケーキに釘付《くぎづ》け。ニーアさんが咳払《せきばら》いしても目を離《はな》さないので、王妃様が苦笑い。甘味《かんみ》は主従を忘れさせる。甘味とはなんて恐《おそ》ろしいものだ。

「これをレーネの誕生会に出してくれるのね」

「いえ、これはまだ試作品です。まだ、時間はありますので、もう少し宮廷料理長と研鑽《けんさん》してより良いものを作りたいと思っています。レーネ様、期待していてくださいね」

「期待してましゅ！」

「み～！」

レーネ様、良い笑顔《えがお》でミーちゃんをギュッと抱きしめる。この笑顔に応えられるように頑張《がんば》りましょうかね。それからミーちゃん、期待していてね～って、考えて作るのは俺なんですけど……なんかおかしくない？　お菓子だけに。ププッ！

「み、みぃ……」

寒いの……とっても寒いの……。ミーちゃん、体を震わせ寒さに耐《た》えている。

うち帰ってふて寝《ね》してやるんだからな！

ミーちゃん、グラムさんに雷《かみなり》スキルを授《さず》ける。

王妃《おうひ》様とレーネ様に挨拶《あいさつ》して家路につくと、玄関《げんかん》の前に誰《だれ》かが倒《たお》れている。馬車を降りて駆《か》け寄ると、ボロボロ状態のグラムさんだった。

何があったんだ⁉

「み～？」

「ミ、ミー様……」

な、泣いているのか？　本当に何があったのだ？　取りあえず、ミーちゃんのミネラルウォーターを全身に掛《か》けてやり、もう一本を飲ませる。

さすが神水とまで言われるミーちゃんのミネラルウォーター。グラムさんの傷がみるみる癒《い》えていく。ドラゴンをここまでボロボロにするなんて、どんな強敵にやられた？

ミネラルウォーターを飲んで落ち着いたグラムさん。急にミーちゃんの前に土下座すると、

「ミー様。強くなりたいです。お願いです。俺《おれ》を強くしてください！」

いやいや、グラムさん強いですからね。あなたに敵《かな》う人なんて数えるくらいしかいないと思いますよ？　ねぇ、ミーちゃん？

「み～？」

ミーちゃん、グラムさんの頭をポンポンと叩《たた》きお得意の、

「み〜！」

そう、任せなさ〜い！　いただきました。でも、どうするつもりなの？

「み〜？」

ミーちゃん、俺を見て首を傾《かし》げる。何も考えてないのね。俺に丸投げかい？

しかし、絶対強者のドラゴンに何を教えるというのだろうか？

うーん。やっぱり、あれか？　宗方姉弟《むなかたきょうだい》には逃《に》げられたが、レインが望んだあれか？　レインに試《ため》す前にグラムさんで試してみるのも手だな。

「グラムさんは雷を知ってますよね？」

「もちろんだ。嵐《あらし》の中を飛んでいる時、雷を喰《く》らい気を失って何度も海に落ちたものだ」

雷に打たれても、気を失う程度なんだ……。いや、考えようによっては、ドラゴンに気を失わせることができる強力な力ともいえる。やはり、雷スキルは強力な武器になる。

さて、俺は知識として雷を学び理《ことわり》を理解している。対して、グラムさんは体を張って雷の力を理解している。ある意味、体で覚えた分、雷の力を十分に使いこなせるのではないだろうか？

ゲームの中のドラゴンだって、サンダーブレスを吐《は》くドラゴンがいるのだからきっと使いこなせるはず。そうに違《ちが》いない！

「いいでしょう。グラムさん。あなたに新しい力を授けましょう」

「ほ、本当か！」

「み〜！」

ミーちゃんも、今のやり取りで俺がやろうとしていることがわかったのか、フンスとやる気を漲《みなぎ》らせている。って何をするつもりでしょうか？　ま、まさか、神雷《しんらい》をぶつける気じゃないよね？　迷《めい》宮《きゅう》でそれやったよ？　それで覚えられるなら、グラムさんはもう覚えているはずだ。

「み〜」

あー、違うのね。なるほど、それはやってみる価値がありそう。

ミーちゃんの神雷は神雷だけにミーちゃんへの信頼度によってダメージが変わってくる。あと、たまにミーちゃんの気分次第《しだい》というのもある。そこはご愛敬ということで。

なので、ミーちゃんに全幅《ぜんぷく》の信頼をおいているスミレ、セラ、ルーくん、ラルくんは神雷を受けてもまったくダメージを受けない。じゃあ、姫《ひめ》と慕《した》うペロはというと、静電気程度にぴりっとするらしい。これはペロがミーちゃんをちみっ子扱《あつか》いするので、ミーちゃんのお怒《いか》り分と考えられる。

かくいう俺もミーちゃんが神雷を覚えた時に、静電気のようなダメージを受けている。あれは、俺があれだけ苦労して覚えた雷スキルを、ミーちゃんは見ているだけで上位スキルの神雷を覚えたことに対する嫉妬心《しっとしん》からきたものだと思う。若さ故《ゆえ》の過《あやま》ちってやつだ。

今は、まったくなんともないし、何度もミーちゃんの神雷と共闘《きょうとう》している。俺とミーちゃんとの間の信頼関係は完璧《かんぺき》。まあ元々、完璧だったけどね。

さて、グラムさん。道具を用意するのでちょっとお待ちを。と言っても、ミーちゃんバッグから金属の棒を出すだけ。

はい、じゃあ始めますよ。

金属の棒を絶縁体《ぜつえんたい》である紙で持ち、金属部分を毛糸の布で擦《こす》ります。一生懸命《いっしょうけんめい》に擦ります。

はい、グラムさん、指出して。

「み～」

「こうか？　あうちっ⁉」

グラムさんの指と金属の棒の間に青白い稲妻《いなずま》が走る。グラムさん、とても驚《おどろ》いた顔をしている。

これを続けてもスキルは発現すると思う。だけど、それがどのくらいで出るのかがわからない。あれだけ迷宮で肉球型神雷を喰らっても出ないのだから、人より耐性《たいせい》があるのかもしれない。

ならば、より大きな力を加えてみようとミーちゃんは考えた。

ミーちゃん、グラムさんに持たせた金属の棒に触《ふ》れ神雷を少し流す。

「なっ⁉　ミ、ミー様も雷を扱えるのですか！」

「み～！」

ミーちゃん、ドヤ顔でグラムさんを見て、私もできるんだよ～ってパチパチと全身に神雷を纏《まと》う。

「それより、グラムさん。声をあげたけど痛かったですか？」

「いや、痛くはないが……そのなんと言うか……精神的なダメージを受けたと言うべきか……」

要するにドラゴンだから肉体的ダメージはないけど、何度も大いなる自然の力を体に刻み込《こ》まれたせいで、雷にトラウマがあるって感じかも。

まあ、自然が相手ではどうしようもない。言わば、神の領域だからね。

で、その神の領域にいるミーちゃんですが、そろそろ痺《しび》れを切らしてきたみたい。目をうるうる

させて、まだ～って見てくる。早くやりたいらしい。そこまでか⁉

その姿、表情はとても可愛《かわい》いのだけど、やろうとしていることは一歩間違《まちが》えば鬼畜《きちく》の所業ですからね！　でも、面白《おもしろ》そうだからやっちゃいましょう。

「お、おい……な、何をする気だ？」

大丈夫《だいじょうぶ》。グラムさんはミーちゃんの下僕《げぼく》……もとい、眷属《けんぞく》。ミーちゃんを主《あるじ》として信頼していれば問題ない……そう、問題ないのだ！　たぶん。

「み～！」

いくよ～って神猫《かみねこ》だけど、天使の笑顔《えがお》でグラムさんに神雷が流される。

「痛っ⁉　ちょ、ちょっと待って！　ミー様、止めて！　お願いです！　止めてください！　あばばば……」

グラムさんの制止のお願いも虚《むな》しく、ミーちゃん嬉々《きき》として神雷を流し続ける。

ミーちゃん、グラムさん痛がっていますよ？

「みっ⁉」

ミーちゃん、気づいてなかったようだ……。グラムさん、さっき会った時と同じようにボロボロになって膝《ひざ》から崩《くず》れ落ち倒れこんだ。し、死んでないよね？

「み、みぃ……」

ミーちゃん、憐《あわ》れむような目でグラムさんを見ているのですけど、やったのミーちゃんですから！

「み～♪」

てへぺろ～♪　じゃありません！

ミーちゃん、今度は倒れているグラムさんを見て、

「みぃ……」

み～ちゃん、信頼されてないんだぁ……と逆に目をうるうるさせ始めちゃった。そうだね。悪いのはグラムさんだ。自業自得《じごう》だ。ミーちゃんは悪くないよ。間違いない。

とはいうものの、可哀《かわい》そうなのでボロボロのグラムさんにミーちゃんのミネラルウォーターを、ドバドバとかけてやる。

「はっ⁉　俺はいったい……」

どうやら、気を失っていたようだ。取りあえず、グラムさんを鑑定《かんてい》。雷スキルが増えている。ついでに、精神苦痛軽減も増えていた……。そ、そこまでだったのか⁉

「おめでとうございます。雷スキル覚えましたよ」

「み～」

「ほ、本当か⁉　ドラゴンで雷スキルを持つ者は過去にもいない。俺は最強の力を手に入れた！　待っていろよ。姉上！　これまでの屈辱《くつじょく》、いまこそ晴らす！」

グラムさん、雷スキルを覚えて高揚《こうよう》し興奮して、その場でドラゴン形態になりどこかに飛んで行ってしまった……。

あれほど、町や町の近くではドラゴン形態になるなと言っておいたのに……。間違いなく今頃《いまごろ》大《おお》騒《さわ》ぎになっているな。エレナさんの飛竜《ひりゅう》のバロンでさえ騒ぎになるくらいだからねぇ。

ははは……こりゃ参ったわ。ミーちゃん、王妃様の所に謝《あやま》りに行こうか。

「みぃ……」

もう、夕暮れ時だけど急ぎ馬の用意をして王宮に走らせる。緊急《きんきゅう》なので護衛はなしだ。借りていた馬車は返してしまったのでしょうがない。急用ができて急ぎ王宮に行かなければならなくなったと、ルーカスさんに言ったらため息をつかれてしまった。小言は時間がないので、また今度でお願いします。

馬車を買うしかないですね……などとぶつぶつ言っていたけど、その辺はお任せします。

ルーくんとラルくんも行きたそうに足元に寄って来たけど、謝罪に行くので楽しいことじゃないからと聞かせ諦《あきら》めてもらった。

まあ、ラルくんにとっては当事者の甥《おい》なので、関係あるっちゃ～あるのだけど。逆にラルくんたちを連れていって、モフモフで誤魔化《ごまか》すか？　無理だな……。

ミーちゃんと王宮に馬を走らせる間、王妃様になんと言うか打ち合わせ。

ミーちゃん、どうする？

「みぃ……」

だよねぇ。困ったよねぇ。どう説明しようか？　もう、正直に話しちゃおうか……駄目《だめ》だよね。でも、王妃様はヒルデンブルグの出だけあって、薄々《うすうす》感づいている気がする。

多少の情報公開はいいのかもしれないかな？　何かあった時の後ろ盾《だて》は大事だからね。それに、ゴブリンキングとの戦いでもドラゴンの力を借りられることになっているから、少しは話しておかないと、逆に味方が混乱するおそれもある。

実家の守護竜《りゅう》の義理の弟のことだ、王妃様に関係ないわけではない。ならば、ドラゴン関係のことは任せてしまえばいいじゃないか。うん。これはいい考えだ！　これで、宰相《さいしょう》様に睨《にら》まれることも少なくなるに違いない。

どう思う。ミーちゃん？

「み～！」

丸投げしちゃえぇ～！　って……いいのかなぁ？　でも、王妃様には貸しがある。ここでその貸しを返してもらうのは、対価としてはこれ以上ない対価ではないだろうか？

王宮に着くと門の衛士さんが怪訝《けげん》な顔で挨拶してくる。今日二度目の登城だからね。それでも、ちゃんと王妃様に取りついでくれるあたり、俺とミーちゃんも顔パスになったってことだなぁ。

「アンネリーゼ様がお待ちです。ネロ様」

「み～」

いやぁー、全然待ってくれなくて結構だったのですけどねぇ、ニーアさん。ニーアさんは俺たちが来ることを知っていたようで、どちらかというと塩対応。

ミーちゃんも場を和《なご》ませようと挨拶を返したけど、全く相手にされない。

「みぃ……」

ミーちゃん。こりゃあ、完全に俺たちが黒だとバレているね。

「あら、ネロくん。どうしたの？　こんな時間に」

王妃様、気持ち悪いくらい機嫌《きげん》良さそうにニコニコしている。そう、ニコニコしているが、目が笑っていない。これはマジでヤバイ雰囲気《ふんいき》。

レーネ様、この異常な雰囲気に耐《た》えられなかったようで、ルカ、ノア、レア、カイを抱《だ》いたままニーアさんの足にしがみついている。

いや、俺の腕《うで》の中にいたミーちゃんもこの雰囲気に耐えられず、レーネ様の所に脱兎《だっと》の如《ごと》く退避《たいひ》して行った……裏切り者め。

「どうしたの？　こちらに来てお座りになられたら？」

ぐぬぬぅ……行きたくない。

「私に用があって来たのでしょう？」

「ははは……ちょっとカイの顔を見に来ただけですので、すぐにお暇《いとま》します」

「いいから、そこにお座りなさい」

「はい……」

感情のこもっていない声で話されると、ある意味ドスの利《き》いた声より怖《こわ》い。

「今、王都中大騒ぎになっているのはご存じよね」

「ええ、町中を通って来ましたから」

「私に上がってきた報告では、ネロくんの屋敷《やしき》のほうから突如《とつじょ》ドラゴンが現れ、南に飛び去ったと聞いたけど、何か申し開きはあるかしら？」

申し開きといったって、どう話せばいいのだ？　ドラゴンが気分が高揚して我を忘れて飛んで行ったとでも言えば納得《なっとく》するのかな？

「これといって、何もありませんが？」

そうなのだよ。よくよく考えたら、なんで俺が怒《おこ》られなければならないのだ？　逆ギレしてみようか？　まあ、それができたらここにはいないわな……。

「ネロくん。今の状況《じょうきょう》がわかっていて？」

しょうがない。覚悟《かくご》を決めろ、ネロ。勇気を振《ふ》り絞《しぼ》れ！

「私に落ち度は一切《いっさい》ございません。確かに家の前からドラゴンが飛び立ちお騒がせしましたが、苦情ならご本人に言ってください。今度連れてきますので」

「ほ、本当にドラゴンを呼べるの？」

「前にも会っています」

「みぃ……」

ミーちゃん、そこはレーネ様の陰《かげ》に隠《かく》れながらではなく、堂々と言ってください。

「えっ⁉」

王妃様だけでなく俺の声が聞こえていた、ニーアさんや侍女《じじょ》さんたちも目をまん丸にして驚きの表情になる。驚くのはわかるが、ある意味何度も会っている。

「ラ、ラルくんかしら？」

「当たらずとも遠からずですが、違います」

やっぱり、ラルくんがドラゴンだって気づいていた。だが、今回は違う。

「まあ、今回の当事者を今度連れてきますよ」

「そんなに簡単に連れてくるって言うけど、王宮の警護がどれだけ必要だと思っているの！」

「さあ？　どう警護するのか知りませんが、人如きの力でどうこうなる相手ではないですよ？　五《ご》闘招雷《とうしょうらい》のジンさんだって手も足も出なかった。焼け石に水……無意味な行為《こうい》だと思いますが？」

逆ギレされたが、実際に戦った俺が言うのだから間違いない。人類の中で戦いに関してトップクラスのジンさんがいても無理だった。たとえ、第一騎士《きし》団全員が挑《いど》んだところで、空に上がってブレスのひと吹《ふ》きで何もできず壊滅《かいめつ》だ。そんな相手にどう守るかなんてナンセンスでしかない。

「み～」

だからミーちゃん、レーネ様の後ろに隠れていないでここに来て言いなさい！

王妃様もニーアさんたちも、俺の言った言葉を想像して顔を蒼褪《あおざ》めている。そう、ドラゴンを怒らせれば、逃げ場などどこにもなくすべてが灰燼《かいじん》に帰すことに。グラムさん、炎《ほのお》を吐けないけど。

「はぁ……。ネロくんにはいつも驚かせられるけど、今回は別格ね。そこまで話したのだから、ちゃんと話してくれるのよね？」

ということなので、当初の予定どおり王妃様を丸め込んで、面倒《めんどう》なことは丸投げ作戦を実行に移す時が来た。ここは気を引き締《し》めて話を持っていかなければならない。

ミーちゃん、出番ですから、ここに来てお座り！

「みぃ……」

ミーちゃん、王妃様《おうひ》はやっぱり侮《あなど》れません。

すごすごと歩いてきたミーちゃんを、王妃様の前にお座《すわ》りさせる。

さて、どこから話したものか。

「そもそものきっかけは大公様です」

「父から聞いているわ。竜《りゅう》の島に住まうドラゴンの長《おさ》とネロくんが会ったという話ね」

そう、そこから烈王《レオ》さんとの付き合いが始まったのだ。

皆《みな》が恐《おそ》れるドラゴンの長。ヒルデンブルグの盟友でこの世界の絶対強者。会う前はどれだけ怖《こわ》いのかと思ったけど、とても気さくなドラゴンさんだった。

気さくなドラゴンというのは、未《いま》だに誰《だれ》からも信じてもらえないけどね。

「そこで、ドラゴンの長である烈王さんが、ミーちゃんをいたく気に入ってくれたんです。それに、烈王さんはお酒が大好きで、神猫《かみねこ》商会から定期的にお酒を買う約束もしてくれました」

「そ、そう。ミーちゃんの可愛《かわい》さはドラゴンも認めることなのね……」

「み、み～♪」

ミーちゃん、くねくねダンスを踊《おど》り照れ隠《かく》し。全然、隠しきれていないけどね。誰の目にも明らか。まあ、そこが可愛いのだけどね。

「でも、どうやって竜の島に渡《わた》るのかしら？　父に頼《たの》んでいるの？」

「いえ、直行便がありますので、大公様にはご迷惑《めいわく》をおかけしていません」

「み〜！」

「直行便？」

直行便というより直行道？　ちょっと違《ちが》うが勘違《かんちが》いしているようなので便乗しよう。いくつかの方法があると示唆《しさ》しておけば、勝手に勘違いしてくれるだろう。今回の件もそれで済ませられる。

「ドラゴン直行便と転移門があります」

「⁉」

王妃とニーアさんの目が厳しくなる。何か変なこと言ったかな？　いや、変なことだらけか。

「ネロくん。自分で言っていることを理解している？」

「何かおかしな点でも？」

「ドラゴン直行便はいいわ。予想がついていたから。でも、転移門って何かしら？　それと、ネロくんはそれを何度も使っているのかしら？」

どうやら俺《おれ》の考えと逆だったみたいだ。転移門がおかしいみたいだね。どこがだ？

「道具は使ってこそ意味があると申します」

「み〜」

王妃様は更《さら》に厳しい目付きになり、ニーアさんは目頭《めがしら》を押《お》さえて首を振《ふ》っている。

「一応聞いておくけど、その転移門は誰が作ったものかしら？」

「烈王さんですが？　逆に長距離《きょり》用の転移門って作れる人っているのですか？　短距離なら作れる

人がいると聞いたことがありますが」

「いるわけないでしょう！」

じゃあ聞かなくていいのでは？　と思ったのは俺だけじゃないはず。

「ネロ様。長距離を移動できる転移門となれば国宝級の代物《しろもの》です。その転移門は誰でも使えるものなのでしょうか？」

ほう。国宝級なんだ。ということは、それに該当《がいとう》する物が無いわけではないのだな。でも、俺たちのは使えるのは俺とミーちゃん限定で、ほかの人が使う場合俺たちがいないと使えない。

「基本、俺とミーちゃんだけですね。まあ、短距離でよければ烈王さんが作った、誰でも通れるものはありますけどね」

「み～」

「「!?」」

まだ、何組か残っているから、使おうと思えば使えると思う。使っていいかは烈王さんに聞かないと駄目《だめ》だろうけど。

「ネロくん！　その話、詳《くわ》しく聞かせて！」

なんか凄《すご》い喰《く》いつきだ。

「構いませんが……」

「ちょっと待って！　ニーア！」

「承知しました。これより戒厳令《かいげんれい》を敷《し》きます。聞こえていますね。これよりこの場にはネズミ一匹《ぴき》近寄らせてはなりません！　近づくものはすべて排除《はいじょ》しなさい」

ニーアさんは侍女軍団《じじょ》だけではなく、見えない護衛さんたちにも言ったみたい。侍女軍団は数人を残して、この場に繋《つな》がる出入り口に散っていく。

「さあ、ネロくん。キリキリ吐《は》きなさい！」

いやいや、吐きなさいなんて、俺は犯人じゃないぞ。

そんな俺の心の疲《つか》れを癒《い》やすため、ミーちゃんクッキーを出してルカたちを呼ぶ。必然的にレーネ様も来るので一緒《いっしょ》にミーちゃんクッキーを渡し、ミーちゃんのミネラルウォーターも出す。

「にゃ～」

「「「みゅ～」」」

「おいちぃでしゅ～」

そうでしょう。そうでしょう。ミーちゃんのミネラルウォーターは元気になるし、美味《おい》しくて最高だからね。なんといっても神水ですから！

カリカリとクッキーを食べているルカたちをモフって、心を癒やし説明を始める。

「最初に言っておきますが、このことはハンターギルドには内緒《ないしょ》ですからね」

「内緒もなにも、誰にも話せるわけがないわよ……」

ならいいです。

なので、簡単にクイントの流れ迷宮《めいきゅう》のことを話して、本来であればハンターギルドの専属の転移門を作る人が作るはずだったものを、時間がかかるというので急いで転移門が欲《ほ》しいと烈王さんにおねだりしたら作ってくれたと説明。ハンターギルドのセリオンギルド長には、迷宮で手に入れたと誤魔化《ごまか》して話していることも説明。

「おねだりって……。それで、烈王様の作られた転移門はどのくらいの性能なの？」

「ギルドの建物の後ろに転移門を設置して、クイントの町から四キリほど離《はな》れた流れ迷宮の五階層と七階層に設置しました。実際何度も使っていますが、なんの支障もなく転移できます。そういえば統括《とうかつ》主任のエバさんがほかの迷宮の転移門を使った時は気持ちが悪くなったけど、烈王さんの作った転移門ではなんともなかったって言ってましたね」

「み～」

「それは凄いわね。転移も転移門も移動した後の体にかかる負担が大きいのよ。あれがなければとても便利なのよね。それで、その転移門のコア使用量はどれくらいなのかしら？　それだけ凄い転移門なら相当量のコアが必要だと思うけど」

「み～？」

コア？　コアってエナジーコアのこと？　何に使うのだ？　そんなの使ったことがないけど。

「コアを何に使うのですか？」

「み～？」

「ネロ様。それだけの転移門を動かすとなれば相当量のエネルギーが必要になります。……まさか、代価なしで動くのですか⁉」

そうなの？　そんなことセリオンギルド長もエバさんも言っていなかったけど？

「烈王さんの作ったものですから必要ないんじゃないですか？」

「「……」」

王妃様もニーアさんも目が点になって口をパクパクさせている。

レーネ様、ミーちゃんジャーキー食べます？

「食べましゅ！」

「にゃ～」

「「「みゅ～」」」

「み～」

しばらくして王妃様たちが復活。

「それはもはや国宝級などではなく天宝、いえ神宝級ではないでしょうか……」

「烈王様もなんてものを作ったのかしら……。それも、簡単にあげるだなんて……」

まあ、烈王さんですから。

「み～」

「ネロくん。その転移門まだいくつか持っているのよね？」

「二つ使ったので、あと三つ残ってます。短い距離なので使い勝手が悪いんですよねぇ」

「神宝級の転移門を使い勝手が悪いだなんて……。この子、考えていた以上に大物だったようね……

いえ、その反対もあり得るわね……ぶつぶつ」

なんか王妃様がぶつぶつと独り言を言っているけど聞き取れない。

しかし、この残りの転移門、本当に使い道がなくミーちゃんバッグに死蔵されている。烈王さんの話では十キロ程度が精々《せいぜい》って感じだった。

これが向こうの世界だったら、いくらでも使い道があったのだろうけど、この世界で十キロとは中途半端《ちゅうとはんぱ》すぎるのだ。王都から十キロ行っても何もないからね。

もうすぐ、神猫商会の本店の改装が終わるから、王都の端《はし》の家と本店を転移門で繋げようかなんて考えている。ララさんたちやエフさんなどが買い物に行くのに、毎回馬車で買い出しに行くのは大変なので、王都の中心部の本店に繋げれば商店街や露店《ろてん》街にも簡単に行けるようになる。

「ねぇ、ネロくん。それを譲《ゆず》って欲しいって言ったら、譲ってくれるかしら？　ちゃんと烈王様にもネロくんにも代価を払《はら》うわ。こんな時勢だから、王宮だとしてもいつも安全とは限らないの。少しでも多くの手札が必要なの」

王妃様の言っている意味はわかる。何かあった時の緊急《きんきゅう》用の逃《に》げ道を確保したいのだろう。まあ、歴史あるルミエール王国の王宮だから多くの隠し通路があるはず。実際、俺のマップスキルにもそれらしきものが写っている。口が裂《さ》けても言わないけどね。死にたくないし。

「うーん。烈王さんに聞いてみないとなんとも言えません。王妃様が悪用するとは思いませんが、烈王さんと俺とミーちゃんの信頼《しんらい》のうえで作ってもらったものですので」

「そうよね……駄目元でいいから聞いてもらえないかしら？」

「わかりました。もし、了解《りょうかい》を得られた場合の報酬《ほうしゅう》ですが……」

「あら、ネロくんが報酬の件で前向きなのは珍《めずら》しいわね」

まあ、烈王さんからは了解を得られると思う。なので、あの件をお願いすることにする。隠れ蓑《みの》の件だ。今後の憂《うれ》いをなくすためにもね。

斯々然々《かくかくしかじか》と話をするにつれ、王妃様の口元がヒクヒクと動いてらっしゃる。

「そ、それは、これからも騒動《そうどう》が起きるということかしら……？」

「み～」

「ドラゴンはフリーダムですからね。ないとは言い切れません。それとも、王妃様はひ弱《よわ》なこの身の私に、ドラゴンに躾《しつけ》をしろとでも？」

「「……」」

王妃様もニーアさんも二の句が継《つ》げずにいる。ヒルデンブルグ出身のお二人は、ドラゴンの姿を見たことはなくても大公様からドラゴンの話は聞いていると思う。たとえ、ドラゴンを見たことがないとしても、エレナさんのバロンだって王宮に来ているから飛竜《ひりゅう》は見ているはず。

あんなのを躾《しつ》けるなんて無理。炎《ほのお》を吐かれて消し炭になるのはご免《めん》だ。ミーちゃんだったら躾けれるかもしれないけど、俺には到底《とうてい》無理な話！

「悪いことばかりではありませんよ。ここでドラゴンに恩を売っておけば魔王討伐《まおうとうばつ》で手を借りられるかもしれません」

「み～」

「「!?」」

もう借りる約束はしているけど、王妃様に悪い取引ではないことをアピールしておかないとね。

「ドラゴンが私たちに手を貸してくださると?」

「一から十までは無理でも一か二くらいは貸してもらえればなと」

「それをネロくんが交渉《こうしょう》してくると?」

「俺の交渉というより、ミーちゃんのお願いってとこですかね」

「み〜!」

ミーちゃん、とっても良い笑顔《えがお》で、まっかせなさ〜い! って言っていますが、もう烈王さんから言質は頂いているから、別にこれからミーちゃんのすることはないよ?

「み、みぃ……」

「ミーちゃんなら世界征服《せいふく》できるのではないかしら……。わかりました。あとのことは、こちらが責任を持ちますので、この件はネロくんに一任します。良い報告を期待していますわ」

「はっ。非才なる身の全力をもって」

「み〜」

クックック……上手《うま》くいった。話の論点をうまくすり替《か》え、こちらの不手際《ふてぎわ》を帳消し。そしてなにより、面倒事《めんどうごと》を王妃様に任せることに成功。

今回のミッションは大成功だぜ!

ねえ、ミーちゃん!

「み〜!」

「あっ、そうそう。この件はお父様にもちゃんと話を通しておいてね。ヒルデンブルグの盟友とべルーナが飛び越《こ》して話をすると、外交上問題があるから」

げっ、そういう面倒なことは、そっちでやってほしいのですけど……。

ニーアさんが手形を渡してくる。

また巡察使《じゅんさつし》か？　と思ったら、今回は特使となっている。それも、国王様のサイン入りだ。ちょっと格が上がったのか？　嬉《うれ》しくないけど……。

「よろしくね♪」

「はい……」

「みぃ……」

迷宮最下層手前で、烈王さんの義弟グラムさんと一波乱あったものの、烈王さんの執《と》り成しでグラムさんが新たに仲間に加わる。そして、迷宮の管理人である神人から、この星マヤリスの成り立ちを聞き、ご褒美《ほうび》までもらって迷宮探索《たんさく》が無事終了《しゅうりょう》。

そんな折、ロタリンギアがヒルデンブルグに年明けに攻《せ》め込《こ》むと聞かされ、ネロがその援軍《えんぐん》の大将に抜擢《ばってき》。それ以前にやることが多くて四苦八苦のネロとミーちゃん。

ああ、どうしてこうなった……。

波瀾万丈《はらんばんじょう》、ああ無情。東奔西走《とうほんせいそう》、多事多端《たじたたん》。スローライフはどこいった。

ネロとミーちゃんに吹《ふ》く風は、天気晴天なれども波高し、そして逆風……。スローライフの追い風はいつ吹くのだろうか？

あとがき

ドンドン！　パフパフ！　お待たせしましたにゃ。神猫《かみねこ》七巻発売しましたにゃ！

『ネタバレ注意』読み終わったと仮定してあとがきを書いていますにゃ。

今回はにゃんたろうが書いたほか作品（未書籍化《みしょせきか》）との初コラボレーション化！

知っている人はくすっと笑って楽しんでいただけると幸いですにゃ。

コラボ作品はあまりにも壮大《そうだい》なスケールの作品で、未完のままとなっている作品ですにゃ。にゃんたろうの処女作なので、いつかちゃんと書き直し完結させたい作品ですにゃ。

今回、少しだけ登場したケットシーですがにゃ、本来はそのケットシーがペロのパパにゃんであるポロとなるはずでしたにゃ。設定上ですがにゃ。今後もWeb版で出る予定はありませんにゃ。ネロとミーちゃんとは運命の糸が絡《から》まらなかったのですにゃ。レインも同じですにゃ。

新たに登場したグラムさんは今後も重要なミーちゃんの下僕《げぼく》……もとい、眷属《けんぞく》として活躍《かつやく》？　しますにゃ。強いけどポンコツ、ミーちゃんにはちょうどいい部下ですにゃ。烈王《レオ》さんの義理とはいえ弟なので烈王さんとの絆《きずな》も深まり、ミーちゃんの世界征服《せいふく》……もとい、世界平和の手助けになるのは間違《まちが》いにゃい！　と思いますにゃ。

今回のお話では、この世界マヤリスの知られざる謎《なぞ》がだいぶ明かされましたにゃ。本当かどうか知らんけど（大阪風《おおさか》）。

まだまだ、ネロとミーちゃんが知らない謎はいっぱいですにゃ。その謎の一端《いったん》である邪神《じゃしん》側の勇者については、カクヨム様で神猫書籍発売記念SSキャットタワー（置き場）にＳ　Ｓ《スクリーンショット》を載《の》せていますのでよかったら読んでくださいにゃ。ネロとミーちゃんも知らない衝撃《しょうげき》の事実ですにゃ。

さて、次巻神猫八巻はおそらく神猫商会本店のオープンになると思いますにゃ。ますます、神猫商会が躍進して大忙《おおいそが》しになりますにゃ。お楽しみににゃ！

あれ？　スローライフはどこいったにゃ？

話は変わりますがにゃ、今年も暑い日が続いていますにゃ。あずきアイスが美味《おい》しく感じるのは良いことですがにゃ……。このあとがきを書いているのは八月の上旬《じょうじゅん》。毎日が三十度を超《こ》える暑さに日本の南側では台風などでの豪雨《ごうう》災害が多発。神猫読者さまに被害《ひがい》がないといいですにゃ。いや、神猫読者さま関係なく被害がないことをお祈《いの》りいたしますにゃ。

終わり良ければすべて良し。みにゃさんもいまだ終わることなく続くコロナや災害に負けず、笑って年を明かせるよう頑張《がんば》りましょうにゃ！

ではまた次回、神猫八巻でお会いしましょうにゃ！

最後に、この神猫七巻を手に取り読んでくださったみにゃさま、いつもにゃんたろうの無茶ぶりに応えて可愛《かわい》い絵を描《か》いてくださる岩崎美奈子《いわさきみなこ》さま、ギリギリの作業でも怒《おこ》らず対応してくださる編集部のみなさまに感謝ですにゃ。

DRAGON NOVELS
ドラゴンノベルス

神猫ミーちゃんと猫用品召喚師の異世界奮闘記7

2023年10月5日　初版発行

著　者　にゃんたろう

発行者　山下直久

発　行　株式会社 KADOKAWA
〒102-8177　東京都千代田区富士見2-13-3
電話 0570-002-301（ナビダイヤル）

編　集　ゲーム・企画書籍編集部

装　丁　AFTERGLOW

D T P　株式会社スタジオ205 プラス

印刷所　大日本印刷株式会社

製本所　大日本印刷株式会社

DRAGON NOVELS ロゴデザイン　久留一郎デザイン室+YAZIRI

●お問い合わせ
https://www.kadokawa.co.jp/（「お問い合わせ」へお進みください）
※内容によっては、お答えできない場合があります。
※サポートは日本国内のみとさせていただきます。
※ Japanese text only

定価（または価格）はカバーに表示してあります。

ISBN978-4-04-075156-6　C0093